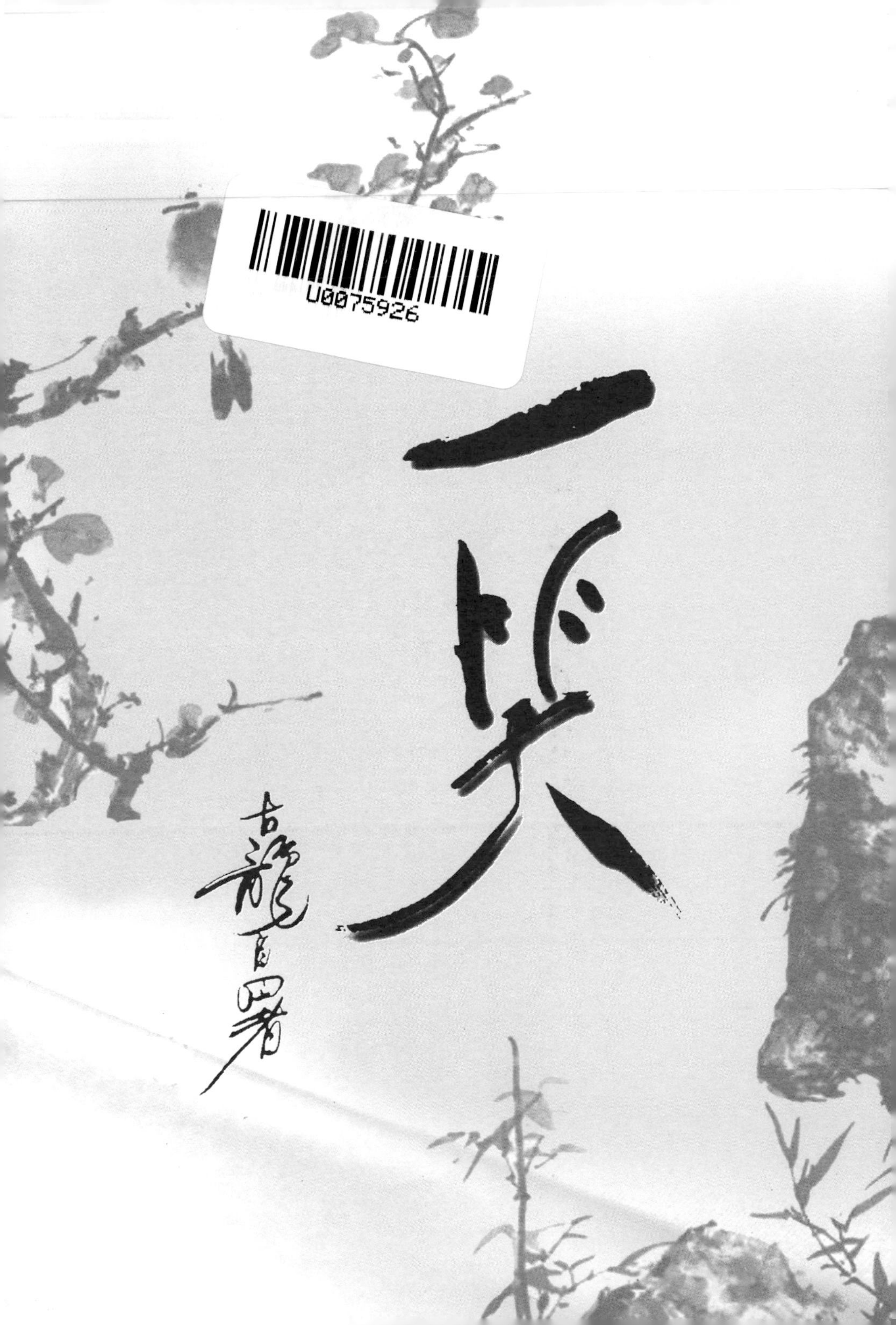
U0075926

盛期之風貌

俠壇三劍客諸葛青雲作品歷久不衰

諸葛青雲是台灣新派武俠創作小說大家，爲早期最有號召力的武俠巨擘之一。與臥龍生、司馬翎並稱台灣俠壇「三劍客」。諸葛青雲的創作師承還珠樓主，詠物、敘事、寫景，奇禽怪蛇及玄功秘錄等，均與還珠樓主創作酷似，其作品熔技擊俠義和才子佳人於一爐，遣詞用句典雅。《紫電青霜》爲諸葛青雲的成名代表作，內容繁浩，情節動人，氣勢恢宏，在當時即膾炙人口，且歷久不衰，對於台灣武俠創作的總體發展表現、趨向影響甚大。

《紫電青霜》一書文筆清絕，格局壯闊。該書成於1959年，內容主要以少俠葛龍驤和柏青青、魏無雙、冉冰玉三女之間的愛情糾葛爲經，以「武林十三奇」的正邪排名之爭爲緯，交叉敘述老少兩輩英雄兒女如何冒險犯難、掃蕩妖氛的傳奇故事，名動一時。

諸葛青雲全盛時期，坊間冠以「諸葛青雲」之名，出版的武俠小說多達七八十部，其中參雜不少由他人代筆或託名僞冒之作，幾乎與臥龍生的情形如出一轍，由此可見他當時的高人氣。

與

台港武俠文學

武俠巨擘

諸葛青

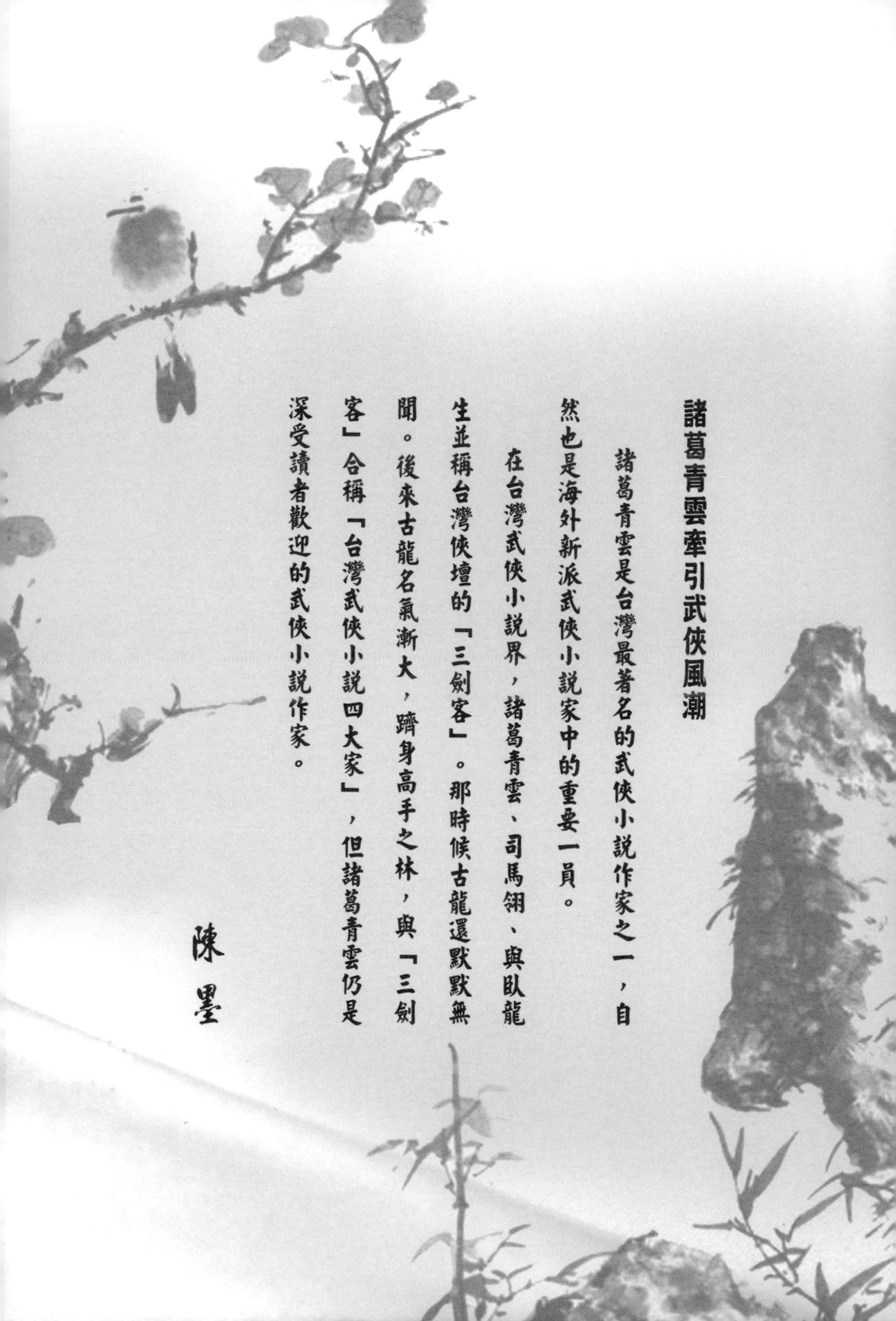

諸葛青雲牽引武俠風潮

諸葛青雲是台灣最著名的武俠小說作家之一，自然也是海外新派武俠小說家中的重要一員。

在台灣武俠小說界，諸葛青雲、司馬翎、與臥龍生並稱台灣俠壇的「三劍客」。那時候古龍還默默無聞。後來古龍名氣漸大，躋身高手之林，與「三劍客」合稱「台灣武俠小說四大家」，但諸葛青雲仍是深受讀者歡迎的武俠小說作家。

陳墨

紫電青霜
(下)
諸葛青雲精品集
03

紫電青霜（下）

諸葛青雲 精品集 02

目錄

廿七　智鬥天狐

在那橫臥千尋絕壑，溝通南、北兩崖的長松之上，一見黑天狐宇文屏，魏無雙不但到眼便自認出，這是令天下聞風喪膽的武林第一兇人，並已知道這是龍弟弟的殺父深仇，正在到處搜尋她的蹤跡。

魏無雙乖巧已極，並自知分寸，曉得憑自己的這點功夫，在黑天狐手下，簡直等於白搭。而對方因不知道自己與葛龍驤等關係，語氣之間神色頗善。魏無雙靈機一動，索性背著「風流教主」那塊招牌，老人家長、老前輩短的，把黑天狐宇文屏大捧一頓。心想反正自己無事，若能和這妖婦談得投緣，彼此盤桓些時，定能爲龍弟弟探聽出不少重要機密。

黑天狐宇文屏見青衣女子真是滇池之上有名的風流教主，不由心中更喜。她哪裡會知道魏無雙十餘年來，在無邊慾海之中，能夠玉潔冰清，葳蕤自守！只認爲像這類蕩婦淫娃，是那般所謂正派俠義的眼中釘刺，但也是自己爭取的極好對象。因她對答之間，

語氣神色均極恭敬，黑天狐高興異常，微笑答道：「魏道友，妳乃一教之主，不必過謙，宇文屛雖然癡長幾歲年齡，不敢托大，妳我平輩論交便了。」

一個有心結納，一個曲意逢迎，那還不如水乳交融，便成莫逆。

這還要歸功魏無雙「風流教主」的那塊招牌太好！宇文屛老奸巨猾，因魏無雙眉宇之間缺少淫亂女子應有的一股蕩逸之氣，何嘗不疑心來人非真。她昔年本是色慾中人，對這種素女偷元、迷陽採戰之術，懂得極多，遂以此略爲盤問。但魏無雙貨眞價實，雖然本身白璧無暇，但置身風流慾海十有餘年，耳濡目染，哪得不熟？知道黑天狐心有所疑，遂盡舉精微以對，而且答語之間，窮淫極蕩。

黑天狐宇文屛居然聞所未聞，連一顆久蟄淫心，都幾乎被魏無雙說得霍霍大動起來！這樣一來，哪裡還有半點疑惑？立時推心置腹，盡訴一切，要求魏無雙做她道侶，結爲姐妹。黃山論劍之後，並願以《紫清真訣》所載神功相授。

魏無雙當初與葛龍驤貼胸交股，裸臥一宵，而自守清操，貞關不破，可見定力極堅！聽黑天狐宇文屛說出柏青青、谷飛英二女均被擒來，並欲在黃山論劍之時，當著他們父師之面，用那種惡毒手法處置等語，心中雖已驚魂皆顫，表面上卻能維持個神色不變，反而盛讚黑天狐這種戰略，高明已極！並建議黑天狐若能在南崖埋伏，自己在北崖絕頂助她動手凌遲碎割柏、谷二女，則豈不更易在冷雲仙子、龍門醫隱等人痛急神昏之

際，驟發萬毒蛇漿，予以一網打盡！

這種念頭，黑天狐宇文屏早已想到，就因爲缺少一個心腹之人，而無法處理。如今不但結識了個「風流教主」魏無雙，甚爲投契，並且魏無雙一語就說到自己心中深處，不由得意已極！暗想自己大概時來運轉，自從擒住無名樵子，得到《紫清真訣》以後，紫電劍、天孫錦、碧玉靈蜍等稀世奇珍，毫不費心地等於送入自己手中，如今竟又獲得一個知心道侶，便即立時帶領魏無雙，自秘徑之中同登始信峰北崖絕頂。

就這樣，魏無雙在始信峰北崖絕頂，一住匝月，既無機緣，也不敢下手解救柏、谷二女。眼看黃山論劍之期一日近似一日，心中著實煩惱已極！但那無名樵子，卻已求得解脫。原來魏無雙見他被黑天狐宇文屏折磨得那慘狀，知道此人業已無法再活，不過藉著黑天狐每天餵他幾粒極好靈丹，苟延殘喘而已！像這樣情形，若能早死，反而解脫痛苦，並使黑天狐無法得到那《紫清真訣》的最後一頁精華所在！主意打定，乘機暗暗告知無名樵子自己的真正來意，下手把他各處經脈截斷得只剩少許相連。第二日，無名樵子突然不肯繼續傳授《紫清真訣》，氣得黑天狐再度施用銼骨非刑，無名樵子哪裡還能禁受得起？未有多時，便告氣絕。

始信峰頭之事，暫且不談。要先提一提這數月以來，幾乎踏盡安徽一省及其鄰近各

地名山大壑，而遍尋不著黑天狐蹤跡，個個肝腸寸斷的龍門醫隱、獨臂窮神、天台醉客、鐵指怪仙翁及葛龍驤、杜人龍等人。

龍門醫隱柏長青雖然心懸愛女，但眼看黃山論劍之期已近，除非黑天狐宇文屏到時自來，要想在這之前救出柏、谷二女，似乎根本無此可能，而眾人均已顯出疲態，遂無可奈何地招集眾人說道：「黑天狐狡猾無倫，藏得太爲隱秘，我們心力已盡，無可奈何。青兒與谷飛英侄女的吉凶禍福，也只好聽天由命！黃山論劍之期，業已不足一月，柳、余、伍三兄及我，因欲參與此會，不必再行徒勞無益搜尋，可在黃山附近，等候到時赴會。杜賢侄就跟隨你師父。至於龍驤賢侄，我似乎記得東海神尼覺羅大師，不是要你在黃山論劍的期前半月，再到她東海覺羅島一行，有事相託麼？」

葛龍驤少年老成，從來不輕然諾，眼看黃山論劍之期，一日近似一日，心中何嘗不懸念東海神尼舊約？但因這些日來，爲心上人玄衣龍女柏青青及谷飛英師妹的安危問題，弄得神魂顛倒，分不清應該孰先孰後而已。現聽龍門醫隱一提，暗自盤算行程日期，再若不立即動身，兼程疾趕，就要對東海神尼失信背約。不過自己一去，論劍正日極可能來不及趕回，萬一黑天狐當真如言，在該時對心上人下以毒手，豈非連那魂銷腸斷的最後一面全不能見？一時想得出神，竟自眼角噙淚，對龍門醫隱所問之話，未即答理。

獨臂窮神柳悟非見葛龍驤這副神情，業已猜出他心中所想，但也無言可慰。只得把

濃眉一皺，說道：「男兒一諾千金，趕快暫且收拾起兒女情長，拿出幾分英雄氣概，去到東海覺羅島，看看那老尼姑有何任務交派。說不定對這黃山論劍關係重大，也未可知。時已無多，你還不快走！」

說完，見葛龍驤仍在寂寂無語，柳悟非不由瞪起那雙怪眼，瞋目一喝，再掄圓獨臂，舒掌一推，竟以「七步追魂」的劈空掌力，向葛龍驤當胸打去！

葛龍驤因傷心過甚，漸呈迷亂的心頭靈智，被獨臂窮神柳悟非暗藏「獅子吼」神功的瞋目一喝，驚醒大半。已覺所言有理，念頭方轉到此處，獨臂窮神柳悟非「七步追魂」的劈空掌力，已到胸前。

葛龍驤向龍門醫隱等人微一施禮，便自施展苗嶺陰魔所傳「維摩步」中的一招絕學「香象渡河」，輕飄飄地隨著獨臂窮神掌風飄出三、四丈外。落地回頭，足下加功，往著浙江方向疾馳而去。

往赴東海神尼覺羅大師之約的小俠葛龍驤，因路途不近，時日無多，他又心繫黃山論劍，自然是拚命一般星夜急趕！但心頭之上的那一片情愁，卻始終排遣不開。玄衣龍女柏青青亦喜亦嗔的亭亭倩影，絕世丰神，使葛龍驤百結愁腸欲斷。黑天狐宇文屏號稱當世第一兇人，心上人在她手內所遇所遭，簡直令自己連想都不敢想上一想。如今遍搜

不得，只有趕緊去往東海赴約以後，把整個希望寄託黃山論劍之上，看看冠冕武林的姑父母諸、葛雙奇，可有什麼回天之力，萬一心上人有個三長兩短，自己忍死須臾，等斬了黑天狐，報卻愛侶雙重深仇之後，再行橫劍殉情，以答紅顏知己。

葛龍驤如醉如癡地不停玄想，意志無法集中，若不是輕功絕妙，中途幾乎多次在懸崖峭壁之間，失足鑄恨。這種半瘋狀態，一直維持到與東海神尼約定之處浙江平陽的古鼇頭上，葛龍驤才略爲清醒。但縱目滄波，只見一碧極天，鵬飛鼇湧，魚躍龍騰。哪裡有東海神尼覺羅大師答應派來接引自己的那隻極大灰鶴蹤影？

葛龍驤在古鼇頭上佇立半日，未見鶴至，不由疑詫起來，但仔細一算日期，不覺啞然失笑。

原來東海神尼當初與他約定，是在黃山論劍這年的八月初一開始，派遣座下靈鶴，到這古鼇頭上，等候葛龍驤三日，一路之上，葛龍驤因爲衷懷憂鬱，無興留連，竭盡腳程飛趕，竟然早到一日，今天正是七月月底。

這時，波濤浴日，滿海金紅光輝，天色已近黃昏。葛龍驤正準備找個地方，好好睡它一覺，略爲休息這連日趕路疲勞，忽見東方遙天之中，與一片晚霞飄飄齊渡，飛來一點灰影。

越飄越近，可看出那點灰影確是一隻大鳥。葛龍驤方在揣度，莫非覺羅大師命靈鶴

先期來接？那隻大鳥業已冉冉飛落，約有七、八尺高，丹頂灰羽。可不正是曾自覺羅島負載自己翔空渡海，到浙江紹興會稽山謁拜父墓的那隻靈鶴？

那隻巨鶴，竟然好似還認識葛龍驤，對他延頸低鳴，狀頗親熱。

葛龍驤有過一次經驗。知道跨鶴翔空，舒適已極！看那靈鶴神情，似叫自己就走，遂把頭一點，靈鶴雙翼微搧，騰空三丈，葛龍驤也一抖雙臂，「孤鶴沖天」，輕輕落向鶴背。靈鶴回頭一叫，載著葛龍驤在這古鰲頭上盤旋一周，便自平穩如舟，往覺羅島的方向飛去。

靈鶴落地以後，東海神尼覺羅大師業已佇立相待，一聲極爲清亮的佛號說道：「阿彌陀佛！葛小俠真個信人，貧尼無限欽佩。莽莽人生之中，禍福無門，唯人自召，境遇往往順逆參半。像葛小俠這一類正道少年英俠，平素只要善積餘德，縱有一時凶險，亦將得天佑，自有化解！倘偶因拂逆，過分憂心，卻非內家上乘所講究的澄心見性，攝氣葆元之道呢！」

說也奇怪，那一聲「阿彌陀佛」入耳，葛龍驤心情立見寧靜平和，不似先前那般煩亂。知道這又是與獨臂窮神柳悟非在黃山對自己所發的「獅子吼」一類的神功，不過覺羅大師是藉著一聲佛號，使人靜躁釋矜，潛移默化，不帶絲毫火氣，顯得更覺高明而已。再一聽後面那幾句話，更覺一驚，這位東海神尼分明已知柏青青之事，才藉話教訓自己。

心中一動，趕緊上前拜見，禮畢說道：「大師既已得知我柏青青師妹之事，尚乞指點葛龍驤迷津，如何營救得幸。」

覺羅大師搖頭笑道：「前知慧業，談何容易？貧尼現下尚無此神通。我不過見你神色愴然，試加揣測而已。但善人天佑，自古皆然。葛小俠如今面上雖聚憂思，華蓋印堂之間，卻毫無凶煞之氣。貧尼敢保無礙，且到我石室之中，一敘別來經過吧。」

葛龍驤對這東海神尼覺羅大師極爲敬服，聽她這樣一說，心中確實寬慰許多。

進得石室，覺羅大師問起中原武林各事，葛龍驤遂自前次跨鶴渡海謁拜父墓開始，把所聞所見，一一盡自己所知，向覺羅大師詳細陳明。覺羅大師特別注意葛龍驤所說的，衛天衢以金精鋼母在九華煉劍，苗嶺陰魔邴浩暗傳「維摩步」、贈送「續命紫蘇丹」，柏青青、谷飛英二女落入黑天狐宇文屏手中等事。聽完以後，閉目沉默不言，似在想甚心事。

葛龍驤也不敢驚動，靜坐相待。好久過後，覺羅大師雙目才開，向葛龍驤含笑問道：「葛小俠，你可能猜出貧尼要你千里遠來之意麼？」

葛龍驤搖頭以對，覺羅大師問道：「你以不存門派正邪的公平眼光看來，苗嶺陰魔

邴浩與你恩師涵青閣主人諸大俠，及你姑母冷雲仙子的武功，究竟誰高？」

葛龍驤細想半天，說道：「我姑母功力，晚輩尚未見識，不敢妄加揣測。至於我恩師與苗嶺九絕峰邴老前輩，好似在伯仲之間。縱或我恩師稍勝，但也差得極微，難有顯著分別。」

覺羅大師聽葛龍驤背後仍然稱呼苗嶺邴老前輩，未曾口角輕薄，不由暗暗點頭，含笑又問：「武林中人，莽莽一生，多半爲了爭『名』爭『氣』。黃山論劍正是『諸葛陰魔醫丐酒，雙兇四惡黑天狐』等武林十三奇的『名氣』之爭，誰也不願意屈居人後。然則八月中秋始信峰頭一場狠鬥，其他請人略遜一籌不談，據我所料，黑天狐宇文屏雖得《紫清真訣》，也未必便擅勝場。不老神仙、冷雲仙子一對神仙眷屬，更無自爭之理。到了最後，極可能是你恩師與苗嶺陰魔二人之爭，旗鼓相當，勢均力敵。難道真要讓這兩位武林奇人在始信峰玉石俱傷，而令黑天狐宇文屏之流，在一旁竊笑得意麼？」

葛龍驤聽來頗覺有理，他本來就對苗嶺陰魔無甚惡感，何況還有傳授「維摩步」，及贈送柏青青「續命紫蘇丹」的那兩點因緣。是故一直在想良策，免得這位武林奇人與自己恩師拚命相搏。如今覺羅大師所言，與自己意見一致，自然連連點頭。

覺羅大師笑道：「這就是貧尼要請葛小俠跋涉長途之意。且在我這覺羅島上勾留半月，到時我命雲鶴送你到黃山始信峰頭，便可化解這一場不必要的兩雄之鬥呢！」

葛龍驤大喜之下，叩問有何妙策。覺羅大師目光之中，好似浮起無窮往事，微喟一聲說道：「葛小俠有所不知，貧尼與那苗嶺陰魔邴浩，正和冷雲仙子與不老神仙一樣，是對分居甚久的神仙眷屬。不過冷雲仙子與你恩師業已誤會冰釋，和好如初，黃山會後，便可同參性命交修的武林上道。我們這一對，則貧尼早歸佛門，苗嶺陰魔欲空自功參造化，仍未脫得出濁世之間的聲名之累，彼此相形之下，頓覺無以爲情呢！」

葛龍驤聽得驚跳起來，叫道：「大師難道就是四十多年前，名震武林的玉簪仙子？」

覺羅大師點頭笑道：「你居然能知道我這昔日名頭，實在難得。」說完，取出四、五寸長的半支極大玉簪，碧沉沉的光潤已極。

向葛龍驤繼續說道：「邴浩昔年，也是與你一樣的奕奕風神，翩翩濁世，貧尼更是以顏色自居。但如流歲月，轉瞬四十年頭，彼此俱已成了雞皮鶴髮。」

葛龍驤見這位分明在佛門禪功之上，業已勘透七情六慾的東海神尼，居然提起往事之時，臉上神情一如常人的悵惘不已。

思念未畢，覺羅大師看他一眼，笑道：「葛小俠不要笑貧尼四十年東海潛修，仍然未能參透情關二字。須知大千世界的一切眾生，莫不有情，即連西方極樂世界中的我佛如來，也未免因一念慈悲，而欲常轉法輪，普渡那些由情生障的凡愚之輩。這半支玉簪交你攜去，邴浩一見此物，我料他極可能不再貪念什麼武林第一的名頭，而亟欲追問貧尼下落。那時你可試他一下，倘若全出真情，便讓他跨鶴飛來東海。黃山論劍之會，邴浩只一撒手，其餘群邪，憑你師父、姑母等人的絕藝神功，或度或殲。武林之中，最少在三、四年間可以風平浪靜了！」

葛龍驤接過玉簪，仔細一看，斷處參差不齊，似是被極重掌力擊裂。知道這東海神尼覺羅大師，昔年即因此物得號玉簪仙子。不但這支玉簪是她的兵刃，聽這口氣，可能還是與苗嶺陰魔的定情和肇致絕裾之物。

此物既然關係黃山論劍至重，葛龍驤不敢怠慢，謹謹慎慎地揣入懷中，但忽然想起覺羅大師既要用靈鶴送自己飛達黃山，則當日可到，何必要早早趕來作甚？

覺羅大師見葛龍驤揣好玉簪，微笑又道：「邴浩此人，生性多疑，他早就認爲我不在塵世。你雖持這半截斷簪，他可能還未必信然。所以我要你在期前來此，傳授幾招我昔年常用手法，以堅其信！」

葛龍驤知道四十年前的玉簪仙子，已是武林中出類拔萃的人物，加上這四十年東海潛修，若有傳授，必定異常精微，不禁大喜過望。

覺羅大師說道：「邴浩既把他畢生心血結晶，精研獨創的『維摩步』法教你，你且演練一遍，貧尼也看看他這些年來，到底長進多少。」

葛龍驤凝神肅立，一志清心，然後一絲祥和微笑浮上嘴角，青衫大袖雙揚，就在東海神尼覺羅大師之前，飄飄起舞。

舞罷收勢，覺羅大師微喟說道：「這套步法，果然費盡他半生心血，窮極奧妙。天女散花，維摩不染，貧尼卻偏要傳你一套『散花手』法，染染維摩。他第三十六步『步下生蓮』一式，就因爲胸中爭名好勝之心未泯，不能參透淨土金蓮妙諦，所以略有破綻可尋。你學會我這套『散花手』去往黃山，在你師父或冷雲仙子與邴浩交手之前，先指他暗傳你的『維摩步』法尚有破綻可尋，邴浩一定不服，但一見你使用我所傳手法，必然大驚追問。那時你再取出這半截玉簪，一場武林中的浩劫奇災，便可避免。大概依貧尼計算，邴浩黃山撒手，跨鶴飛到這東海覺羅島之日，也差不多正是貧尼塵緣已盡，得到解脫之時。噫！茫茫世劫，莽莽紅塵，『名』、『情』二字，誤殺古往今來多少英雄豪傑！」

葛龍驤唯唯領命，但他因是性情中人，覺得覺羅大師與苗嶺陰魔，一雙神仙愛侶分拆四十餘年，好不容易東海重逢，但覺羅大師竟又將圓寂西歸。卻叫那位遠自黃山跨鶴飛來的苗嶺陰魔，情何以堪？昊昊天心，亦似乎未免太過殘忍。他心中慘怛，面上神色自然悽惶。

覺羅大師點頭笑道：「江湖之上，若多出幾位像葛小俠這等至情至性之人，則一切

風波多半皆可平息。但百歲唱隨，霎時能了，人間天上，卻永結因緣。像我與邴浩這樣四十載重逢，偏生一面之間即將永別，看來似乎會使他悲懷難禁，其實正可助他勘透人生，對以後修爲幫助不少。『道是無情卻有情』！葛小俠今後行道江湖，若能善體斯旨，則殺心定泯，恕念多生。往往生死冤家，反會變成知交深契。江湖之上豈不一片天機，人人安樂？」

覺羅大師略頓又道：「話雖如此，但這種境界太高，斯世人心，未必能夠做到。總之，多行仁義，少逞剛強，不但益世濟民，也是明哲保身之道。閒話休提，我那『散花手』法尚稱精微，不是三、五日間可以學會。我現傳你口訣，記熟以後，再傳身法變化。你雖天資穎悟，但我們今後無緣再見，必須全部嫺熟，匆匆不過半月光陰，恐怕還須日夜憤發，才不誤那黃山論劍之會。」

葛龍驤因東海神尼所賦任務甚大，絲毫不懈，旦夕精研。竟在期前兩日，便把一套精微奧妙的「散花手」法運用嫺熟。覺羅大師見他這般穎悟，自己昔年絕藝得有傳人，心中亦甚高興。就以這兩日餘暇，令葛龍驤反覆質疑，把這套「散花手」法之中的奧秘精微，參詳得極爲透徹。

一直到了八月十四晚間，葛龍驤因明晨離此前往黃山，與這東海神尼覺羅大師遂成永訣。半月相處，情感自然益深，竟有些依依不捨起來。

覺羅大師見他那副惜別傷離的欷歔神色，不禁失笑說道：「葛小俠至性感人，貧尼的一片無礙禪心，幾乎被你牽惹得心花著相，意樹沾塵。今宵一別，便成永訣，除了一套『散花手』法已然悉心傳授以外，貧尼再略費心力，以四十年東海參禪所領悟的一點極其淺薄的佛門慧業，爲你代卜一課。」

葛龍驤近些日來，越是時日逼近黃山論劍，越是衷心苦念柏青青安危。此時聽覺羅大師要替自己代卜休咎，因平日隨侍恩師涵青閣主，知道以先天易數卜斷當時之事不難，若稍微往後參求，卻是極費心力，遂滿懷感激地俊目凝光，與覺羅大師眼神相對。覺羅大師看他半天，徐徐閉目，葛龍驤也自正襟危坐。

足足過有半個時辰的光景，覺羅大師慈目才開，發出一種奇異光輝，沉聲說道：「以葛小俠這等至性之人，一片純情又有歸宿，按理不應再有波折。但貧尼適才靜中參悟，你在未來歲月之中，最大的煩惱之事，並不是什麼魔劫一類，竟似情海翻瀾，並極其難以應付。」

葛龍驤雖覺自己與柏青青雙方情真意摯。只要她在黃山安然脫險，便可宿願能償。他年功力到了火候，也想以姑父、姑母爲鏡，夫婦同參超凡入聖之道。似乎不可能再生變故。但知覺羅大師必無虛語，此事關係自己畢生幸福，趕緊凝神莊容，肅請指示。

覺羅大師重又閉目半晌，換了一副神情嘆道：「眾生唯情，萬劫爲情。『情』之一

字，難推難測，難究難參。貧尼愧乏神通預卜吉凶禍福，只能憑當事人當時處置之得當與否而定。總之，葛小俠福緣雖厚，情債尚多。但只要彼此全出一片真誠，而又能善加諒解，則英雄美人一床三好，甚至四好，古來亦頗不乏先例。貧尼最後贈言，葛小俠將來最為難之處，似在一片冰天雪地之中。彼時若能善用一個『忍』字，或可轉禍為福。這沉香手串一十八粒，是貧尼昔年故物，特以相贈。用做兵刃、暗器，均無不可。五、六年後或有大用，也未可知。」

葛龍驤聽覺羅大師說得活靈活現，好像自己非惹上一場莫大情孽糾纏不可，不由半信半疑，又驚又愕。接過那沉香手串一看，黑沉沉的分量頗重，不知何物所製。核桃大小，共是一十八粒，隱泛氤氳暗香。知道絕非凡物，趕緊拜謝收起。

次日一早，覺羅大師便催葛龍驤啓程。葛龍驤懸念柏青青安危，及久未參謁的恩師不老神仙與姑母冷雲仙子，也自歸心似箭。

遂向覺羅大師拜謝傳技指點及贈寶之德。

覺羅大師與他同到室外海邊，招來靈鶴，含笑說道：「我幾乎有一事忘懷，葛小俠此去黃山，替貧尼與那衛天衢道友帶個口信，就說貧尼塵世已滿，即日西歸，不及與他面別。他或在中土名山覓地靜修，或是仍然回返這覺羅島上，與邴浩做一道侶，均由自便，勿須勉強。」

葛龍驤恭身領命，覺羅大師含笑把手一揮，靈鶴凌空便起。

葛龍驤也飄身上背，向覺羅大師合十爲禮。刹那之間，覺羅島只剩下一點模糊黑影，沒入水雲深處。

由東海到皖南黃山，雖然千山萬水，但在空中飛行乃是直徑，那隻靈鶴又係千年神物，兩翼風雲，頃刻千里。故而葛龍驤凌晨起飛，到得黃山，天還未到中午。但始信峰頭業已群雄畢集，論劍盛會即將開始。

原來龍門醫隱雖然心懸愛女，但也一樣心疼這位未來愛婿，生怕葛龍驤受不住這樣嚴重的精神打擊，特地把他打發去往東海，參謁覺羅大師。

等他走後，立與獨臂窮神、天台醉客等人計議，說道：「黑天狐宇文屏既然揚言要在黃山論劍之時，下手殘害青兒及谷賢侄女。倘若此言不虛，我料她藏處定然就在黃山，不然到時她以何術把人帶來此地？」

獨臂窮神柳悟非點頭叫道：「老怪物料得不差，不但宇文屏此時必然已在黃山，可能還在我們約定的論劍之處，始信峰頭左近，才好如她所言，施展陰毒手段！」

天台醉客余獨醒雖沉穩，但因黑天狐兇毒之處有異常人，也自急於拯救柏、谷二女，聞言說道：「柏兄與老花子既然英雄之見略同，我們且往始信峰頭，看看形勢。」

眾人遂相與到達始信峰南崖，約定的論劍之處。那黑天狐宇文屏在對崖秘洞之中，看見醫、丐、酒三奇及鐵指怪仙翁、杜人龍等，居然出於自己意料，先期而至。從而推斷他們可能根本未離黃山，不由獰笑連聲，向身邊的魏無雙道：「賢妹妳可認識對崖這干老鬼？」

魏無雙略為凝視，答道：「那獨臂老花兒與那白鬚黑髮之人，生具異相，應該是獨臂窮神柳悟非與鐵指怪仙翁伍天弘。年輕少年，是與葛龍驤一同慘殺我七個女徒的小摩勒杜人龍，其餘兩個卻不認識了。」

黑天狐宇文屏遂一一加以指點，得意笑道：「賢妹妳看，這干老鬼也著實機靈，居然能夠斷定我藏處就在黃山，始終逗留不去，並先期來這始信峰搜尋。若非我要以兩個女娃影響他們的心神旁騖，以利八月中秋之會，此時便即現身出去，凌辱他們親人。一干老鬼其奈我何？」

話完，她兇睛一瞪，自頭上折斷一條極堅、極硬的垂鐘乳，雙掌一揉，立時成為碎粉，冷笑又道：「賢妹看我此時功力，諸一涵、葛青霜又待如何?等老鬼們一概到齊，宇文屏便要痛痛快快地洩一洩他們欺壓了二十年之憤，也為賢妹報復殺徒毀教之仇。」

魏無雙何等乖巧，順風使舵，大姐長、大姐姐地一陣諛詞捧拍，捧得宇文屏飄飄欲仙，把魏無雙認成了平生第一知己！

龍門醫隱等人，何嘗未疑心到北崖之上？但幾度由那長松之上過崖勘察，因爲不知秘徑所在，又見崖頂上豐下銳，根本無法攀登，只得廢然再往他處尋找。

魏無雙幾度想設法與龍門醫隱等人略透訊息，但因黑天狐狡詐多謀，好不容易藉著那個極難聽的風流教主名義，又揑造門下七個女徒均被葛龍驤殺光，才博得黑天狐深切信任。倘萬一使她略起絲毫疑竇，柏、谷二女可能立遭慘禍，自己也難逃毒手。小不忍則亂大謀！還是等到最後關頭，真若一無轉機之時，再和這惡煞兇星設法拚命。

柏、柳、余、伍四老帶著小摩勒杜人龍，幾乎又把整座黃山排搜一遍，依然找不到黑天狐宇文屏及柏青青、谷飛英二女的半點蹤跡，這才死心塌地地等候八月中秋黃山論劍之日，以做最後了斷。

等到八月十三，諸老正在軒轅峰上隨意閒眺，突然看見遠遠一條白影，宛如銀丸跳擲、掣電飛星一般，直向軒轅峰奔來。龍門醫隱不禁詫道：「老花子和余、伍兄請看，這白影身法好生快捷，竟似在葛龍驤他們小一輩之上，但又和葛龍驤極其相似。難道他已從東海覺羅島趕回黃山了麼？」

獨臂窮神等人一看，果然那條白影身法和葛龍驤極其相似，功力卻又稍高。正在猜測之時，白影已見衆人，腳步放慢，是個身著白色羅衫，三十上下的英俊男子。

獨臂窮神首先認出，「哦」了一聲說道：「原來是他！難道諸一涵這早就到？」

一言甫畢，白衣少年幾下疾步，已到面前。一整衣冠，向眾人下拜說道：「衡山涵閣主門下弟子尹一清，叩見各位師伯、師叔。」

龍門醫隱這才知道，此人就是葛龍驤的師兄，號稱溫潤朗君的尹一清，怪不得身法那等相像。趕緊伸手攔住，不令下拜，含笑說道：「我等山野之人，脫略成性，尹賢侄不必拘禮，尊師與葛仙子全到了麼？」

尹一清恭身答道：「家師自接葛師弟書信，與師母葛仙子誤會冰釋以後，已於半年前即移居冷雲谷。恩師、師母乾清罡氣之中，最高的一種『萬妙清音』，尚需精練，到會期正日才能趕來，特囑小侄先行通稟各位師伯、師叔，說是在先天易數之內，參詳出此間有人略有艱危，但先凶後吉，凡事無礙，請放寬心，休再懸念！我葛師弟與谷飛英師妹雙雙不見，難道此兆應在他們身上麼？」

獨臂窮神柳悟非首先跳將起來，叫道：「諸一涵不愧有『神仙』之稱，果然有些門道！柏老怪你那眉頭愁色，可以解去七成了吧？」

龍門醫隱不理獨臂窮神，向尹一清苦笑道：「尹賢侄，令師的先天易數雖然精確無差，但你卻只料對一半，你葛龍驤師弟安好無恙，現在東海覺羅島上，參謁一位東海神尼覺羅大師。我小女柏青青與冷雲仙子門下的谷飛英侄女，卻已雙雙披難，落入黑天狐宇文屏手中，為時甚久了！」

尹一清聞言，也頗爲驚訝。龍門醫隱遂告以詳情，尹一清除了雙眉愁皺，相對欷歔，及向龍門醫隱好言勸慰之外，亦無善策。但有了不老神仙的千里一卦，總覺得稍微寬心。渴盼著這兩日光陰如飛度過，便可開始黃山論劍盛會了。

挨到論劍正日，眾人趕到始信峰南崖，武林十三奇約定的論劍之處，居然業已有人先至。長瘦身材，青衫一襲，除了鐵指怪仙翁伍天弘尚係初見之外，餘人個個認識，竟是那位蟠塚雙兇中的老大，青衣怪叟鄺華峰。

獨臂窮神柳悟非縱身當先，一聲怪叫道：「鄺老大，你由哪裡趕來？到得真早！是要等他們到齊再幹，還是老花子和你先來上幾招，殺殺手癢？」

青衣怪叟鄺華峰冷笑一聲，說道：「柳老花子不必猖狂，你那幾乎殘廢玩意，此時此地根本不配一數。武林十三奇中只要在世之人，均應到齊，這黃山論劍之會才算圓滿。時候還早，你急什麼？」

獨臂窮神柳悟非吃他一頓搶白，毫不動怒，依舊嘻嘻笑道：「我倒並不著急，是怕你那位老弟，硃砂神掌鄺華亭在黃泉路上等得太久，才催你動手。好讓你們兄弟早點見面，攜手同行，以全手足之義！」

青衣怪叟鄺華峰雁行折翼，本來就含怨極深，這一下被獨臂窮神的冷嘲熱諷，撩到心痛之處，濃眉雙剔，正待翻臉，突然攏目凝神。只見遠遠山嶺之間，又有兩條人影向

這始信峰間電奔而至。來人身法絕快，剎那之間已上峰頭。一個面容清秀的長髯道人，一個獨臂矮瘦老者，正是嶗山四惡中的殘餘雙惡，逍遙羽士左沖和冷面天王班獨。

嶗山雙惡一到，立時與青衣怪叟鄺華峰站在一起，互相寒暄。這一來，除了鐵指怪仙翁伍天弘是局外之人，這面是醫、丐、酒三奇，那面是蟠塚一兇和嶗山雙惡，加上尚未到場的黑天狐宇文屏、苗嶺陰魔邴浩，以及不老神仙諸一涵、冷雲仙子葛青霜，正邪雙方，恰好均是五人，彼此勢均力敵。

始信峰南崖，一場十三奇較藝的熱鬧好戲即將開始，始信峰北崖秘洞之內，由黑天狐宇文屏導演的一場人間慘劇，也正在緊鑼密鼓之中。

黑天狐宇文屏心計何等兇狡。魏無雙的風流教主招牌雖好，但來得未免太湊巧了，宇文屏自然生疑。表面互稱姐妹，推心置腹，實則不時暗中察看魏無雙的一切動作與真實來意。好就好在魏無雙也是玲瓏剔透人物，又與柏青青、谷飛英二女確實互不相識，才一絲破綻也未露出。

直到論劍正日，黑天狐宇文屏已從仔細觀察之中，認爲魏無雙果是一個可以信賴的極好幫手，再見南崖上武林十三奇，除了業已死亡的硃砂神掌鄺華亭、八臂靈官童子雨、追魂燕繆香紅三人，剩下的十奇之中，已有六位到場。

遂自己把一切應用之物，準備妥當，向魏無雙說道：「如今黃山論劍之會即將開始，我要先到秘洞出口之處隱藏，才好突然衝過長松，施展殺手，使他們防衛不及。賢妹但等諸一涵、葛青霜與苗嶺陰魔到後，互相動手，一分勝負，便即將這兩個賤婢提到崖頂之上，一塊一塊地割下她們全身血肉，拋下絕壑。利用她們的婉轉哀號，引得那干老鬼分神，大功便可告成一半了！」

魏無雙略一皺眉，黑天狐宇文屏笑道：「南、北兩崖，相去足有五十丈遠，憑他武林十三奇中任何一人，插翅也難飛渡。賢妹照我所說施爲，包管安然無險！妳皺眉作甚，難道堂堂風流教主，到這報仇雪恨之時，還下不了手麼？」

魏無雙道：「大姐會錯我意了。下手不難，但我身無兵刃，難道叫我把她們一塊一塊撕碎，丟下那萬丈絕壑去麼？」

黑天狐宇文屏失聲笑道：「我倒真未想到這……」話剛出口，想起柏青青的紫電劍現在身邊，自己克敵制勝全杖五毒邪功，以及所練的《紫清真訣》所載功力，此劍暫時無用，大可借與魏無雙，執行碎割柏、谷二女任務。即令魏無雙有竊劍圖逃之意，憑自己功力，擒她還不易如反掌？遂自身邊取下那柄寒光四射、森肌砭骨的紫電劍，遞與魏無雙道：「時機稍縱即逝，我不能再事耽延，賢妹請用此劍。」

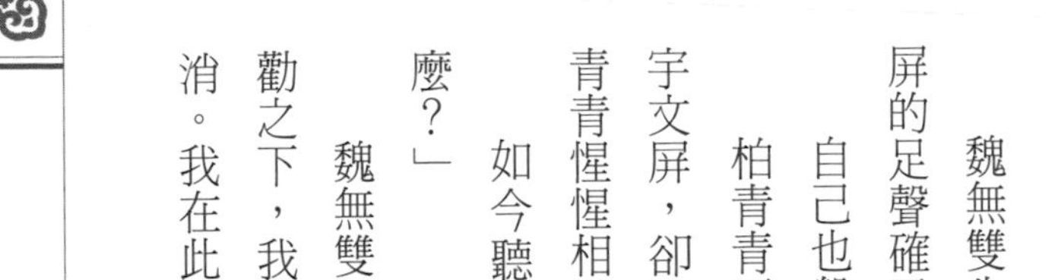

廿八　渡化陰魔

魏無雙生怕爲山九仞，功虧一簣，沉默了一段時間，並伏地靜聽，辨明黑天狐宇文屏的足聲確已去遠，才回頭把柏青青、谷飛英二女抱到接近絕頂洞口之處。

自己也盤膝坐下，向柏青青笑道：「柏女俠，你可知道魏無雙的真實來歷麼？」

柏青青平日見這魏無雙雖與黑天狐宇文屏姐妹相稱，甚爲親暱，但眼神之中，背著宇文屏，卻時常對自己流露一種關切之色。而且魏無雙嬌媚絕世的楚楚丰神，也引得柏青青惺惺相惜，對她並無任何惡感。

如今聽魏無雙一問，柏青青不由詫道：「咦！妳不是雲南滇池的什麼風流教主麼？」

魏無雙點頭笑道：「風流教主，是我昔日之稱。但如今在你那位龍哥哥苦口婆心相勸之下，我已把平素爲非作惡的七個女徒全數自行誅戮，所以風流邪教目前業已雲散霧消。我在此與黑天狐宇文屏曲意結交，主要卻是爲了要替你那龍哥哥保護青妹妹呢！」

柏青青聽得糊塗，不由雙睜秀目，莫名所以！

魏無雙一面向她娓娓敘述結識葛龍驤經過，一面卻用手中的紫電劍，不停砍那自洞頂下垂五顏六色、光怪陸離的石鐘乳。等到舊事敘完，業已積得好大堆，估量足以夠用，才停手不砍。

柏青青雖然聽出魏無雙話中，似有若干疑惑之處，但人家這樣坦白，自己又豈能過分小氣？遂含笑改口叫道：「魏姐姐，妳既然要救我們，可會解開黑天狐所謂的『天殘』重穴？妳好好端端地砍下這一大堆石鐘乳作甚？」

魏無雙搖頭苦笑說道：「我的功力，別說是黑天狐，恐怕連妳們二位也比不上。她所點的『天殘』重穴又是獨門手法，不懂訣竅之人妄圖下手解救，恐怕反會肇致危機。只有等黃山會了，隔崖呼救，看看不老神仙、冷雲仙子及青妹的令尊，可有良策解穴？至於我砍這一大堆石鐘乳之意，是要利用此物堵死洞內秘道轉彎之處。不然黑天狐宇文屏只要重回此地，妳我焉有命在？」

柏青青正待啓唇，谷飛英已先睜著一雙大眼，問道：「妳把洞堵死，黑天狐雖然無法回來，但我們不也出不去了麼？」

魏無雙慢慢把那一大堆石鐘乳移近秘道口處，並弄來幾塊磨盤大石，然後就坐在石旁笑道：「在這種情形之下，我們只能顧及眼前。至於善後問題，對崖有那麼多絕世高

人，不會沒有辦法可想。我還不願就此把洞封死。兩位每日靜臥，身軀雖不能轉動，耳目必聰。且請幫我靜聽黑天狐足音，待她重登秘道，欲來此處之時，再把這些鐘乳大石一齊推落，且給她來個猝不及防，當頭重壓！或許能把這著名兇婦，活埋在她自己開鑿的秘洞之中，也未可知。」

柏青青、谷飛英一齊稱妙，三女便自凝神傾耳，細聽秘道之內動靜。不時交換一眼悄無聲息的脈脈關懷，彼此情意顯得異常投契！

始信峰北崖如此，南崖情勢卻又不同。三正三邪之中，尤以嶗山雙惡逍遙羽士左沖、冷面天王班獨，與龍門醫隱柏長青、獨臂窮神柳悟非的彼此仇怨最深，青衣怪叟鄺華峰也有間接的殺弟之恨。仇人見面，分外眼紅。久候諸一涵、葛青霜、邴浩及黑天狐宇文屏四人未至，龍門醫隱這邊，除了獨臂窮神柳悟非偶爾向對方調侃、挑撥幾句之外，倒還神色從容。

雙惡一兇這邊，卻已漸漸按捺不住。逍遙羽士左沖首先「唰」地一聲，收攏了手中摺扇，一指龍門醫隱，獰聲說道：「柏長青，你我在西藏大雪山中，及嶗山大碧落崖的兩樁舊恨，如今正好算上一算。左沖仍要以手中這柄摺扇，會會你的鐵竹藥鋤，不妨由我們開始這場黃山盛會如何？」

龍門醫隱微微一笑，尙未答言，突然一聲宏亮長嘯劃破四山靜寂。眾人隨著嘯聲方向望去，只見三條人影迅如電閃一般，自西南往這始信峰頭馳至。

這三條人影比起嶗山雙惡方才的來勢，更覺驚人！其中兩條人影腳程稍慢，似被另一人攜帶同行。但到了離始信峰只隔一壑之時，當先那條灰影突然甩脫其餘二人，足下加快，似雲飄電掣，輕靈迅捷，美妙無倫地獨自趕來。

此時醫、丐、酒三奇及雙兇、一惡，均已認出來人身法。龍門醫隱等人眉頭略皺，一兇、雙惡卻是精神陡長。果然不多時候，那條灰影飄上峰頭，正是眾人意料中的苗嶺陰魔邴浩。

這位苗嶺陰魔，真是一位曠代奇人！龍門醫隱、獨臂窮神及天台醉客上次和他相見之時，是在蟠塚山，各運神功，空中奪劍，相隔並不太久，但此時竟覺得他本來就頗爲清奇的貌相之上，又平添一臉的盎然道氣。

苗嶺陰魔一到，目光電掃全揚，向龍門醫隱笑道：「黑天狐宇文屏，我本料她不一定會來，但不老神仙與冷雲仙子二位，怎的也未見到來？」

龍門醫隱還未答言，身後的溫潤朗君尹一清已向苗嶺陰魔恭身施禮答道：「晚輩尹一清，啓稟邴老前輩，家師與師母少時即到！」

苗嶺陰魔仔細打量尹一清幾眼，點頭說道：「聽你這稱呼，葛龍驤大概是你師弟。

兩人同樣一般的溫溫潤潤，美玉精金，真比我那劣徒勝過百倍！」

這時峰下恰好翻上兩人，正是苗嶺陰魔邴浩的大弟子火眼狻猊沐亮，與二弟子聖手仙猿姬元。

苗嶺陰魔邴浩微喟又道：「你言中之意，諸、葛二人業已前嫌盡釋，夫婦同修。但老夫生平境況，和他們極爲相似，卻教我茹恨年年，情天莫補！我真要平明奏錄，上問蒼天，何以對邴浩如此之薄？」

青衣怪叟酈華峰、逍遙羽士左沖、冷面天王班獨等一兇、雙惡，見苗嶺陰魔到，正以爲可以乘不老神仙、冷雲仙子未來之前，把醫、丐、酒三奇打個落花流水！哪知他卻似和老友敘舊般傷感起前塵隱事。

酈華峰首先笑道：「邴兄，諸一涵、葛青霜不知何時才到。我們閒得無聊，不如就與對方開始動手吧！」

苗嶺陰魔邴浩霍地回身，兩道冷電似的眼神，在一兇、雙惡臉上來回掃視，看了半天，出聲嘆道：「諸兄之中，哪一位也有數十年的修持之力在身，怎的『名』、『氣』二字，一絲免除不掉？邴浩當時訂約黃山論劍，確實有點爭強好勝之念。但最近忽然悟徹人天，改變原來意旨。要想等武林十三奇現存人物到齊，彼此隨意略爲比劃，爲後輩稍留規範，不問勝負，便自棄修好，並替彼此弟子之間，消除歧視。把一切江湖恩怨，

交代到晚一輩的身上，我們這干老人便可學仙學佛，笑傲雲山，不再有絲毫塵俗牽掛，爲武林永留一段佳話，豈不是好？」

青衣怪叟等人也有自知之明，知道醫、丐、酒三奇武學雖高，但彼此互有長短，不過是伯仲之間，足可一戰，比諸一涵、葛青霜卻望塵莫及。所以把黃山論劍的大部分希望，寄託在苗嶺陰魔邴浩的一身絕世神功，及黑天狐宇文屏難纏難惹、霸道無倫的五毒邪功之上。但如今卻大出意外，聽苗嶺陰魔說出這麼一番話來。三人不禁面面相覷，互相走過一旁，竊竊私議。

就在一兕、雙惡計議未定之時，西方方向又有兩條人影翻上始信峰頭，一個是風骨浩奇的清矍道長，一個卻是青衣垂髫的秀美少女。

蟠塚一兕，嶗山雙惡與苗嶺陰魔全都不識此人，連獨臂窮神也未見過。但龍門醫隱、天台醉客卻含笑招呼道：「衛兄，九華爐火畢竟全功，這場功德委實不小！」

來人正是曾在東海絕島忍受黑天狐宇文屏一十九年無邊楚毒，堅貞亮節，人所同欽的衛天衢，與龍門醫隱的新收弟子荊芸。

衛天衢手中捧著五柄長劍，向龍門醫隱等人笑道：「衛天衢僥倖不曾辱命，把那匣金精鋼母煉成五柄『天心劍』。這位可是獨臂窮神柳大俠？兩位小友，亦恕眼生，柏大俠爲我引介引介。」

不言群俠寒暄情形，且說青衣怪叟酈華峰，與逍遙羽士左沖、冷面天王班獨見對方又來幫手，已把金精鋼母煉成五口寶劍，自己這面，則苗嶺陰魔居然無意爭勝，黑天狐宇文屏不見到來，勝負之數，幾乎不戰可定。倘不早行設法，少時諸、葛一到，再想安然脫身，恐怕不易。

計議一定，由青衣怪叟酈華峰發言，裝出一副安詳神色，向苗嶺陰魔邴浩及龍門醫隱等人抱拳笑道：「邴兄既有這種菩薩心腸，我等倘硬把這始信峰頭弄成一片腥風血雨，也覺得過分恃強逞狠。所以左、班二兄經酈華峰一再相勸，允許把這黃山論劍之會展延五年。到時我等再來此地，將彼此之間的是非恩怨，一齊了斷！話已講明，我等就此先行告別。」

青衣怪叟酈華鋒「別」字剛剛出口，逍遙羽士左沖、冷面天王班獨均是同一動作，袍袖一展，沖天飛起三條人影，往始信峰下落去。

獨臂窮神柳悟非見一兇、雙惡居然這樣忝不知恥地撒手一走，知道從此又為葛龍驤等小輩留下無窮隱患！但目前情勢，不便追也不好追。正氣得鬚眉俱起之時，長空之中，突又傳來一陣龍吟鳳鳴一般的清朗嘯聲。

那嘯聲來路好似極遠，但入耳卻極清晰，不帶絲毫肅殺之音，聽來令人胸中充滿一片祥和安泰天機，神智清寧，通體舒暢。連老花子柳悟非，見一兇、雙惡藉詞遁脫的那

一腔怒氣，也漸漸爲這柔和嘯聲，化爲烏有。

溫潤朗君尹一清入耳便知，此乃師父、師母所煉乾清罡氣之中的最高心法「萬妙清音」，遂向龍門醫隱稟道：「啓稟柏師叔，家師與師母已到。」

苗嶺陰魔邴浩也向龍門醫隱笑道：「鄺華峰他們走了也好。邴浩近年，萬事俱已悟透，就是這一點好勝之心，猶未泯滅。請聽諸、葛賢伉儷，把先天乾清罡氣融入嘯聲之中，在人尙未到以前，期以度化癡迷，消災弭劫。姑且不談功力，僅憑這種氣度胸襟，就比邴浩不止高出一籌。但我數十年潛修苦練，就爲的是會一會諸、葛雙仙，若不讓我向他們這對神仙眷屬手下討教討教，委實心有未甘。好在我們這種人物，也用不著像世俗一般拳來腳去，狠拚上個千、八百招，甚至談笑之間，即可分出高低。邴浩不認勝負，心願已了。也不回轉苗疆，找處靈山勝境，參禪學佛，從此不出江湖。我這兩個弟子生相雖惡，心地並不十分凶險。我已嚴囑他們，今後多行善，少結惡人。柏兄等主持武林正義，還望多加督導照拂，倘若他們做出過分傷天害理之事，可代邴浩予以誅戮。我絕不護短，一樣感激不盡！」

衆人見這苗嶺陰魔邴浩，今天不論言談舉止，均無殊出世高人，哪裡有絲毫像他那外號「陰魔」兩字？尤其是龍門醫隱柏長青，因昔日愛女柏青青挨了青衣怪叟鄺華峰的夾背一掌，生命險危，邴浩曾以極爲珍貴的獨門靈藥，「續命紫蘇丹」暗中相贈。再加

上大雪山七指神姥所贈的千年雪蓮實，不但換回了柏青青性命，還使她天賦稍弱的內家真力由此增強，彌補了武功方面的缺陷。所以對這苗嶺陰魔印象更好。

聽他竟把兩個弟子火眼狻猊沐亮、聖手仙猿姬元相託，含笑拱手笑道：「這始信峰頭一會之後，我們這干忝列武林十三奇中的老一輩人物，均欲歸隱。江湖之中的一切是非恩怨，由他們年輕子弟自去擔承。武林萬派一源，只要能夠行仁行義，不傷天理，不悖人情，分什麼正邪？又論什麼彼此？邴兄託徒之語，未免太謙！你與不老神仙、冷雲仙子合稱當世三秀，各有一身絕世神功，恐怕比上個三日三夜，也未必分得出高低上下。邴兄既勘透世情，須知萬事如棋，不著才是高手！何必定欲與諸、葛二位，留此一番痕跡作甚呢？」

苗嶺陰魔邴浩笑道：「柏兄所教雖是，但人生到處知何似？應似飛鴻踏雪泥！邴浩在這即將謝絕萬緣之際，還要來到這始信峰頭，一來是此會因我一言而起，不能不到場；二來也真想在這靈山勝境之間，會一會睽違已久的諸、葛雙奇，留下一點雪泥鴻爪，傳為武林千秋佳話！喏，那不是不老神仙與冷雲仙子？好一對令人豔羨的神仙眷屬！」

眾人隨他手指望去，果然在南面一座較小峰之上，站著一個看來三十上下，葛巾野服，清逸出塵的書生，和一個二十七、八，美似天人的道裝少婦。少婦左肩頭上，站著一隻蒼鷹大小的純白鸚鵡，身後卻隨著一個二十左右的絳衣少女。

眾人之中，除了衛天衢、鐵指怪仙翁伍天弘與小摩勒杜人龍、俠女荊芸、火眼狻猊沐亮、聖手仙猿姬元等六人以外，均是當年舊識。知道這書生、少婦正是名冠武林十三奇的不老神仙和冷雲仙子。

諸一涵、葛青霜遙見眾人業已發現自己夫婦，遂一齊開言笑道：「諸一涵、葛青霜率門下薛琪，問候武林舊友。」

人隨聲降，不縱不躍。連薛琪均是一樣，把這百丈懸崖竟當做了坦途大道，從容緩步，宛如憑虛飛落一般，霎時間飄墜面前。

諸、葛夫婦向龍門醫隱等人只含笑略打招呼，卻轉對苗嶺陰魔恭恭敬敬地深施一禮。慌得苗嶺陰魔連忙還禮，詫然問道：「賢伉儷，這算何故？」

諸一涵含笑說道：「邴兄一念生仁，面上祥光自現，不知為武林之內消弭多少浩劫奇災！愚夫婦一拜之微，難道還受不得麼？」

苗嶺陰魔邴浩不覺驚心，暗想自己方才對龍門醫隱等人所言，他們夫婦怎會知曉？但驚疑雖然驚疑，爭勝之心卻仍未泯。

略一沉吟，向諸一涵、葛青霜笑道：「諸兄先天易數，居然已能卜人心志，委實可佩。邴浩雖已立意永謝江湖，但在斷絕塵緣前，卻有個不情之請，要想與賢伉儷試一試彼此數十年潛修所得，到底到了什麼地步，並為武林留一段佳話，還望賢伉儷勿卻。」

話猶未了，長空一聲嘹亮鶴鳴，一隻絕大灰鶴背上馱著一人，如流星飛墜一般，自天而降。

鶴背上人在離地三、四丈高之處飄然縱落，正是那位東海歸來的小俠葛龍驤！他到頂之後先行叩拜恩師、姑母。再向其餘諸人禮見之後，肅立恩師兼姑父的不老神仙諸一涵身旁，低低稟告數語。

諸一涵看了苗嶺陰魔邴浩一眼，微笑頷首，葛龍驤遂速整衣冠，向苗嶺陰魔邴浩深施一禮，躬身說道：「邴老前輩，晚輩葛龍驤一句無禮之言，可否出口？」

苗嶺陰魔邴浩自葛龍驤來後，兩道眼神始終傾注在那隻巨鶴身上。此時聽他問話，才自回頭笑道：「我與你最覺投緣，無論何等無禮之言，均不怪你，但說無妨。不過我先要問這隻巨鶴是哪裡來的？」

葛龍驤答道：「晚輩因事遠赴東海，遇見一位神尼，法號覺羅，特借座下靈鶴飛來黃山，並言及邴老前輩在蟠塚山暗傳晚輩及谷飛英師妹的那套『維摩步』法，依然未臻極善，內有破綻可尋。」

邴浩平生，最自鳴得意的就是這套獨創精研的「維摩步」法，如今聽說有個覺羅神尼指他未臻極善，尚有破綻可尋，不由嗔心大動，兩道長眉一聳，向葛龍驤說道：「你

且說來，我那『維摩步』法之中，何處留有破綻？」

葛龍驤垂手躬身稟道：「老前輩請恕龍驤狂妄，這種破綻，非經彼此過手，不能發現！」

苗嶺陰魔邴浩聞言又是一愣，但旋即哈哈笑道：「你這娃兒，倒也有趣。不知要甚花樣，作弄老夫。猶且一切依你，倒看看……」

言猶未了，忽然轉臉向火眼狻猊沐亮招手喚過，在他身上解下一柄寶劍，雙手遞與冷雲仙子說道：「這是葛仙子的青霜劍，前在蟠塚，我怕令徒倚仗手有這種神物利器，過分逞強，容易折在那些心狠手辣的四惡、雙兇、及黑天狐宇文屏手內，才暫時收存。如今先行原璧歸趙，然後再與這位葛龍驤小友戲耍一番。」

冷雲仙子稱謝接過青霜劍，卻轉手遞與龍門醫隱，笑道：「此劍雖然無恙，但已總落入外人之手。令嬡青青，與舍侄龍驤盟深金石，紫電、青霜又是和合雌雄雙劍。紫電劍既為龍驤所有，這柄青霜劍就做為我致贈令嬡的禮物便了。」

葛龍驤、柏青青的一段姻緣，到此才算是事事踏實。龍門醫隱滿面歡容地接劍之餘，又想到愛女在黑天狐宇文屏的手中，不知業已被折磨成什麼模樣。因此在喜色之中，又復平添幾分憂慮。

葛龍驤與他這未來岳丈，也是同一心思。但放眼峰頭，這麼多武林之中的絕世高

手，黑天狐真若來時，倘再救不出柏青青，那也只好歸諸命運。還是先了斷覺羅大師托辦之事要緊。

遂走到苗嶺陰魔之前，又是深深一禮說道：「老前輩神功絕世，彈指之間，晚生下輩立成齏粉。還望只准施展『維摩步』法閃避，葛龍驤才能依照那位東海神尼所傳，找出破綻所在。」

邴浩縱聲大笑說道：「你哪學來的這套嘮叨，我會向你還手？你也未免把邴浩這點微名，看得太微不足道！儘管盡心施展，不要耽誤了我與你師父、師母的正式比賽。」

諸一涵、葛青霜見他總口口聲聲忘不了和自己夫婦爭勝比鬥，不由相顧微微一笑。

葛龍驤話全說明之後，抱元守一，靜氣凝神，竟略變東海神尼所囑，一開始不用新學成的『散花手』法，掌翻「神龍鬧海」，一片狂飆，用的是獨臂窮神柳悟非的龍形八掌。苗嶺陰魔邴浩一身武學，確實已入化境，別說是葛龍驤，就是獨臂窮神柳悟非親自施展這龍形八掌，也一樣奈何他不得。

但葛龍驤如今在這套掌法之上，已具相當功力，龍騰龍撲，龍攫龍拿，把一套龍形八掌的威力發揮得淋漓盡致。只看得獨臂窮神眉飛色舞，連不老神仙與冷雲仙子也連連含笑點頭。

苗嶺陰魔邴浩果然只施展他那套精絕妙絕的「維摩步」法，博袖雙揚，飄飄而舞。

任憑葛龍驤使盡絕招，也未沾上他半絲衣袂。

龍形八掌又稱龍形八式，每式之中暗藏八種變化。直等葛龍驤把這威勢無倫、神妙莫測的八八六十四招一齊使完，收勢住手之時，苗嶺陰魔神色暇愉地含笑問道：「你且說來，我這『維摩步』法的破綻何在？」

葛龍驤躬身含笑道：「龍驤是因老前輩歸隱在即，以後是否有緣再叨教益，尚自難定。故而才藉此把『維摩步』法，再記一遍。至於要說破綻所在，老前輩請想，你那三十六步『步下生蓮』一式，似因靈台之中尚存爭名好勝之念，不能參透西方淨土金蓮妙諦，以致未達爐火純青之境。一旦遇上真正大乘高手，不有破綻可尋麼？」

葛龍驤秉性忠厚，因苗嶺陰魔邴浩對自己及柏青青有傳技贈藥之德，他平素又自視極高，一切塵俗之中，就是這點爭勝好名的嗔心未退。他看眾目睽睽，才略變原計，想把東海神尼覺羅大師所傳，針對他那「維摩步」的「散花手」不加實用，改在言語之中點出，乘機也把「維摩步」再行熟練一遍。

所以這一番話，立論極高。不但苗嶺陰魔聽得悚然一驚，除不老神仙、冷雲仙子依舊妙相莊嚴，和祥微笑之外，連龍門醫隱、獨臂窮神都不由奇詫，半月相隔，葛龍驤怎會有如此進境？

苗嶺陰魔邴浩雖頗心驚，依然不服，含笑問道：「你的話雖然說得有理，今世之

中，我還真不相信會有這樣無相無礙的大乘高手！」

葛龍驤天生情種，推己及人，知道東海神尼覺羅大師西歸在即，想讓這對分飛四十年的勞燕，多聚些時，故而不願再行多事耽擱，應聲莊容笑道：「邴老前輩聽真！在你『維摩步』第三十六式『步下生蓮』，左腳點地、右足將移未移之時，倘若有人左手給你一招『兜羅法雨』，右手來一招『亂散天花』，足下再……」

葛龍驤話猶未了，苗嶺陰魔邴浩業已面容劇變，急急叫道：「這是絕傳四十年的『散花手』法，但比以前更覺精微。你在東海所遇神尼，是個甚等樣人？」

葛龍驤朗聲道：「神尼法號覺羅，也就是四十年前，與老前輩唱隨嘯傲的玉簪仙子！」

全場之人，均為這「玉簪仙子」四字所驚。尤其是那位苗嶺陰魔，怔住半天，才雙目凝神，緩緩地一字一字問道：「玉……簪……仙……子……聞……說……物……化已……久！你……這話靠……靠不住吧？」

葛龍驤知道時機已到，回手自懷中摸出覺羅大師的那半截玉簪，恭恭敬敬捧在手中，叫道：「邴老前輩請看，這是不是玉簪仙子的昔年故物？」

邴浩顫巍巍地自葛龍驤手中取過，反覆一看，又自自己懷中也取出半截玉簪，互相一對，果然嚴絲合縫，半點不差。眼中頓時潸然落淚，長嘆一聲，對葛龍驤說道：「葛

小俠有所不知，就是這半截玉簪，使我邴浩做了四十年的苗嶺陰魔！這……這玉簪主人既然尚在，又傳葛小俠『散花手』法，來此對我點化，難道竟無半語相通，依然恨我當時一點小錯，不肯與我見上一面麼？」

葛龍驤被苗嶺陰魔邴浩的這種神色，也弄得有點眼紅起來。微一定心，然後說道：「玉簪仙子命龍驤帶話言道，老前輩這四十年來雖有苗嶺陰魔之名，卻無苗嶺陰魔之實，不然今日也不會玉簪重合。但玉簪仙子塵緣早滿，就在東海覺羅島上，等候老前輩見最後一面，便自西歸……」

邴浩不等葛龍驤話完，含淚急急問道：「東海覺羅島怎樣走法？」

葛龍驤答道：「晚輩來往均是乘坐覺羅大師的座下靈鶴飛行，老前輩可乘此鶴回歸東海……」言猶未了，卻見那鶴不在場上，不知飛往何處。

眾人正在四處覓鶴之際，相隔四、五十丈的始信峰北崖絕頂，突然出現一個青衣女子，用足內家真氣，向南崖諸人叫道：「玄衣龍女柏青青及谷飛英二位女俠，均在此崖絕頂，安好無恙。那葛小俠的殺父深仇黑天狐宇文屏，則可能被我活埋在秘洞之中。但爲防萬一，最好哪位前輩過崖一搜。她那秘洞出口，是在此崖半腰一棵最高參天古樹左側，一片蔓草雜樹之內。」

這女子別人陌生，葛龍驤與小摩勒杜人龍卻很熟悉，正是那位「只可風流莫下流」

的魏無雙。

一聽柏青青、谷飛英居然完好無恙，久壓在龍門醫隱眾人心頭的一塊大石，才自落地。邴浩向葛龍驤笑道：「葛小俠對我邴浩，可說是恩大於天。黑天狐宇文屏既是你的殺父深仇之人，趁這靈鶴未歸之際，老夫略表寸心，替你搜她一下。」

尾音尚在耳中，人已接連幾縱，縱落在那株橫臥兩崖的長松之上，飛渡北崖而去。

葛龍驤見黑天狐已有邴浩去搜，遂亦運足真氣，向對崖叫道：「魏姐姐！妳既說我那青妹與谷師妹一齊安然無恙，怎不把她們帶上崖頂，讓我們看看！」

魏無雙知道葛龍驤心懸情念，掩口一笑，入洞叫道：「青妹，你那位龍哥哥放心不下，要看看妳。容我先把妳們二位搭到崖頂。方才見對崖有隻絕大灰鶴，只要請不老神仙或是冷雲仙子，把妳們被點的『天殘』重穴解開，就可以騎鶴飛過去。」

原來黑天狐宇文屏蜷伏在北崖半腰秘洞出口之處，等待魏無雙選擇適當時機，用紫電劍碎割柏青青、谷飛英二女，引得群俠急痛傷神之際，過崖用五毒邪功突下毒手。但諸、葛雙奇未到以前，所發的那種「萬妙清音」業已練入化境。自己從無名樵子身上，用慘毒非刑壓榨出的那點《紫清真訣》所載武功，畢竟因最後兩頁的精華已失，驪珠未得，比常人似覺神奇，但與不老神仙或冷雲仙子相較，則自知仍然差得甚遠。

雖然如此，宇文屏仍不死心，她把希望寄託在苗嶺陰魔邴浩身上。直等到遙遙看出邴浩那種神情，知道兇謀成畫餅以後，滿腔失望積怒，才想在柏青青、谷飛英二女身上發洩，鋼牙一銼，調頭便自秘道口，再上北崖絕頂。

此時魏無雙業已砍下好大一堆石鐘乳及不少大石，堆在秘道口間相待。三女之中，柏青青、谷飛英的耳力較好，黑天狐一有動靜，即已發覺，向魏無雙低聲說道：「魏姐姐，妖婦已來，還不趕快推落鐘乳大石！」魏無雙點頭一笑，雙掌狂揮，那一大堆鐘乳山石便轟隆隆地往下墜落。

可惜就可惜在三女俱嫌略不沉穩，倘等到黑天狐行程過半之時再行發動，則此兇毒惡婦不必等到二次黃山大會，目下便可活埋在這秘洞之內。

黑天狐上行不久，便聞墜石之聲，驟然警覺自己這個惡當上得太大，這魏無雙果然仍是敵人一黨。般般心願，件件成虛。

黑天狐宇文屏怎不把這位風流教主恨入骨髓？但黑天狐自己此時性命交關，哪裡顧得恨人？倘幸只攀登了二十來丈，趕緊翻身疾退至五、六丈外，大堆岩石鐘乳已如沉雷壓頂一般，帶著一片震耳欲聾的轟隆之聲，當頭砸下！此時黑天狐練的那點《紫清真訣》倒還有了大用，拚命地提足一口紫清罡氣，護住全身，並用大力千斤墜法，急劇下降。

落地之後，趕緊貼身崖壁。岩石鐘乳附身，空自煙塵四起，碎石星飛，但也只讓黑天狐宇文屏在紫清罡氣防護不到之處，略受輕傷，無甚大礙。

此時洞上仍有岩石鐘乳不斷下墜，黑天狐知道無望攀登。她心計本巧，一想魏無雙既已下這毒手，可能已把敵人招來，在秘道出口相待。尚幸自己事事預留退步，當初建築秘道時，即另外準備了一個出口。雖對魏無雙極端信任，亦未告訴她此項秘密，如今何不由第二出口脫身，他日再圖報復之計？

這第二出口，離原來的出口約莫遠出數十丈左右。等她曲折迂迴，鑽到始信峰外，正好是邴浩縱落長松，過崖搜尋之際。黑天狐不敢稍停。怒嘯一聲，便即遁入密林之中，匆匆逸去。

邴浩見相距太遠，黑天狐又是逃入林中，追亦無用，只得斷然回轉南崖。這時靈鶴猶未飛來，魏無雙已把柏青青、谷飛英二女連同所臥軟榻，抱向崖頂，欲向諸、葛雙奇討教解那天殘重穴之策。

眾人均不知柏、谷二女著了黑天狐宇文屏的什麼道兒？不敢貿然置口，冷雲仙子因見魏無雙提氣傳音極爲費力，遂命白鸚鵡雪玉飛過崖去，探詢一切。

魏無雙見有這麼一隻靈鳥能解人言，不禁大喜。便把柏、谷二女是被黑天狐宇文屏點了天殘重穴，只能說話，全身癱軟，不能動轉等情，細說一遍。白鸚鵡展翅飛回，照

樣學舌。

冷雲仙子聽完，正要加以指示，一點灰影業已從空而降，正是覺羅大師座下的那隻靈鶴飛回。

邴浩不等靈鶴落地，縱身一躍，便上鶴背，向葛龍驤笑道：「解救對崖兩位姑娘被黑天狐宇文屏所點『天殘』重穴，似還用不著葛仙子與涵青閣主人出手。老夫有感你為我東海遠行之事，特效微勞，並把『續命紫蘇丹』再贈她們一人一粒便了。」說罷，輕拍鶴項。靈鶴善解人意，展翅便往對崖飛去。

魏無雙隔崖聽了好久，知道這位苗嶺陰魔如今與諸位大俠已是一路人物，見他跨鶴飛來，肅立躬身，施禮說道：「弟子魏無雙，拜見邴老前輩。」

邴浩久處西南，聽說過這麼一位人物，縱下鶴背，含笑說道：「這始信峰的風水不錯，我這苗嶺陰魔『陰魔脫體』，妳這風流教主也從此真得風流。我且看看這兩位姑娘，受了黑天狐宇文屏的什麼暗算？」

柏青青上次雖蒙邴浩贈藥，但係在被青衣怪叟鄺華峰夾背一掌擊傷暈死以後，未曾見過本人。所以若不是聽他自己報名，真不敢相信這樣一位仙風道骨的爽朗風趣老人，居然就是俗傳群邪之首的苗嶺陰魔邴浩。谷飛英則在九華山毒龍潭取那金精鋼母之時，隨同天台醉客余獨醒隱身暗處，見過此老。

邴浩略爲察看二女周身，並仔細一診脈息，向魏無雙搖頭嘆道：「黑天狐宇文屏的確不愧爲天下第一兇人之號。她所點的這種『天殘』重穴，乃是所有點穴之中最毒的一種。別說功力稍差者妄加下手解救立時斃命以外，連功力精奧、深明利害的重穴行家，按照穴道經脈著意解救，也是救手斷手，救腿斷腿。等到警覺不對時，四肢早殘，頂多活個三、兩月，所以才叫做『天殘』重穴。」

三女聞言，一齊花容失色。魏無雙首先問道：「邴老前輩功參造化，學窮天人，難道就無法解救黑天狐宇文屏所下的毒手了嗎？」

邴浩笑道：「禍由己致，福自天申！黑天狐任憑怎樣兇毒無倫，她也逆不了冥冥之中的早決之數。這樣兩個好孩子，真若就此毀在她手中，哪裡還有天理？邴浩受葛龍驤之恩甚重，愧無所報，只有在他這師姐妹身上傾盡心力而已。」

隨即偏頭向對崖叫道：「涵青閣主諸兄、葛仙子，或是龍門醫隱柏大俠，你們身邊誰有益元保命之類靈藥？交這靈鶴送點過來。宇文屏手法太狠，柏、谷二女的四肢經脈暗傷過重，我怕我自己的兩丸『續命紫蘇丹』，萬一藥力不夠，容易令她們抱憾終身！柏大俠的醫道通神，能來助我一臂之力最好！」話完把手一揮，靈鶴便自隔崖飛過。

龍門醫隱一聞邴浩此言，知道事態必甚嚴重。急忙向葛龍驤要來在蟠塚分手之時，自己偷偷塞給他的一粒千年雪蓮實，縱上鶴背，便自趕過。

一察二女脈象，果與邴浩所說的相同，是傷非病。自己下手治療，因爲功力懸殊，就不如邴浩高妙。遂取出僅存的兩顆千年雪蓮實，遞與邴浩，神色凝重地說道：「當仁不讓，邴兄請自施爲，柏長青爲你護法便了。」

邴浩見他千年雪蓮實竟有兩顆之多，不由笑道：「有此稀世靈藥，再加上我的續命紫蘇丹，柏兄儘管寬心，包在邴浩身上，還你一個鮮蹦活跳的女兒和賢侄女就是。」

轉手又自懷中取出兩粒青色蠟丸，揑碎外皮，裡面卻是兩粒異香撲鼻的紫色靈丹，與那千年雪蓮實，分塞二女口中。囑咐她們凡事全任自然，千萬不可加以絲毫抗拒。

柏、谷二女知道這是自己的重要關頭，一齊如言服下兩種靈藥，便自垂簾靜慮，期使萬念不生。

邴浩看出二女的內家功力均已極高，不由暗暗點頭。直等她們返虛入渾，到了無相之境，估量那兩種稀世靈藥，藥力也已化開到達周身，遂向龍門醫隱笑道：「我要在刹那間，點開她們身上的九處大穴。恐怕萬一稍有殞越，柏兄且助一臂之力，兩位姑娘的雙腿要穴就交給你了。魏姑娘，請妳先把柏姑娘的上半身扶起。」

魏無雙席地而坐，把柏青青半扶半抱，偎在懷中，邴浩隔空認穴，運指如風，連點她「將台」、「七坎」、「鳳尾」、「精促」、「脊心」及「天宗」、「極泉」等前後胸、左右雙臂的七處大穴。

龍門醫隱也在愛女左右雙腿的「陰谷」、「陰包」兩處大穴之上，疾落二指，並在柏青青嚶嚀一聲，四肢回甦之際，又以玉元益露，餵她服下了三粒太乙清寧丹。回頭再對谷飛英如法炮製，亦幸未有意外。

因那隻靈鶴極大，可載兩人，遂由龍門醫隱護送谷飛英，魏無雙護送柏青青，分兩次飛過南崖。末後一次，邴浩獨自上騎，卻不再往南崖落下，只向諸一涵、葛青霜、龍門醫隱、葛龍驤等人，及自己兩個徒兒沐亮、姬元含笑擺手，飛往東南而去。

不老神仙諸一涵目送一人一鶴隱入遙空，獨自點頭笑道：「彼原香案吏，身在大羅天！邴老兒性情不昧，確是我道中人。這幾十年來，居邪不邪，實在難得！」

閃眼瞥見沐亮、姬元仍然侍立當地，遂含笑說道：「令師此去，可能歸入佛門，不再過問紅塵俗事。賢師兄弟且返苗疆，恪遵令師訓教，爲西南一帶蒼生多多造福，並謹慎交遊，前程無量！」

沐亮、姬元謝過訓教，再拜辭去。

龍門醫隱遂爲衛天衢、伍天弘引見不老神仙與冷雲仙子。

衛天衢雖然已是歷劫之身，明心見性，但想起自己昔年與黑天狐宇文屏那段鬼事，總覺得有點愧對這諸、葛二位。諸一涵那一雙神目，簡直能夠看入人的心底深處。先與伍天弘略爲寒暄，便即伸手把住衛天衢雙臂笑道：「衛兄謙謙襟抱，朗朗智

珠，真是龍華會上人物！諸一涵欽佩已久，黃山一會，足慰平生！往事如露如電，如泡如幻。君子之過，宛如日月之蝕。再如提起，便是俗人了！」

淡淡的幾句話，居然就講得衛天衢天君通泰，神色自如。雙手捧過在九華山石門洞用那匣金精鋼母鑄造的五柄寶劍，向諸一涵說道：「諸大俠如此寬仁，則衛天衢只有腆顏自恕。這五柄劍係仿照紫電、青霜的長短形式所鑄，劍柄末端全做心形，連同原有的紫電、青霜，可否就稱之為『天心七劍』？」

諸一涵接過一柄，出鞘寸許，寒光即已砭人。知道確是斬金截鐵之物，向衛天衢笑道：「天心七劍之名大佳！紫電、青霜既已為葛龍驤、柏青青所有，這五柄劍就分賜尹一清、薛琪、谷飛英、杜人龍及荊芸五人。同時因為我們老一輩的，從此即將真正封劍歸隱，不問世事。他們小兄弟七人，大可以柏兄所居龍門山天心谷為名，開創一個『天心正派』，為武林之中，主持正義！尹一清、薛琪性情相若，均是一般寧靜謙和，年貌又復相當。可由我做主，結為夫婦，在衡山涵青閣故址靜參武家上道。葛龍驤、柏青青鴛盟早定，可同主天心谷。谷飛英、杜人龍、荊芸三人年歲尚輕，則可隨意居停在任何一位師兄、師姐之處，得便修積外功，行俠江湖。至於柏、柳、余三兄，愚夫婦已在冷雲谷內闢地恭迎。衛兄另有去處，伍兄則似尚未能塵緣盡了，須在這莽莽紅塵之中，再積幾件莫大功德！」

不老神仙寥寥數語，便對各位老俠及少俠終身行止，均已有所安排。冷雲仙子葛青霜含笑道：「你看來滿有條理，怎的偏偏漏卻了一朵濁水青蓮？魏姑娘！妳雖然尚有俗牽，但我冷雲谷中倒歡迎妳先去住上個三年、兩載。」

衛天衢本想附驥諸老，就在冷雲谷中潛修，但聽諸一涵說自己另有去處，頗爲不解。魏無雙則見冷雲仙子說自己尚有俗牽，也覺詫異！

就在此時，葛龍驤含淚拜倒在恩師、師母而兼姑父、姑母的不老神仙和冷雲仙子面前，請示如何尋覓生母秋菊存亡下落，以及如何追殺黑天狐以報父仇！

不老神仙諸一涵命葛龍驤起立，嘆道：「你母因係頭胎，沿路折磨太多，致在衡山產下你之後，即驚風致死。我一步來遲，救已無及。墓地現在衡山，這些都是定數，事隔多年，徒悲無益。至於黑天狐宇文屏，今日雖被她逃去，但神道昭昭，天理不爽！善惡到頭終有報，只爭來早與來遲！我料她至遲二次黃山大會，必然逃不出你們天心七劍之下，所失的天孫錦、碧玉靈蜍與毒龍軟杖，到時也自會追回。你自下山以來，所有言行均尚能未負所期，殊堪嘉許！五年之內，再能益自憤發，刻苦砥礪，則到時我必自有獎勉，這一場盛會風流雲散，你可有什麼話忘了傳到麼？」

葛龍驤被恩師一言提醒，轉面對衛天衢說道：「東海神尼覺羅大師命晚輩傳言，說是衛老前輩留居中土名山，或是仍返東海與邴老前輩同修，均可自便。」

衛天衢聞言，不由對不老神仙佩服得五體投地，搖頭嘆聲讚道：「諸老俠的先天易數，委實有鬼神難測之妙！我曾受東海神尼點化維護之德，她托葛小俠如此傳語，分明是要我在東海逍遙，並略減邴老先生岑寂。」

諸一涵微笑不答，忽然閉目作歌：「我本楚狂人，狂歌笑孔丘，手持綠玉杖，朝別黃鶴樓。五嶽尋仙不辭遠，一生好入名山遊……」

冷雲仙子笑道：「你唱什麼青蓮居士的『廬山謠』？如今萬緣俱了，且返廬山去吧！」含笑拉住魏無雙，回顧龍門醫隱等人，說了聲：「諸兄且自安排未了俗累，愚夫婦先往冷雲谷中，掃徑相待！」飄然舉袂，又和來時一樣，從容緩步，與不老神仙直上絕峰。

柳悟非一聲怪叫，說道：「老花子只剩下一件百結鶉衣和一條獨臂，有什麼未了之事，牽得住我這野鶴閒雲？要走便走！」

天台醉客余獨醒也無牽掛，含笑同行；龍門醫隱則因既須與葛龍驤、柏青青主婚，又須安排天心谷內族人各事；衛天衢則須赴東海；鐵指怪仙翁伍天弘此次眼界大開，狂傲之性大減，也知自己平素只憑怪癖行事，無甚功德，故想乘這幾年間，好好雲遊天下，做幾項大快人心之事。遂與七個小一輩的男女群俠，一齊佇立相送，並各自作別。

廿九　風波再起

華山在五嶽之中，本來就以險稱奇。但在華山的最險之處，必須由「鷂子翻身」貼壁倒行，才能到達的「下棋亭」上，正有一個四十來歲的黃衫秀士，負手望天，似有所待。

突然在那「鷂子翻身」的絕壁之上，援下一條人影，是一個三十來歲的相貌兇惡壯漢。到了亭上，向黃衫秀士躬身稟道：「啓稟魔君，弟子遠遠望見那賊花子，已向此處走過來了。」

那被稱做魔君的黃衫秀士，自鼻孔之內微哼一聲，說道：「他居然敢赴我的『三蛇生死宴』，真算膽量不錯！錢三，且去準備各物，我在此地等他。」

壯漢錢三領命轉過亭後，又復過去了片刻，絕壁頂端有人一陣哈哈大笑說道：「『下棋亭』是華山勝景，『三蛇生死宴』的名稱，也著實新鮮別緻！其地絕雅，其名不俗，我倒看看是哪位高人對我奚沉錯愛？」尾音未收，人已如瀉電飛星一般，在絕壁

藤蔓之間微一借力，縱落亭前，是個身著百結鶉衣的瘦削中年乞丐。

黃衫秀士見來人身法靈妙，把手一拱問道：「來人可是窮家幫中長老之一，神乞奚沅？」

乞丐抱拳還禮，微一打量黃衫秀士，含笑答道：「不敢當神乞之稱，在下正是奚沅。尊駕上姓高名，恕我眼拙！」

黃衫秀士突然一陣放聲大笑，笑聲寬洪高亮，四山回音，歷久不絕。笑完神色倏地一冷說道：「你們這些中原大俠，哪裡會認得我這南荒野人，在下複姓端木，單一個烈字。」

奚沅驀的一驚，不由得又打量這黃衫秀士兩眼，詫然問道：「尊駕就是廣西勾漏山陰風谷的蛇魔君，鐵線黃衫端木烈麼？」

黃衫秀士點頭說道：「江湖之中，倒是真送過我這麼一個『蛇魔君鐵線黃衫』名號，端木烈卻之不恭，只得領受。奚大俠大概想不到，請你吃這頓『三蛇生死宴』的，會是我這個輕易不在江湖走動的南荒怪物吧？」

奚沅身為窮家幫長老之一，幫中弟子散佈天下，耳目極廣。早就聽說過廣西勾漏山陰風谷中，有這麼一位專伏各種毒蛇的蛇魔君鐵線黃衫端木烈。但此人足有十年未出江湖，怎會這麼巧在關中相遇，並差人投柬請自己到這華山亭，吃些什麼「三蛇生死宴」

來呢？

自黃山論劍，武林十三奇中不老神仙、冷雲仙子及醫、丐、酒等一干正派長老，歸隱廬山冷雲谷以後的兩、三年間，遼東雙煞、大漠飛熊等幾個久未在江湖走動的著名兇人，均紛紛出現。

奚沅這次就是自西北歸來，打算去往龍門山天心谷，一訪葛龍驤、柏青青夫婦敘舊，並告以最近的江湖狀況，與群魔蠢動情形。如今既在此處碰上端木烈這個魔頭，他與自己素昧平生，毫無恩怨，倒要看看他突然邀約的用意何在？

他念頭打定，遂向端木烈笑道：「今日之會，雖出於奚沅意料，但天下人交天下士，彼此風萍一聚，也是因緣。端木兄不會無故相召，若有見教，儘管請講！」

端木烈點頭笑道：「奚大俠豪邁無倫，果是武林中人本色！端木烈確實有事請教。且請入亭小坐，我們邊吃邊談。錢三！你還不上菜？」

奚沅遂隨端木烈入亭坐下，那壯漢錢三用事先備好的炭爐鍋碗，一陣忙碌，端來一大碗熱騰騰、香噴噴的紅燒蛇肉。端木烈首先夾了一塊，送入口中，然後舉箸讓客。

奚沅哪能示弱，入口一嚐，不由讚道：「這是百年以上的追風烏梢，此蟒華山不產，端木兄可能還是從遠處帶來。奚沅口福不淺，先行謝過！」

端木烈微笑說道：「這條追風烏梢巨蟒，是我途中所獲，來得還不算遠。奚大俠，

你再嚐嚐這第二碗菜！」

壯漢錢三叉端來一只絕大海碗和兩個小碗，海碗之中湯呈乳白色，香味極濃，碗底卻有隻一尺來長，項有四足，腹形如袋，活像一具四絃琵琶的異種毒蛇。

奚沅仔細端詳，抬頭問道：「這像是浙東的琵琶蛇？端本兄果然不愧『蛇魔君』之稱，我這弄蛇花郎，委實要退避三舍了。」

端木烈自懷中掏出一只白色玉瓶，向自己面前的那個小碗之中傾出少許藥粉，然後用匙取湯，略一調勻，喝了一口，說道：「奚大俠眼力不錯，此蛇確是在浙東三門所獲。若不是要請你這等高人，端木烈還真捨不得烹以饗食。這琵琶蛇湯風味絕佳，奚大俠怎不嘗試嘗試？」

奚沅知道這碗琵琶蛇湯是整隻煮熟，並未去毒。倘無解毒之術，空對美味卻無法下嚥，同時也等於被人較短，丟了顏面。尙幸窮家幫中人物，無不善尅蛇蟲，除去像大巴山密林之內，所遇金鉤毒蠍那等罕見怪物之外，普通毒蛇倒還難不住自己。遂也自腰間取出一塊草藥，和入湯中。喝了兩口，果然覺得這琵琶蛇湯鮮美已極，風味之美，簡直勝過一切三蒸五炙的龍羹鳳膾。

就在奚沅飲湯之際，錢三叉端來兩個大白瓷盤，上覆巨碗，分放二人面前。瓷盤的蓋碗之中，應該扣的是兩條奇毒活蛇，以備雙方各顯功力，將蛇制死以後再去烹調。照

他第一碗紅燒烏梢毒蟒，第二碗清燉整隻琵琶蛇的情形看來，這盤中所蓋必不是尋常之物。但好在端木烈身爲主人，且先看他怎樣動作，再行相機應付就是。

端木烈目光先往兩個大瓷盤上一瞥，眉間突然籠聚殺氣，但一閃即隱，向奚沅淡淡笑道：「奚大俠，這第三道菜在未用之前，端木烈有一言相詢，務望奚大俠要盡舉所知以告！」

奚沅從端木烈淡漠的笑容之後，已經感覺到有一種冷森森的殺氣。心頭重行再一盤算，委實與此人毫無仇怨可言。遂一面留心警戒，一面哈哈大笑說道：「別說奚沅與端木兄素昧平生，毫無恩怨。縱然有甚關連，大丈夫光明磊落，事無不可對人言。端木兄有話請講，奚沅但有所知，無不奉告！」

端木烈雙眉軒動，那股殺氣又復微微一現，目注奚沅問道：「端木烈有一位結盟兄長，江湖人稱賽方朔駱松年，已有多年不見。此次端木烈爲踐一樁舊約，再出江湖，特到幽燕一帶尋我盟兄，但已音訊全無。奚大俠俠蹤遍及宇內，可曾有所見聞麼？」

奚沅心中方自恍然，知道一場惡鬥恐怕無法避免，也把神色一冷，說道：「端木兄，你這位盟兄人品不太端正，奚沅曾在雲南會澤與他見過一面，並在烏蒙山歸雲堡主獨杖神叟萬雲樵的後園之中，被他隔牆暗算，中了一支苗人吹箭。」

端木烈目光越發冷酷，緩緩沉聲問道：「你們這干假仁假義、沽名釣譽的自命俠義道中人物，就為了這點嫌隙，便追蹤到苗嶺深山，倚眾行兇，把我盟兄砍去四肢，並幾乎把人打成肉泥一般……」

奚沅不等他說完，正色說道：「端木魔君，你休得含血噴人！那種殘酷手段，普天之下只有一人能夠做得出來！」

端木烈「哼」了一聲，問道：「是誰？」

奚沅說道：「是號稱天下第一兇人的黑天狐宇文屏，在苗嶺深林慘殺賽方朔駱松年，並奪去駱松年竊自我們身邊的碧玉靈蜍和毒龍軟杖。」

端木烈微一思索，點頭說道：「照那手段之毒，確有幾分像是黑天狐宇文屏所為。但端木烈怎知不是你們挾奪寶傷人之仇，害死我盟兄，而故意嫁禍到那行蹤飄忽、無跡可尋的黑天狐身上？」

奚沅冷笑說道：「你如這樣想法，何必多話？奚沅一身在此，悉聽尊便就是！」

端木烈臉上神色突然一緩，微帶譎笑說道：「為我盟兄之事，少不得要與奚大俠比劃比劃！但我這『三蛇生死宴』尚未吃完，主人之道未盡，不能對客無禮。我們吃完後再說！」

奚沅越看越覺得，這位蛇魔君鐵線黃衫端木烈冷靜陰沉無比，眼光在詭譎機靈之後，時常流露一種極冷極毒極兇極辣的神色，真像是一條毒蛇一般。與他隔桌而坐，身

上自然而然地起一身悚慄！再者，蛇魔君請自己吃那瓷盤之中所蓋之物，知道必是一樁極難考驗，甚至藏有莫大危機。不覺之間暗中提起一口混元真氣，瀰漫周身，並特別防護幾處致命大穴，凝神注目，看那蛇魔君有何動作。

蛇魔君見到奚沅的戒備情形，哂然一笑，伸手便把自己面前那大白瓷盤的上覆巨碗，輕輕地揭開。

巨碗一揭，碗中所覆的果然是條活蛇！蛇長不到二尺，細如小指，但色澤極為怪異，淡黃之內，隱泛金光！在白瓷盤中蟠成一堆，一顆三角錐形、比身軀大約一倍的怪頭，昂起好高、當額一隻獨目，時開時合，精光炯炯，注定端木烈。口中紫色的蛇信不住吞吐，時合時張，並還時做「噓噓」吹竹之聲。

奚沅悚然一驚，這種奇形毒蛇自己雖未見過，但卻久聞其名，叫做「獨目金蛇」。只有極潮極濃的沼澤地區之中偶有生長，奇毒絕倫，噬人無救。但那一隻獨目，卻是起死回生的無上療傷和解瘴妙藥，想不到居然被這位蛇魔君一捉兩條，養來當做今日這「三蛇生死宴」的主要活菜，考較自己。平心自忖，對這條「獨目金蛇」真有點消受不了，這場面卻怎樣圓法？

奚沅正在為難，端木烈已向他說道：「奚大俠，這獨目金蛇，可比先前的追風烏梢及琵琶蛇難捉得多，生吃尤為味美。端木烈敬完你這最後一道菜，便要討教幾招名家手

法了。」

說罷，微伸左手，在那條小小金蛇眼前作勢一晃。

那金蛇本是極毒之物，長日關在不見天日的竹筒之內，一旦放出，本來已在蓄威作勢，哪裡還禁得起這樣撩撥？

三角錐形蛇頭一昂，森森怪口怒開，颼的一聲，宛如石火電光般，自瓷盤之中飛起一條金線，賽過一道映日虹霓，便自咬在端木烈的左腕之上。

奚沅心知如被這種獨目金蛇咬中之人，無不立時強烈痙攣，全身痲痺而死。但目前怪事忽生，那金蛇咬中端木烈後，痙攣抖顫的，卻是牠而非人！端木烈面含獰笑，注視著腕上金蛇，那金蛇周身皮鱗不停地急劇顫動，獨目之中也兕光漸斂，露出一種乞憐之色。

端木烈緩伸右手揑住蛇頸，取下金蛇，左手卻以一根三寸來長的銀針，往金蛇獨目之旁一刺一剜，取出蛇目，然後竟把那條活生生的金蛇塞入口中，連皮帶骨地嚼了個血肉橫飛，津津有味！

奚沅知道端木烈是預先在腕上塗了制蛇之物，故示神奇。但見了他這副生吃活蛇的獰惡神情，也不由得自心底直打寒噤。心想自己囊中靈藥，別說毫無把握制伏這獨目金蛇，就算能制，像這樣的帶血生吞，也確實沒有這樣好的胃口。

端木烈真不愧「蛇魔君」之稱，就這片刻光陰，業已把一條獨目金蛇嚼得只剩點蛇尾。剎那間，金蛇俱盡。端木烈竟像意猶未盡，舔了一下嘴唇，向奚沅譎笑說道：「奚大俠怎的不用？這獨目金蛇確是人間絕味。尤其帶血生吞，更具滋補之妙！不是端木烈誇句海口，除了今日宴上，便踏遍天涯也未必能嚐一臠呢。」

奚沅雙手一拱，搖頭笑道：「尊駕伏蛇之力與這胃口之佳，大概除了黑天狐宇文屏以外，可稱當世獨步。奚沅無此口福，甘拜下風！」

端木烈爲人極工心計，在這兩條獨目金蛇之上均已做了手腳。自己方才所吃這條，事先業已設法誘蛇，接連噬死九隻野兔與一隻山狐，把牠腹中毒液消耗掉了十之七、八。奚沅面前盤中的那條，卻原封未動，並且是條雌蛇，性情更爲兇毒。但萬密一疏，卻未想到自己那副連皮帶骨、生吃活蛇的獰惡之相，令人大已噁心，奚沅居然寧可低頭甘拜下風，而不願效法自己一樣食用。

這一來，倒真把個端木烈僵住，人家認輸不吃，怎奈他何？

毒計未售之下，兇心又起，懾人心魂的一陣陰森冷笑起處，輕輕一躍，已到亭外，戟指奚沅說道：「我以天下絕味相待，想不到你居然如此不識抬舉？賊叫花！且出亭來，你家端木魔君，與你換換口味！」

奚沅自從聽說這端木烈與那慘死在黑天狐宇文屏手下的賽方朔駱松年是八拜之交，

就知道一場惡鬥無法避免。如今見端木烈出亭挑戰，倒覺得反正非拚不可，早點決裂也好。

端木烈見奚沅出亭，獰笑說道：「窮家幫素以杖法稱雄，我就在你們鎮幫杖法之下，把害我盟兄駱松年之仇，與今日不識抬舉，藐視我端木烈之事，一併結算！」

奚沅聽他要用兵刃，心內頓時一寬。崖邊有的是高大綠竹，隨手折斷一根，去掉枝葉，向端木烈笑道：「尊駕這生嚼活蛇，奚沅實在敬謝不敏！若嫌失禮，當面謝罪。至於駱松年之事，我話早說明，你既不信，多辯無益。奚沅借竹代杖，敬領高招。端木魔君，你怎的不亮兵刃？」

端木烈森然冷笑，口中忽做怪聲呻吟，黃衫一飄，滴溜溜地大袖雙揚，連身三轉。

奚沅正在不明對方用意，橫竹當胸，小心戒備之時，端木烈一聲：「賊叫花留神！」黃衫大袖一揚，自袖中飛起一條六、七尺長，黑呼呼的形似軟鞭之物，向奚沅攔頭蓋下！

奚沅的窮家幫杖法，講究的是變化萬方，穩如泰山，動若脫兔！端木烈鞭影飛揚，他仍巍然不動，要等鞭到臨頭，才肯見式拆招。哪知事出非常，頭一招就幾乎上了當！那條長長鞭影本是直蓋而下，但離奚沅頭頂還有尺許之時，奚沅業已看清來路，以「閉門推月」之式，挺杖接鞭。誰料那條長鞭竟似活物一般，毫未見端木烈有甚頓腕收肘動作，突在中途一停，鞭頭疾低二尺，飛也似地直向奚沅咽喉點到，並還隱挾腥風，令人欲嘔！

奚沅生平猶未見過任何人招術變化有如此靈妙迅捷，尙幸輕功內力均達上中程度，藉著「閉門推月」一式拆空，就用右足抵地，身軀疾往右翻，一個「紫燕翻飛」，翻出丈許遠近。半空中也自看清端木烈手內所用，哪裡是什麼軟鞭，原來竟是一條又細又長的墨黑活蛇，口中紅信猶在吞吐，怪不得轉折之間，那等靈妙！

這一種細長黑蛇，奚沅久聞其名。因蛇頭如三角犁形，身軀細如鐵線，故名「鐵線犁蛇」。此蛇雖細，但皮骨堅逾精鋼，周身並暗藏三角逆鱗，開合之間，宛如千萬根倒刺，一齊豎立。斗大山石，一勒即碎，人獸倘若被其纏上，更必血肉橫飛，絕無倖理。尤其蛇牙及通體鱗刺皆蘊奇毒，只在雲貴苗疆的瘴癘之區才偶有生長，端的是一種極其猛毒難制的異種毒蛇。

奚沅看清此蛇，內心亦自恍然。這端木烈善治百蛇，終年身著黃衫，並以一條活的「鐵線犁蛇」做爲兵刃，因而才獲得那「蛇魔君鐵線黃衫」外號。他這以活蛇當做軟鞭使用，確實霸道已極！武術招式以外，還要加上毒蛇本身甚爲迅疾靈活的隨意飛舞屈伸，真叫人無法招架，自己卻以何術應付爲當？

尙幸他與葛龍驤、杜人龍等結好之後，時常到龍門山天心谷中盤桓，一套「降魔杖

法」經過杜人龍以獨臂窮神柳悟非秘傳心法加以指點，益臻神妙！如今面臨大敵，趕緊心頭一靜，百慮齊消，雙目凝光，覷定端木烈手中那條鐵線犁蛇，青竹杖橫護當胸，巍然待敵。

這位蛇魔君鐵線黃衫端木烈，十餘年前就仗著手中一條活鐵線犁蛇的奇絕兵刃，縱橫天南。但因遇上一個厲害對頭，身懷稀世寶刃鐵線犁蛇竟爲所斬。羞怒之下，踏遍天涯，又復覓得一條鐵線犁蛇，在勾漏山陰風谷中苦心訓練，直練到比先前更覺神妙，及新創幾種惡毒武功，才二度復出江湖，訪尋昔日仇人，洗雪前恥！

如今見奚沅這橫杖待敵，穩若泰山之狀，心中不由暗笑：你們這種內家高手，常常講究什麼以靜制動，以穩制躁。但碰上我端木烈，卻叫你越穩越靜，死得越快！手中「鐵線犁蛇」一甩，漫不經意地用了一招「虹射經天」，向奚沅左肩斜砸而下。

奚沅主意早定，只把雙目覷定蛇頭，不加理會。果然蛇到中途，三角犁形的蛇頭突然向左右一擺，全身右移三尺，電疾風飄一般，蛇信吞吐，鉤牙森列地向奚沅右肋咬到。

倘若不知底細之人，見端木烈「虹射經天」一招出手，必然挺杖左接，絕想不到對方招式不收就能在中途變向，右半身豈非整個交給人家？毒蛇只一上身，再好的武功，也無命在。但奚沅善人天佑，已獲智珠，他始終以那蛇頭做爲注意目標。見蛇頭向右一攏，知牠必然變向來襲，手中青竹枝握住枝尾，單臂凝功，「魁星點元」，照準那飛噬而來的三角蛇頭，用力點去！

這一手用的恰是剋制對方的極妙手法。端木烈知道奚沅既然身為窮家幫長老，絕不會浪得虛名。自己十載苦心訓練出來的鐵線犁蛇蛇頭，怎肯容他青竹杖點上？右手微微一帶，仍向奚沅右肋原處，帶著一片腥風電疾噬到！

奚沅一杖點空，便知不妙！但他功力也有相當火候，臨危不亂，手隨竹杖上滑，抄住中腰，改用杖尾橫敲二度噬來的鐵線犁蛇七寸要害。端木烈見他變招如此靈妙，換招再發。霎時攪起一天蛇影和瀰漫腥風，把個俠丐奚沅籠罩在內。

光是一條活的鐵線犁蛇，就足夠奚沅應付，何況還有一個端木烈那樣的內家好手，輔以武學招術，自然飛騰變化，靈妙無方。奚沅幾乎招招都是接架艱難，奇險迭經，生死呼吸！

但奚沅在動手之間，看出端木烈對他用做兵刃的這條鐵線犁蛇極為愛惜，不欲使其遭受絲毫傷害。心中一動，遂捨人打蛇，根本不往端木烈身上還招，只等那條蛇影飛到之時，便用青竹枝費足內家真力，向蛇頭或七寸要害猛擊，手法又準，狠辣無比。

這種對症下藥之策，真還把個詭毒陰刁的蛇魔君鐵線黃衫端木烈，制得徒佔上風，而奈何奚沅不得。

又是十來招過後，端木烈突然跳出圈外，手指奚沅，哈哈笑道：「賊花子心思倒甚靈巧，算你便宜。端木烈有個自創規例，我這鐵線犁蛇只一出手，三十回合之內不能傷人，即須再換別物。你要與我更仔細了！」說話之間，果然竟把那條鐵線犁蛇慢慢地收入黃衫大袖之內。

奚沅見他滿面詭譎神色，兩眼兇光亂轉，知道此人陰毒已極，這第二次出手，不知有什麼更厲害的兇謀。自己萬勿輕舉，還是抱元守一，納氣凝神，以靜制動為妙。

端木烈把蛇收好，雙掌一拍，口中「噓」的一聲，兇睛又是滴溜溜的一轉，冷冷斜視奚沅，嘴角之間，浮起一絲哂笑說道：「奚沅，看你這個架子，擺得倒是不錯。足下不丁不八，暗合子午，神凝氣靜，嶽峙淵亭。但這些全是白費，你可知道，你快死了？」回手便又伸入懷中，不知摸索何物。

奚沅見他這一笑，簡直比哭都難看。陰森已極，令人毛骨悚然。再聽他語意，知道絕非虛聲恫嚇，必有殺手。方自全神貫注在端木烈那隻伸入懷中，不知摸索何物的右手之上。突然端木烈向他又是陰森一笑，右手也自懷中退出。哪裡是取什麼兵刃暗器，原來拿出一只紫色鼻煙壺，取些鼻煙聞了一口。

奚沅滿懷戒懼之心不由一懈，但見對方如此嘲弄，怒氣不由又往上一沖，就在這戒心一懈、怒氣一沖之間，右手肘後上方，突然微微一痛一麻。知道不妙，回頭看見那壯

漢錢三，手捧方才自己不肯食用的內蓋金蛇瓷盤，滿面獰笑。那條小小的獨目金蛇，卻已咬在自己右臂之上。

端木烈又是陰陰一笑，說道：「端木烈從無虛言，你大概還有半日好活，趕緊自行料理你的後事。錢三，隨我且退，去找黑天狐宇文屏與那苗疆野人，清算一下我盟兄駱松年之仇，與端木烈的十年舊恨！」

奚沅深知這獨目金蛇厲害，此時不是鬥氣之時，只得聽憑端木烈、錢三從容揚長而去。自己趕緊先行提氣封閉右臂通往臟腑血脈，然後以左手二指箝住金蛇七寸，微運功力，金蛇立時鬆口，但整條右臂業已麻酥酥的，毫無知覺。

奚沅抬眼一看，端木烈與錢三業已杳無蹤跡。心中知道對頭雖然陰狠絕倫，但萬密一疏，竟給自己留下了一線生機，尚未完全斷絕。

原來這獨目金蛇的一隻獨目，倘能新鮮服用，乃是療傷解瘴的無上妙藥，足可解去一半蛇毒。奚沅現有一條活蛇在手，但右臂已中蛇毒，加以真氣閉穴，業已完全麻痺，不能動轉，只剩一隻左手扣住金蛇七寸，不敢稍鬆，卻無法騰了手來剜取蛇目，如何是好？遲疑一會兒，雖然強提真氣周穴，但因毒過劇，業已到右臂上端。知道只要一過肩頭，自己這條性命，便算交代在這華山之上。

奚沅萬般無奈，只得甘冒奇險一試。左手揚處，竟把那條金蛇向左前方甩起兩丈來

高。然後疾如電光石火一般，掏出自己的隨身暗器月牙飛刀，兩片銀光閃處，居然手法有靈，奪奪連聲，硬把一條金蛇生生釘在一株樹幹之上。

但這一發放飛刀，所提閉穴真氣自然略懈，肩頭立時一片麻木痙攣。奚沅趕緊再度閉氣，並將身邊所有窮家幫自煉解毒靈藥，全數外敷內服，並急行另取一柄月牙飛刀剜下金蛇獨目，吞入腹內。

奚沅在這些動作方面，雖已盡量快捷，但總趕不上蛇毒蔓延。金蛇獨目入腹，尚未及發揮剋毒效能之時，神智便已微感不清，一下跌倒山石之上，右半身麻木得整個不能動轉，人也就此暈死。

不知過了多久，也許是那金蛇獨目漸漸發生靈效，再加上一陣冰涼山雨的傾盆沖激，奚沅慢慢恢復一絲知覺，好像自己除了心頭一點猶溫以外，全身均已死去。

雨過雲開，山容如洗，突然在那「鷂子翻身」的山峰之上，有人作歌，歌聲輕柔甜脆似是女子。

奚沅此時人做仰臥，彷佛聽見峰上人口音甚熟，但自己除了可以略開一線眼皮以外，根本無力呼救。更糟的是，恰巧在峰腰橫挺的一棵巨大古松，把他的身形遮住，使峰上人無法直接看到，不由以爲天命已絕，瞑目待死。

峰上之人，是一個腰懸長劍及小小藥囊，身著青色羅衣，十六、七歲的美秀少女。

哼罷一首青蓮絕句，似乎覺得眺覽盡興，方一回身，突然看見被奚沅用月牙飛刀釘在古樹上的那條血污狼藉的金蛇，尚未全死，尾部仍在擺動。不由「咦」了一聲，自語說道：「這不是恩師說過的獨目金蛇麼？此蛇非瘴氣極濃之地不會生長，怎會在這華山被人用月牙飛刀釘在樹上？並把那隻極為珍貴的獨目剜走？」再仔細看時，彷彿覺得釘蛇的那兩把月牙飛刀也甚眼熟。目光再一流轉，便從古松的枝葉之間，依稀見一人臥在峰下石上。

這少女輕功比奚沅高明得多，在陡壁之上只一個起落，便自飛到下棋亭上。奚沅勉強雙目凝光，認出來人正是「天心七劍」之中的最小一位，龍門醫隱柏長青的弟子，俠女荊芸。知道這條性命，可能撿回大半，心中狂喜，全身一陣痙攣，人又暈了過去。

荊芸縱落下棋亭上，即已認出奚沅。她恩師龍門醫隱在歸隱廬山冷雲谷以前，曾將一手精絕醫道及所有醫藥，全數相傳愛女玄衣龍女柏青青與唯一弟子荊芸，故而荊芸此時醫道，已非小可。一眼便即看出，奚沅是中了那獨目金蛇之毒，時間並且甚久。但必係其自己亦明剋制之道，已將蛇目吞服。不然以此蛇毒性之烈，頃刻之間，心臟微覺麻痺，人便死去，哪會留得氣在？

遂走將過去，含笑說道：「奚大哥，請放寬心，既然巧遇小妹，包你無事。我先餵你吃了這粒藥吧。」自藥囊之中取出一粒半紅半白靈丹，遞向奚沅口內。

奚沅前在大巴山中了金鉤毒蠍巨毒，性命垂危，就是被葛龍驤以這種半紅半白靈丹所救，知道這是龍門醫隱以朱藤仙果與千歲鶴涎合煉，專門用來對付黑天狐宇文屏五毒邪功的無上靈藥。果然靈丹入口，化爲一股清香玉液嚥下喉，在腹內微一流轉，全身知覺便已恢復。那種麻痺感覺不再存在，只是右臂傷口奇疼難禁，竟自「哼」出聲來。

荊芸笑道：「奚大哥暫忍苦痛，要曉得被這獨目金蛇噬傷之人，極少能活。你如不是自己先行剜下蛇目吞服，小妹此時就算千載靈芝在身，亦已返魂無術。等我替你把傷口餘毒去淨，再行詳談你怎會在西嶽華山，遇上這南荒毒物之故吧。」

說完，又自藥囊之中，取出一根黑色藥線，輕輕繫在奚沅右臂靠肩頭處，囑咐奚沅忍痛勿動。再從一個青色圓筒之內，抽出三根細如髮絲的金色軟針，隔衣認穴，手法又準又快，閃電般插在奚沅上半身「太乙」、「乳根」及「氣戶」等三處要穴上。

奚沅陡覺一陣奇疼，真氣將脫，正不知如何是好，荊芸右掌掌心貼在他「將台」穴上。傳導一股溫和熱力，爲他助益中元，左手卻把他百結鶉衣揭開半幅，衣襟揭開，才看出奚沅右上半身，浮現一層淡淡黑氣，本在往外蔓延，但自荊芸三根金針插下、這層淡淡黑氣，便逐漸往右臂收攏退去。

荊芸凝神注視，等那片黑氣才一退過肩頭所繫藥線，立以極快手法，拔去三根金針，並勒緊那根黑色藥線，順著奚沅右臂慢慢往下滾落。

那片黑氣，自金針一起，居然又復回頭，但被這黑色藥線一勒，重行往下退去。一直退到傷口附近，本來極小的傷口，皮肉頓往外翻。荊芸猛運真力，雙手一緊，那條藥線幾乎勒入奚沅皮肉之中。奚沅一聲悶哼，全身一顫，自傷口之中，流出豆大的三點黑血。

荊芸以一塊軟布，極其小心地替他拭去黑血，並另取藥粉敷在患處。奚沅人雖然仍萎頓不堪，但右半身所有痛楚，業已一齊消失。荊芸囑咐他自行調氣將息，走到奚沅釘蛇的大樹之下，端詳那條金蛇良久。

回頭見奚沅臉上氣色已恢復大半，含笑問道：「這條獨目金蛇還是雌的，毒性特重。華山絕無此物，難道奚大哥是中人暗算麼？」

奚沅九死一生，不由把那蛇魔君鐵線黃衫端木烈恨入骨髓，細對荊芸說明他要為賽方朔駱松年復仇之事的前因後果，並問荊芸何以這樣湊巧，來到華山解救自己。

荊芸笑道：「幾位師兄、師姐，聽說武林中隱跡多年的一干魔頭，在恩師等歸隱冷雲谷不問世事之後，紛紛有蠢動之意。而二次黃山論劍，為期也不過兩年。尹、薛二位師兄、師姐，向來在涵青閣一意潛修，並研參一種我們天心七劍聯手合用的北斗劍陣，甚少下山。葛師兄與青青師姐，也因嶗山雙惡與蟠塚一兇，還有那最厲害的黑天狐宇文屏，均太已難鬥，日日在天心谷中，以紫電、青霜雙劍精研璇璣劍法，到時才可擔負起

恩師等老人家，所交付的掃蕩群魔重任。但又恐一干魔頭互相勾結，實力太厚，故而命杜師兄、谷師姐和我三人，分往各地行俠，察看群魔動靜。倘有爲惡過甚之輩，或是先期殲除，或是一齊邀他們兩年以後黃山赴約，集天心七劍之力，或度或誅，一網打盡。我因自幼生長新疆，頗爲懷念那一片流沙瀚海，遂自告奮勇，遊俠西北。路過華山哪能不瞻仰、瞻仰西嶽風光？這才巧遇奚大哥。奚大哥野鶴閒雲，大概不會有什麼要事。你陪我逛趟西北，免得我一人走路，怪悶得慌的。好麼？」

荆芸到現在也不過十七、八歲年齡，笑語生春，天真純潔，極其令人覺得可愛。何況奚沅委實身無急事，當然點頭應諾，陪她一路遊賞，由陝經甘，奔向新疆而去。

三十　月夜魔影

到達長安附近，荊芸因久慕終南景色，順便一遊。果然群峰簇碧，萬壑涵青，雲錦疊屏，煙蘿環壁。耳目所經，無不佳妙！

奚沅生平足跡，幾遍天下名山，終南更是舊遊之地。有他在旁指點煙嵐，解說些古今勝蹟，荊芸越發興濃，意自窮探深山，立意遊盡終南奧秘。好在二人這身武學，也不畏什麼蛇獸險阻。

足足遊了四、五日光景，登臨殆遍，方待出山，卻突然天變雲低，風雨大作起來。

二人躲入一片密林之內避雨。山雨雖驟，卻少時即過，頗爲悶熱的氣候，頓變清涼。荊芸掠去雲鬢上的幾點雨珠笑道：「空山新雨後，天氣晚來秋。王維真不愧爲詩中之佛，確實澹得有味。奚大哥你看這一場新雨，把六月炎威……」

話猶未了，突然目中射出詫異光芒，走到丈許以外的一株大樹之旁，伸手撥弄樹幹。

奚沅跟過一看，那樹幹被大雨打濕之處，露出一個三、四分深淺的瘦長指跡。但經荊芸略一撥弄，木屑紛紛下落，竟是整整一隻頗爲長大、但極其枯瘦的左手手印。

荊芸打量這株樹色，也比其他稍見枯萎。遂在周圍仔細一看。發現還有十來株葉色略黃之樹。眉頭微皺，凌空幾掌劈出。

果然那些樹幹經她掌風一撞，樹皮破裂，木屑四飛。每株樹上均現出一個與先前同樣的掌印。

荊芸留下一樹不用掌風撞擊，指給奚沅看道：「奚大哥，你看，這樹的皮絲毫未毀，但其中三、四分深的本質，卻全已成粉。這是何人，跑到終南幽徑，來練此類陰毒掌力？」

奚沅也看不出掌印來歷，只覺得此人功力甚高。

荊芸笑道：「看來這片林內，還可能有些名堂。我們這一路，正找不到事做，閒得無聊，且自探它一下。」

奚沅慣走山野，知道最討厭的就是這類密林。一來容易受人暗算，二來許多罕見的毒蛇異蟲，往往就生長在這種天光不大明亮、又潮又濕、終年無人滋擾之處。但這些掌印極爲怪異，不但荊芸，連自己此時也動了好奇之心，要想探個究竟。遂點頭笑道：「我們要探快探，少頃夕陽一墜，這種密林之內，不但黑暗難行，並還蛇、蟲四出，惹

厭得緊。」

荆芸頷首微笑，走往林深之處。但一直走了約有半里光景，卻未發現絲毫異狀。奚沅恐怕入林過深，少時天黑，回頭覓路艱難。方待勸荆芸就此止步，荆芸突然手指前方，向他說道：「奚大哥，前方三、四丈外，略略偏右的那一株大樹之前，露出白白的一角，是件什麼東西？」

奚沅隨她手指看去，夏木濃蔭之下，果然暗影綽綽地見有一物。因樹木枝葉叢生，離得稍遠，便看不清，但走到距離約莫兩丈之時即已辨出好像是具棺木。

荆芸突展輕功，一縱而過，奚沅怕她冒失，也自趕到。果然是具棺木，但似係臨時伐木製成，粗糙不堪。也不見棺蓋，棺中更無屍體，卻被人在底層木板之上，用指力刻出「三更必到」四個大字！

荆芸見那字跡，每一筆劃，入木深淺一致，並平整已極，知道這人指上功夫不弱，益發好奇。抬頭向奚沅道：「奚大哥，我們今晚大概有場好戲可看。這人留字棺中，難道是要向鬼挑戰麼？」

奚沅坐在一株樹根之上，閉目苦思，未即作答。好久以後，才突然跳起身來，向荆芸說道：「我搜東北，妳搜西南。不必遠去，就在方圓十丈的林木之中，看看可有什麼奇異之物。」

荊芸見他這神色，知他江湖經驗極廣，可能業已猜出什麼端倪，微笑如言，暫向西南林內搜索。起先並未有何異狀，但搜到正西偏南的三丈之外，卻在一株兩人合抱的大樹之前，發現了七、八十隻死鳥。

那些鳥大大小小，各類都有，而且死得極其古怪。不但每隻連頭帶頸均已不見，周身血液也均被吸乾，軟耷耷地只剩一層皮毛，堆積一處。

荊芸試用掌風向大樹上略予擊撞，果然又復現出先前在林口所見，又瘦又長、形如鳥爪的掌印。不由心中盤算，這以樹練掌是否即是那留字棺中之人所為？今日怪事迭來，倒是十分有趣。

除那一大堆無頭死鳥以外，荊芸搜遍西南十丈，別無發現，遂回到那具空棺之側，奚沅恰好也自回頭。荊芸笑問道：「奚大哥，你看到了什麼奇怪東西？」

奚沅搖頭答道：「我只發現一塊六、七丈方圓的無林空地，是個絕好的打鬥所在，其他一無所見。妳呢？」

荊芸得意笑道：「我倒發現了一堆東西，但不知是不是你所猜之物？」

奚沅皺眉問道：「是大堆死獸，還是死鳥？」

荊芸跳將起來叫道：「奚大哥，你真有兩套！不是死獸，是死鳥，約莫七、八十隻，堆在一處。每隻均失去頭頸，全身血液也似被什麼東西吸乾。並已在那堆鳥之處的

大樹幹上，又復發現了那種鳥爪似的左掌掌印。」

奚沅雙眉益發皺成一線，心中盤算，「天心七劍」雖然是諸、葛雙奇及醫、丐、酒等老前輩的衣缽傳人，但七劍之中，卻得數這荊芸功力最弱。棺中之人，自己已然猜到是個多年不出江湖的怪物，突然現身，並有仇敵挑釁。荊芸年輕喜事，想看熱鬧。這類偷窺人家尋仇兇殺之舉，最犯江湖大忌。倘藏處不密，萬一被人發現，她掌中一柄天心劍是否抵擋得住，恐怕大成疑問。

荊芸見他突然久作沉吟，不解問道：「奚大哥怎不說話？那堆死鳥是什麼道理？以樹練掌之人及留字棺中約鬥的到底是誰？全告訴我好麼？」

奚沅先不答話，把荊芸拉到東北方林內樹根上坐定。自己取出一個朱紅葫蘆，喝一口酒，微定心神，慢慢說道：「那種樹上掌印是什麼功夫，我並不知。但看見那具空棺以後，突然想起十多年前，關中一帶有一位著名兇煞魔星，叫做『毒掌屍魔』。其人生得乾枯瘦小，活像一具陳死人一般。但雙掌十指卻又長又大，練有絕毒功力，沾人即死。平素永遠以棺爲床，是這陝、豫一帶武林之中，最令人頭痛的黑道人物。後來不知遭受何種挫折，居然一隱十年。在林內發現空棺以後，我想來想去，雖然想到是他，但還未能十分確定。妳既看到那堆死鳥，則可無疑。因這『毒掌屍魔』最愛生食鳥獸頭腦！至於那留字棺中、約他三更決鬥之人，卻無法猜度得出。這類窺人隱秘，最招大忌。妳當真立意想要看上一看麼？」

荊芸見奚沅面有憂容，遂猜出他以爲自己從師日淺，所得不多，擔心以身涉險。不由暗笑這位奚大哥豈知恩師歸隱以前盡傳本門心法，又在葛龍驤、柏青青二位師兄、師姐督導之下，天心谷中兩年多朝夕苦練，進境頗高。就是在九華山石門洞隨侍衛天衢練那五柄天心劍之時，衛老前輩爐火之暇，也已把他那身五行門功力擇要選精，傾囊相授。倘若對一個「毒掌屍魔」都心存顧慮，那天心七劍還怎樣能夠爲莽莽江湖主持正義？

她雖把奚沅心意猜破，卻故意不加說明，只是吟吟笑道：「奚大哥，你怎地把話說得那般難聽？誰想窺人隱秘？我們不過閒得無聊，想要看場熱鬧，開開眼界。倘若發現雙方全是極惡兇之人，即可下手除去，免得使他們濫肆兇威，爲害世人。奚大哥面上神色不對，難道你有點害怕不成？」

奚沅聽她不但執意要看熱鬧，並想插手管事。總覺自己功力不夠，荊芸一人一劍，似嫌單薄。但聽到她那末兩句話，卻激發萬丈雄心，哈哈一笑說道：「奚沅若非在華山下棋亭上巧遇七妹相救，此身早化異物多時。性命全是撿來，還有什麼好怕？那留字棺中之人雖不知來歷，但既然敢於約鬥『毒掌屍魔』，總也是個頂尖好手。我們且去找個隱蔽所在，看它一台『荒林月夜，怪客鬥屍魔』的連台好戲。」

荆芸見奚沅這等老江湖，居然也被自己激動，不由吃吃好笑。隨著奚沅前行三丈左右，果然有一大片無林草地。草地四周，盡是些巨樹喬木，枝柯虯結，極易藏人。

荆芸方待躍登樹頂，奚沅卻拉她縱上一株參天古樹半腰，坐在一段橫幹之上。又復折取不少枝葉，硬用掌力插進樹身，以做遮蔽，才向荆芸笑道：「七妹以後如再藏身古樹，千萬不要躍上樹梢。因爲樹梢最易引人注意，尤其月夜之中，投影於地，稍微心細之人，大可裝做不知，而突向樹頂藏人驟下毒手。現在藏在大樹中腰，半依主幹，半靠橫枝，再加上些人爲掩蔽，便不易爲人發現了。」

荆芸聽他這番議論，知道這是經驗之談，極有價值。兩人同坐樹上，略進乾糧、食水，靜待三更。

驟雨雖歇，雲仍低，月光時明時暗，彷彿凄迷已極！奚沅細察天時，知道二更已過，好戲即將開始。方對荆芸附耳欲語，突然來路之上，傳來一聲極爲凄厲懾人的梟鳥悲號，跟著林木之間便有動靜。

荆芸盼望已久，聞有人來，不由高興已極。但她深知自己雖然不怕，倘萬一出聲，被那兩個怪物驚覺，一場罕見好戲定看不成。所以不但靜氣凝神，連呼吸全改用了內家龜息之法。奚沅見她如此謹慎，寬心略放，同樣屏息靜坐，注視林中。

但見西南方草樹微動，現出一人。那副形相，映著凄凄月色與四外的荒涼景色，確

實能令膽小之人，驚怖欲絕。

那人瘦得簡直是一身骨架上面，蒙著一層乾皺人皮。臉上腮肉毫無，眉毛卻是極濃。雙眼深陷眶內，但轉動之際，精芒四射！兩塊顴骨，往橫裡突出約有兩寸，把張又長又瘦的鬼臉弄得形如橄欖，難看已極。頭頂亂髮蓬鬆，身上穿著一件破爛長衫，用根草繩攔腰一束，赤足麻鞋。衣袖只剩半截，露出兩隻形如鳥爪的又長又瘦大手，使得荆芸、奚沅一看便知，樹上掌印，即是此人所爲。

那人右掌之中，捉了一隻極大夜梟，似已半死，但雙翼猶在微微搧撲。左臂卻纏著一條二、三尺長、細如人指的青色毒蛇。走到草地，四面一望，選了一株斜向場內的大樹橫枝，縱身而上。

把那條毒蛇不知用什麼東西綁在樹枝上，只留頭部二、三寸長，可以任意轉動。

待把蛇綁好，那人下樹一看天時，喉中低低乾笑，浮現一臉得意之色。提起那隻梟鳥，一口咬下鳥頭。「呼」的一聲，大概便把鳥血吸盡，拚命大嚼鳥頭，口邊毛血模糊。看得荆芸幾乎噁心要吐，趕緊輕輕摸出一粒靈丹，塞進口中。他卻好像津津有味已極！吃完鳥頭，全身僵直地往一株大樹上一靠，身上那件破爛長衫又是黑色，倘非親眼所見或者特別留心，真看不出是一個活人站在那裡。

時到三更，南方林內勁風颯然，閃出一個身材矮胖、宛如肉球的五、六十歲老頭。

那個毒掌屍魔，卻仍倚樹僵立，裝作未見一般，不言不動。

矮胖老頭起先以爲對頭真的未到，但忽然瞥見草間那隻無頭梟鳥，血跡未乾，面上神色立變。雙掌交叉，護住前胸，嘴角微哂，朗聲叫道：「米天良！你休得對我玩弄這種玄虛。十年舊債，一旦相逢，你不還我一個公道麼？」說話之間，炯炯目光已自前方開始，滿林搜索。

毒掌屍魔想是知道隱藏不住，鬼哭一般地乾笑幾聲，倏地捷如飛鳥，從暗影之中，一撲而出。那矮胖老頭聞聲知變，霍地轉身對準毒掌屍魔撲來方向，左掌當胸吐勁，右手凌空虛抓。頓時一股寒飆和幾絲勁氣，破空呼呼作響。

看得荊芸、奚沅心中一震，暗道今夜果然好戲極多。這矮胖老頭左掌右抓，分明施展的是江湖中向不多見的「陰風掌」及「五鬼玄陰爪」。

毒掌屍魔米天良極爲狡猾，知道對方不是好惹。凌空一撲原是虛勢，蓄意探測對頭一別多年，武功究竟到了何種地步，所以還在兩丈以外，便以千斤墜法，自遏來勢，身形直僵僵地宛如釘在地上一般。

見那矮胖老頭所發掌抓風力，自頭上破空而過，勁急程度，尙非自己敵手，遂把張橄欖臉上的大口一嘻，所嚼梟鳥血跡猶在淋漓齒頰，看來好不怕人，嘿嘿連聲陰笑說道：「閔連坤，我以爲你一別多年，練成了什麼樣驚天動地的武林絕藝，才敢來翻十年

老賬。原來不過倚仗一手並不十分到家的陰風掌和五鬼玄陰爪法，便自猖狂！你也不打聽打聽，毒掌屍魔米天良，在這終南幽徑的千百處林木之間，旦夕精研，武功到了什麼程度？便是黑天狐宇文屏昔日蠍尾神鞭的一鞭之仇，我也將尋她雪恨，你這祁連怪叟豈非自尋死路？故人遠至，無以爲迎，你先接我一掌！」左掌輕推，虛飄飄、輕綿綿地，凌空擊向他口中所稱的祁連怪叟閔連坤。

閔連坤雖然不比荊芸、奚沅，事先看出毒掌屍魔米天良這隻左掌，有隔皮腐木之功，但武學到了火候，卻知道越是這樣無形無聲的陰柔掌力，越是歹毒難纏，毫不大意地閃身避過他擊來之勢。

毒掌屍魔嘻嘻得意怪笑，一連三次凌空虛擊，祁連怪叟閔連坤卻似不敢輕攖兇鋒，一連三次移步閃躲。樹上藏身窺探的荊芸和奚沅兩人，卻代他暗暗擔心。因爲二人均已看出，毒掌屍魔米天良心懷叵測，想把閔連坤慢慢逼向自己事先繫有青色毒蛇的那株橫枝的下面。

果然祁連怪叟閔連坤越閃，離那繫蛇橫枝越近，毒掌屍魔臉上的兇獰得意笑容，也自越來越顯。眼看再有一掌，便可逼得對頭上個大當之時，突然祁連怪叟一陣震天長笑，身形不退反進，左掌、右爪一齊猛力施爲，迎著毒掌屍魔虛空打來的暗勁反擊。寒飆狂擲，威勢無倫，竟比第一次所發勝強多多！

原來閔連坤何嘗不工於心計？毒掌屍魔初見面的凌空一招，固屬虛招。他那一拿一抓也已留了三成勁力，未曾發出。再接連幾次退避，以驕敵意，自己卻在乘機凝聚全身真力，給他來個石破天驚的突然反擊！毒掌屍魔遂在用計誘敵不成之下，反而吃了大苦。

但毒掌屍魔所練的那一隻左手，力能開碑斷石，尤其是硬拚硬擊之下，閔連坤也覺得自己一隻左掌火辣辣地痠疼已極。

毒掌屍魔處於被動，當然更自受震非淺。這才知道這對頭挾技尋仇，果非貿然！雙方一面運氣調息，恢復功力，一面兇睛對瞪，互覓可乘之機。就如同兩隻待鬥的公雞一般，各據一隅發威作勢。

荊芸在他們虎視眈眈的這段空隙之間，忽然一眼瞥見身邊月光所投樹影內，果如奚沅所言，有一段樹枝突然粗了一段。知道林中除去自己二人之外，居然尚有別人在旁窺探。暗暗一碰奚沅，以目示意。二人同往樹影來處仔細觀察，看出在一株極高的古木近梢，有人藏在其內。

二人看清以後，不免暗自心驚。這人究竟是比自己先來還是比自己後至？倘若先來，自己一切行動，豈不早在人家眼內？倘若後至，縱上這高古木，場中連明帶暗一共四人，均未絲毫發覺，這種功力卻委實太已可怕！

荊芸、奚沅在這裡發現另有藏人，那毒掌屍魔米天良卻因吃了暗虧，蓄好威勢，厲吼一聲，縱身撲上。祁連怪叟這回也不再行退步，雙方全是硬劈硬架，硬打硬接。一陣陣的掌風指力，勁力寒飆，震得四周林木搖搖，不住落葉。

兩人功力高低相差無幾，又有十年積怨，下手均極毒辣。生死勝負，全在呼吸之間，所以看來頗爲熱鬧，並有些驚心動魄。

但荊芸、奚沅此時對他們這番惡鬥，業已無心欣賞，全副精神均在暗暗猜測，斜對面古木梢頭所藏的另外一人究竟是誰？這樣深山密林之中，要說是和自己一樣無意相逢，未免太巧，怕是有意，則用意究竟安在？

又過片刻，毒掌屍魔與祁連怪叟均已拚得喘息漸聞，但誰也不敢放鬆一著。正在不可開交之際，古木梢頭所藏那人似已看得不耐，一聲裂石穿雲的長嘯聲處，夜靜更深，聽來更覺高亮已極。只驚得宿鳥亂飛，遠山近壑，齊作回聲，響成一片！

毒掌屍魔與祁連怪叟均是自負極高之人，自己拚命惡鬥，旁邊有人偷窺，竟然毫無警覺，已自驚魂。何況更從嘯聲之中，聽出來人內家功力不知比自己高出多少，哪裡還敢戀戰？雙雙停手跳出圈外，向嘯聲來處望去。只見一株古木近梢的極細枝條之上，暗影綽綽地坐著一人。

枝條迎著夜風，上下左右不停搖擺，那人身形卻如釘在其上一般，毫不搖晃，穩當

已極。

二人看出人家不但內家真氣精純，就是這手輕功，也足以驚世駭俗。還是毒掌屍魔先開口，向那梢頭黑影把手一拱，勉強哈哈大笑道：「何方高人光降終南山？尙請賜告尊名，免得米天良有所失禮。」

梢頭黑影「哼」的一聲冷笑，說道：「你們方才那幾下打鬥，手法雖算不上過分俗劣，但要想動人家黑天狐宇文屏，卻有點以卵擊石！若能聽從老夫之言，化解你們之間無謂私仇，在今年七月七日，去住甘肅烏鞘嶺赤霞峰頭，加盟『三奇大會』，縱有再厲害的仇人，也可集合衆人之力設法除去。並從此永受庇護，稱雄天下！」

荆芸見那人開口就說，仍然毫無妨礙地坐在細枝之上的那份輕穩，知道此人功力確實高得可怕。恰好月影稍移，看了那人身形甚爲矮瘦，聽他要在烏鞘嶺赤霞峰開什麼「三奇大會」。正在仔細猜度此人身分之際，那毒掌屍魔因聽來人語意老氣橫秋，有點不大服氣，神色轉傲，抬頭冷冷問道：「尊駕語氣甚大，但何故不肯留名？毒掌屍魔與祁連怪叟均不是武林泛泛之輩，難道就憑這兩句話，就能令我們心服口服麼？」

黑影又是一陣震天狂笑說道：「你們倒真是不見佛面，不肯燒香！江湖之中，最忌的就是以蠡測海，以管窺豹。別以爲你們那些陰風掌、五鬼玄陰爪，和什麼隔物腐物的陰掌之類有多高明，在老夫現身之際，盡量用十成功力往我身上招呼。且讓你們見識一

下，什麼才是真正的武林絕藝！」

語音剛了，所坐枝條突然往上一彈，一條矮瘦人影便自輕飄飄地當空飛落。

祁連怪叟雖然一句話也未曾開口，但聽對方大話越說越滿，心中早已不服。一見人影飄落，竟與毒掌屍魔不約而同——祁連怪叟在右，毒掌屍魔在左——勁氣陰風，一齊突加進襲。

來人哈哈一笑，右手大袖輕拂，陡然捲起一陣腥毒狂飆，把祁連怪叟震得一連四、五個踉蹌，幾乎退到荊芸、奚沅所藏身的大樹之下。

左肩頭上，卻實胚胚地挨了毒掌屍魔一掌。那人鼻中微哼，毒掌屍魔卻慌不迭地翻身疾退，愁眉苦臉捧著自己苦練多年的那隻左掌，似是受了莫大痛苦。

蟾光清影之下，看得分明，來人是一個左臂齊肩斷去的黑衣矮瘦老者，面容冷峻，如罩寒霜。奚沅雖然不識，卻從裝束、相貌之中猜出此人，心頭著實吃了一驚。荊芸則在第一次黃山論劍見過一面，知道這黑衣獨臂矮瘦老者，便是嶗山四惡中的殘餘雙惡之一，冷面天王班獨。

毒掌屍魔與祁連怪叟，一虛一實，苦頭均已吃得不輕，心中著實生寒。再一看清來人形相，他們雖然已聞班獨中了柏青青透骨神針，自斷左肩之事，但仍試探問道：「尊駕莫非就是名列武林十三奇的嶗山班老前輩？」

冷面天王班獨冷然答道：「你們既已知我身分，再若有違，便是自討無趣。想當初諸一涵、葛青霜、宇文屏三人知難不到，使武林十三奇黃山論劍之爭成虛。柏長青、柳悟非、佘獨醒及苗嶺陰魔邴浩等徒負虛名之輩，又於事後銷聲匿跡。就剩下老夫與逍遙羽士左大哥及青衣怪叟酈華峰，欲在今年七月七日成立『三奇大會』，並普邀江湖黑白兩道之中的成名人物入會加盟，期能聚集群英，共為武林放一異彩。話已說明，你們兩人到底識不識抬舉？」

奚沅就怕荊芸年輕氣盛，一時衝動，逞強出頭。不過自己倘一稍加勸阻，卻又必被班獨等人發覺。正在提心吊膽之際，見荊芸只把秀眉略挑，並未有所動作。不由暗讚她目前雖是天心七劍之中的最弱一人，但這份膽識器度，業已異於俗流，前程似錦。

毒掌屍魔與祁連怪叟，見來人果是嶗山四惡之中的冷面天王班獨，方才嘗過厲害，果然名不虛傳。托庇這種人物之下，真乃求之不得，哪有不願之理？二人遂立時棄嫌修好，同聲願意屆時去往烏鞘嶺赤霞峰頭加盟「三奇大會」。

荊芸直等三人相與言笑，走出深林，才向奚沅笑道：「奚大哥，你聽嶗山、蟠冢這三個漏網老賊，乘著小妹恩師與一干師伯、師叔歸隱廬山冷雲谷中，竟想嘯聚黨羽，稱霸武林。左沖、班獨與酈華峰三人聯手，業已聲勢極大，若容他這烏鞘嶺三奇大會一開，豈非越發不易收拾？小妹此時倒有個計策在此，想與奚大哥分頭行事。」

奚沅詫然問道：「以嶗山雙惡與蟠塚一兇那等武功聲勢，我們兩人一路猶嫌力弱，怎的反要分頭行事呢？」

荆芸笑道：「就因爲對方太強，所以我才想請奚大哥跑趟龍門山天心谷，請我師兄、師姐多來兩位。我則效法天台醉客余師叔，昔年九華山毒龍潭取寶之時，想的那條誘虎吞狼妙計，在甘、陝、鄂、川一帶，竭力渲染他們這烏鞘嶺三奇大會，專門是爲了殲除黑天狐宇文屏而設。加上毒掌屍魔米天良等確實對黑天狐深懷宿怨，幾般湊巧，或可真把那妖婦引來。那時我們的後援也到，明槍暗箭，一併施爲。還不把這短命的三奇大會鬧得冰消瓦解？老賊們經此失敗，就是再想有所作爲，我料他們在二次黃山論劍期前，也不會有什麼大了不起了。」

奚沅聽她說得頭頭是道，只得贊同，但仔細叮囑道：「七妹，計是好計，但卻摻雜絲毫意氣不得！妳獨自一人，又要設辭相誘黑天狐，又要探聽雙惡、一兇等秘密，責任委實太重。務望心口如一，不可恃技逞強才好。」

荆芸失笑說道：「奚大哥怎的變成了個管家婆似的嘮嘮叨叨？我要是意氣用事，方才豈肯聽憑那冷面天王班獨老賊，把黃山論劍經過顛倒是非，淆亂黑白？天心谷中，不但我葛龍驤師兄、柏青青師姐在苦練紫電、青霜雙劍，連杜人龍師兄和谷飛英師姐可能也自回山。不管是誰，再來上兩位，我們就可以放開手腳，把烏鞘嶺赤霞峰攪他一個天

翻地覆。奚大哥此行任務，才真真重要無比，還替我擔的什麼心？倒是你自己千萬留心，不要再讓那種獨目金蛇咬上一口。」

奚沅聽她調侃自己，不由失笑說道：「一切全依七妹就是，但我天心谷求援返來之時，彼此如何聯絡，卻須事先有所協議。」

荆芸微一凝思，就道：「我們師兄弟姐妹，既稱天心七劍，就以天心劍做爲暗記，再好不過。你們一到，可直接撲奔烏鞘嶺赤霞峰左近，但見面有天心劍劍尖的所指方向，即是小妹的居留所在。」

奚沅見她思慮敏捷精密，暗暗放心不少，遂如言分頭行事。

且說奚沅奔向洛陽龍門山天心谷，是輕車熟路。再加上旦夕飛馳，哪消多日，便已到了那條幽壑通往天心谷水洞的入口處。

葛龍驤、柏青青繼掌天心谷以來，爲了杜人龍、谷飛英、荆芸等年輕師弟、妹，不斷行道江湖，故在水洞之內，設有傳信金鈴，只須按著暗號拽動鈴索，天心谷中立時有人駕舟來接，並可從暗號之上得知來人是誰。確比先前整日派人守在水洞另一頭出口，簡便不少。

那鐵索設在洞內旱路走完，剛剛見水的極密之處，不知底細的生人，根本不可能有

所發現。

奚沅走到地頭，微一縱身，用左手三指撮住洞頂一條下垂鐘乳石，右手則在鐘乳石旁邊的小洞之中，摸到一根鐵線，輕輕拉了兩長一短，及十來下急促扯動，便即飄身落地，凝視水洞深處。

隔不多久，一點火光自遙遠之處電疾移來。奚沅正感覺到來接之人操舟手法快捷異常，來船業已相距不足五丈，並響起一片爽朗笑聲說道：「奚大哥已有好久不來我這天心谷中，今日怎的不但突然光臨，並還有急事相告。難道那幾個兇惡魔頭欲做蠢動？但杜師弟、谷師妹全是新自外間回谷，卻未聽他們說起有何異事。」

說完船到，一個猿臂蜂腰，重瞳鳳目的英俊少年，飄身縱落奚沅面前，含笑問好。奚沅想不到居然是天心谷主人葛龍驤親自駕舟來接，略爲把臂寒暄，便一面蕩舟回谷，一面向葛龍驤敘自己在華山披難，巧遇荊芸，及在終南月夜密林之中，得悉嶗山雙惡、蟠塚一兇，要於七月七日在甘肅烏鞘嶺赤霞峰嘯聚群邪，加盟什麼「三奇大會」等情略加細說一遍。

葛龍驤劍眉微剔，未即答言，手上雙槳加快，剎那間已出水洞，到達湖心「天心小築」。玄衣龍女柏青青及杜人龍、谷飛英，一齊均在樓前相等。

柏青青與奚沅禮見之後，看出葛龍驤臉色有異，皺眉問道：「奚大哥才傳音，就表

示有急訊相告，你又如此神色，難道七妹出了什麼事麼？」

葛龍驤微笑答道：「青妹不要亂猜，我們進樓再說。奚大哥自終南來此，路不算近。他又新近受傷，妳還是弄瓶益元玉露所製佳釀，先敬敬客吧！」

奚沅見各人均呈關心之狀，也自笑道：「事是有事，也不算小，但尚非急在一時。我還是如龍驤老弟之言，先叨擾女主人幾杯酒吃！」

柏青青一笑回身，眾人隨後同行。就在那座通體香楠所建，四面軒窗不設，荷香時送，暑氣難侵的水閣之中落座。

葛龍驤夫唱婦隨天心谷中，除去準備黃山二次論劍，精研劍術、武功之外，柏青青因爹爹所遺太乙清寧丹、益元玉露等類靈藥，師弟、妹濟世活人長年需用，存已無多，遂命杜人龍、谷飛英、荊芸藉行道之便，採藥帶回，自己閒中加以煉製。尤其是那益元玉露，製得更多。葛龍驤遂別出心裁，請小摩勒杜人龍跑趟衡山涵青閣，向大師兄尹一清、薛琪夫婦要來幾葫蘆猴兒酒，與益元玉露摻勻，調製成了一種天心谷內款待佳賓的無上妙物。

奚沅每來一次，葛龍驤夫婦總要奉敬幾杯，這次因他新近受傷，又加長途奔馳，元氣不免有所損耗。葛龍驟在一見面之下，便命柏青青取以饗客。

眾人身方坐定，柏青青業已手捧玉盤自閣上走下。盤中五只白玉酒杯，盛有大半杯

異香挹人的淡綠色美酒，並以一把透明碧玉小壺，爲奚沅另行準備一壺。葛龍驤夫婦及杜人龍、谷飛英各取一杯相陪。

奚沅笑道：「猴兒酒已極難得，益元玉露更是神醫妙藥，稀世難尋，龍驤老弟賢伉儷，待客過分殷勤，是不是想叫我往天心谷中少來兩次呢？」一面含笑舉杯，一面把所見所聞，又對柏青青、杜人龍、谷飛英三人細述一遍。

小摩勒杜人龍聽完笑道：「小弟此次出山是往東南一帶，並去揚州探視兄嫂。飛英師妹則遊俠幽燕，卻不知這干魔頭群集西北。這個什麼『三奇大會』當然不能容它輕易召開。七妹一人監視群邪，處境艱險，我們人手怎樣分派，葛師兄且拿個主意。」

葛龍驤沉吟片刻，目光電射眾人，神色凝重地說道：「我們要破壞這嶗山雙惡與蟠冢一兇，在七月七日召開的『三奇大會』，是爲了免得他們養成雄厚勢力，便於在二次黃山論劍之時一併誅戮！所以必須認清，這次行動不過是達成目的的手段之一，而目的仍在聚殲群邪的黃山論劍。恩師等老輩人物歸隱以來，我因感到所負責任至重，幾乎無日不在爲敵我雙方形勢，做仔細衡量。大師兄夫婦，可敵逍遙羽士和冷面天王，我則勉強可敵青衣怪叟，還有一個最兇狠毒辣、難鬥已極的黑天狐宇文屏，恐怕非要我們天心七劍合手聚殲，不克爲功。倘萬一四個老魔居然沆瀣一氣，則更令我們顧此失彼，形勢更劣。這還僅僅是說在第一次黃山論劍先機逃遁和乘隙漏網之人，並沒有把這三年來新

出世的極惡窮兇算在其內。由此可見，未來情勢，艱危已極。但我從奚大哥此次經過之內，聽出一點佳訊。就是冷面天王班獨老賊對毒掌屍魔米天良、祁連怪叟閔連坤所言語氣之中，分明嶗山雙惡、蟠塚一兇，三個老賊以老賣老，並未把我們天心七劍看成大敵。全副精神，都在注意與他們輩分相同，已有意獨霸武林的黑天狐宇文屏妖婦身上。這樣一來，荆七妹挑撥他們自相拚鬥，互消實力之計，確爲無上妙策。而我們此次安排，也必須專重剪除三個老賊羽翼，盡量減少與老賊正面過手，以隱藏實力，並堅其驕敵之心。日後才好突出奇兵，在他們意料不到之下，七劍雄威，共除妖孽。」

葛龍驤這一番話，考慮周詳，面面俱到，聽得奚沅心中，佩服之至。

杜人龍才想張口，葛龍驤看他一眼，又道：「所以赴援荆七妹，破壞烏鞘嶺三奇大會，人不在多，且必須機警而與三老賊面生之人最妙。這種條件，杜師弟與谷師妹，一個只在黃山匆匆一面，一個根本不識，最爲恰當。因奚大哥老成持重，杜師弟與荆七妹均極機智精靈，而谷師妹的地璣劍術、維摩步法和一身無相神功，能夠獨當一面。我與青妹，一來正悟出璇璣雙劍的幾招精微之處，亟待參研；二來與三個老賊均曾朝相，天心谷內也不能無人。只好暫且偷閒，聽候諸位的佳音捷報吧！」

杜人龍方才就想自行討令，聽葛龍驤這一番分派，不由失笑說道：「葛師兄這三年來，大概是受青青師姐的潛移默化之功，連詞令方面，都不似先前爽朗率直。派我們去

就派我們去，還要來上這麼一套。你看飛英師妹，被你誇讚得臉都紅了。」

柏青青笑罵道：「杜師弟這張嘴，何時才有好話出口？你葛師兄先前爽朗率直，如今是不是跟我學得潑辣刁鑽？來來來，索性叫你嘗嘗青青師姐刁鑽的滋味！」右手一揚，作勢欲砍，嚇得杜人龍急忙嘻皮笑臉地離座長揖。

師兄弟姐妹一番調侃，引得眾人一齊哈哈大笑，柏青青見杜人龍裝出一副怪相，忍俊不禁之中，忽然靈機一動。直上水閣，取來一具革囊，向杜人龍笑道：「杜師弟，我方才見你那副鬼臉，想起一事。這是你葛師兄當年所得三副人皮面具，你們帶在身畔，到了烏鞘嶺，給它來個前後左右忽以真面、忽以假面地亂鬧一陣，豈不化身千億？攪得他們糊裡糊塗的莫名其妙。」

杜人龍知道面具是兩男一女，製作極精，此去果然用途不小。接過繫在腰間，向葛龍驤笑道：「葛師兄分派既定，我們不如早點動身。七妹獨自涉險……」

柏青青嘴角一撇，笑道：「杜師弟對七妹，向來特別關心，但願你……」

杜人龍知道這位師姐詞鋒之利，令人無法招架，忙向谷飛英、奚沅一齊起身告別。葛龍驤也微笑攔住柏青青向杜人龍調侃，夫婦雙雙送到水洞之外。

彼此分袂以後，奚沅嘆道：「天心谷洞天福地，龍驤老弟賢伉儷又無殊當年諸、葛二位老前輩，是一對無憾無愁的神仙眷屬。這份因緣慧業，真不知需要幾生修積呢！」

杜人龍笑道：「奚大哥怎地忘了我葛師兄目前的逍遙美滿，是吃了多少艱難困苦才有今日。懸崖撒手、絕海飄流、黑天狐萬毒蛇漿毀容、萬里西行大雪山中求藥，以及青青師姐落入宇文屏手中，被點天殘重穴，那種刻骨懸心的相思滋味，均不是常人所能忍受。經過了這麼多磨折，始學會維摩步、散花手，與青青師姐月圓花好，奉命以紫電、青霜主領天心五劍，爲莽莽江湖扶持正義。受得苦中苦，方爲人上人。杜人龍對我這位葛師兄，是欽佩得五體投地，事事均望以他爲鏡呢！」

谷飛英失笑說道：「五師兄想事事以葛師兄爲鏡，豈非笑話！你們二人，一個敦厚爽朗，一個刁鑽古怪，本質不同，學得像麼？」

杜人龍哈哈笑道：「六妹怎地對我攻擊起來？我不是要學葛師兄的外表，他那身超絕武功，我根本望塵莫及。只是想效法他誠篤言行，慢慢改掉自己的浮薄之處，難道這種念頭都打錯了麼？」

三人一路說笑，奔向甘肅烏鞘嶺，接應荊芸，他們無不異口同聲地讚美葛龍驤、柏青青，在天心谷中唱隨笑傲、不羨神仙。但哪知風雲難測，禍福無端，偶然間的一點波瀾，不僅葛龍驤、柏青青情天生障，幾乎把整個武林之內攪得不可收拾。

卅一　三奇之會

且說杜人龍、谷飛英及奚沅三人，到得烏鞘嶺附近之時，已是六月將盡，距離那嘯聚群邪的「三奇大會」，爲期不遠。

奚沅因荊芸預先約定的聯絡方法，是刻畫一柄「天心劍」，劍尖所指，即其居停。所以帶著杜人龍、谷飛英二人，圍著烏鞘嶺的赤霞峰頭到處尋找，但連一柄天心劍的圖形也未找著。不過卻在暗中發現，赤霞峰頭果然不斷有奇形怪狀的人物進出。

三人找得心煩，杜人龍在赤霞峰側的一座小峰半腰，靠著一株高樹坐下，說道：「找了好幾日，連七妹所留暗號影子，都找不到。莫非她已陷身賊巢?不管如何，我們三人且利用青青師姐給的那三副人皮面具，今夜去往峰頭一探。」

奚沅也覺事有蹊蹺，同意杜人龍所說，但谷飛英卻默不作聲。她是坐在杜人龍對面的一塊大石之上，一會兒抬頭看天，面露得意微笑，一會兒卻又皺眉深思，似有甚難題待解!

杜人龍看得奇怪起來，不由問道：「六妹怎的這種神情？妳在想些什麼？」

谷飛英暫時仍未答他問話，秀眉又是一皺，忽地跳將起來說道：「我懂了！七妹果然已入賊巢，但絕非失陷，可能是她設法混進去的。」

杜人龍越發被她弄得不懂起來，詫然問道：「六妹別弄玄虛，妳又沒有學過諸師伯的先天易數，怎樣推算得出？」

谷飛英嫣然笑道：「這點小事，還用得著先天易數推算？不過七妹確實聰明，你看你背後靠的那株高樹，不就是一柄『天心劍』麼？」

杜人龍半信半疑，起立回身一看。果然所靠之樹，樹根特大，酷似心形，離地五、六尺處，左右兩株樹幹，極整齊地向外斜分。由此以上所有枝葉，均被人削去，只剩下光禿禿的一根主幹，矗向天空。谷飛英不說，均未想到，此時注意一看，果然是維妙維肖的一柄奇大無比的「天心寶劍」！

杜人龍笑道：「七妹何必故弄狡獪，打上這樣一個啞謎？」

谷飛英笑道：「五師兄往日何等機靈古怪，今天怎的聰明一世，懵懂一時？青衣怪叟、逍遙羽士及冷面天王等三個老怪，雖然不把我們看在眼內，但『天心七劍』四字，在一般江湖道耳中卻叮噹作響。倘若山石樹木之上，東一柄天心劍，西一柄天心劍，刻畫得到處皆是，豈非打草驚蛇，徒令老賊們多加防範麼？」

杜人龍失笑說道：「我今天承認笨到了家。再請教六妹一聲，妳從何推斷是混入魔巢，而非失陷被虜呢？」

谷飛英笑道：「五師兄你大概是明知故問。請想這柄奇大無比的『天心劍』，劍尖指向天空。七妹又不是神仙，難道會在白雲之中居留？定然業已置身這鳥鞘嶺的極高之處，赤霞峰頭。她既削樹傳訊，自然不是被人擄劫上峰，而是自行設法混進賊巢了。」

杜人龍向奚沅拊掌笑道：「奚大哥，你聽六妹這番分條析理，心細如髮，真構得上冰雪聰明。這是臨出天心谷時，青青師姐給的三副人皮面具，我們各取一副。夜來暗探峰頭賊巢虛實，若能與七妹設法取得聯絡，豈不更好！」

谷飛英接過一副鬼婦面具，說道：「昔日黃山論劍之時，我與青青師姐正好陷身黑天狐宇文屏掌中，根本不會與這幾個老賊見面。不過戴上面具，比較更容易惑亂對方心神。我們今夜暗探賊巢，是三人一齊行動，還是各自分開？五師兄傳支將令！」

杜人龍笑道：「奚大哥在此，怎能由我發號施……」

「令」字尚未出口，奚沅搖頭笑道：「杜老弟少給我來這套花槍，常言道得好：『無才枉活百歲』！我追隨你們之後，恐怕已耽誤不少手腳，哪裡還會有什麼高明主意？不過赤霞峰頭賊勢，可以說是又眾又強。爲了穩妥起見，我們似乎寧可把力量集中，大家好互相照應。而不宜分散開來，免得顧此失彼。」

紫電青霜

杜人龍向谷飛英笑道：「六妹，妳聽奚大哥嘴裡直說沒有高明主意，但末尾幾句話多夠老成持重？我們就如奚大哥之言，今夜峰頭依地勢各掩身。能在一起最佳，即或不能，最多彼此相距也不准超出兩丈。」

計議已定，因所對敵人是「武林十三奇」中人物，太不尋常。連杜人龍、谷飛英這種天不怕地不怕的少年英俠，也自靜躁釋矜地端坐調息，行功蓄力。直到東山月吐，時約初更，三人才各自戴好面具，撲奔赤霞峰頭。

由於青衣怪叟等人恃強大意，以爲自諸一涵、葛青霜及醫、丐、酒等奇廬山歸隱，苗嶺陰魔失蹤以來，除黑天狐宇文屏一人以外，絕無人敢對自己輕捋虎鬚。所以赤霞峰頭所設樁卡，並不十分嚴密。加上三人之中，連最弱的奚沅也非泛泛之輩，全是一等一的輕功，自然在神不知鬼不覺之下，便已攀登峰頂。

時間雖然已過初更，但峰頭到處都是燈光明亮，彷彿地勢頗大。杜人龍瞥見西南一處房屋特別高，似是集事議會之所，剛待招呼谷飛英、奚沅去往該處一探，突然聽得「叮」的一聲，極爲輕脆的低低微響。

這種聲音，杜人龍、谷飛英二人到耳便自聽出，是他們「天心七劍」的特約暗號「彈劍傳音」，知道定是荊芸在向自己等人暗打招呼，遂趕緊退身到一叢密樹之內。果

然過不多時，荊芸身著一件極其華麗的淡紅雲裾，匆匆趕到。

三人此時均已摘下面具，荊芸見葛龍驤、柏青青夫婦未到，柳眉略皺說道：「我認識六姐戴的那副面具是青青師姐之物，誰知她與葛師兄一個也未到來。這樣情形，敵眾我寡，只得仍在暗中加以搗亂破壞了！」

谷飛英見到荊芸衣服那等怪異，顏色又極為刺眼，說話也令人聽不出一點頭緒，不由失笑說道：「七妹有話慢慢說多好，這樣迸豆子似的，我們誰能聽得懂呢？」

荊芸也自笑道：「我因獨處賊巢，好不容易才等到你們，心中過分高興，說話真有點亂。現在三個老賊因後日便是大會正日，正在大廳內接待新來遠客，並討論大會瑣事。我們盡可在此把別來經過說明，商量如何對這『三奇大會』加以破壞之策呢！」

杜人龍等遂在密樹之內，略為休息，聽聽荊芸說她怎樣混入賊巢經過。

原來荊芸自與奚沅分別以後，即暗暗追蹤冷面天王班獨等人，並到處洩漏及有意宣揚這烏鞘嶺的「三奇大會」，是專為對付黑天狐宇文屏一人而設。

青衣怪叟鄺華峰在赤霞峰頭主持大計，嶗山雙惡逍遙羽士左沖與冷面天王班獨，卻分頭邀請黑白兩道之中的出類拔萃人物，來此加盟入會。稍微潔身自好之士，均在婉言推託之下，應付左沖、班獨。但這兩個老賊，手眼也自通天。據荊芸暗中統計，前前後

後，已有毒掌屍魔米天良、祁連怪叟閔連坤、岷山蜈蚣嶺百腳道人南方赤，及廣西勾漏山陰風谷的蛇魔君鐵線黃衫端木烈等十來個著名兇邪，上得赤霞峰頭。

荆芸見這「三奇大會」爲期漸近，群邪嘯聚得已爲數不少，而自己沿路所放風聲，不知有無效用。奚沅回天心谷邀的援兵，也始終沒見到來，不由心裡發急。

這日黃昏，正在烏鞘嶺附近徘徊，忽然瞥見有一男一女遠遠走來。荆芸不明對方身分，遂悄悄隱藏於一堆嵯峨怪石之後，略爲避匿，哪知這兩人走到荆芸身邊不遠，居然坐下閒談。荆芸聽出男的名叫濮金鵬，是北五省的一個著名大盜，女的卻是河南伏牛山的紅裳姹女桑虹。

濮金鵬一月以前，便被逍遙羽主左沖約來加盟入會，但因時日尚早，想起自己密友紅裳姹女桑虹的一囊「百毒金芒」，稱得上霸道無倫，遂自告奮勇要邀她也來入會。三個老怪只求人眾勢厚，多多益善。而桑虹能有機緣，與武林十三奇人物拉上關係，自然也是受寵若驚，一約即來。

兩人想是死星照命，好端端地竟坐在一堆大石之前，隨意閒談。荆芸膽氣素壯，又因昔日隨衛天衢往黃山始信峰頭送那五柄天心劍之時，只與青衣怪叟、逍遙羽士及冷面天王對過一面。事隔三年，自己由垂髫少女長得亭亭玉立，倘若冒險喬裝，別說老賊們夢想不到，就是眼力再好，也絕認不出來。主意打定，遂自石後姍姍步出。

濮金鵬、桑虹怎會想到此處居然伏有敵人？一切尚未弄得清楚之下，荊芸的天心劍已自出鞘施爲。濮、桑二人倉促慌忙，如何招架？連桑虹恃以成名的「百毒金芒」都來不及發出，便已在天心劍下雙雙做了亡魂。

荊芸換上桑虹那一套極其華麗的淡紅雲裾，並把那一囊「百毒金芒」掛在腰間。拈出幾枚一看，竟比自己師門的「透骨神針」還要細小得多，顏色金黃之中隱泛暗藍，一看便知淬有奇毒。

桑虹身邊還有兩瓶解藥，荊芸一併搜出揣好。把二人屍身埋掉以後，她心思頗細，自己既欲冒充紅裳姹女桑虹，則桑虹這種仗以成名的「百毒金芒」手法，若不熟練，豈非笑話？所以就在山石之後，先自略爲試試。尙幸與本門「透骨神針」的打法勁頭，均大同小異。不消片刻，便已練得極具神妙。更看出桑虹這囊「百毒金芒」，果然歹毒霸道。不但一出手就是細逾髮絲的滿天金線，極難閃躲。而且一中人身，便即碎成毫末，滲入血液之中，稍一遲延，便告無救！

一切再三檢視以後，荊芸覺得自己毫無破綻可尋，遂鼓起勇氣，硬闖赤霞峰頭。假說濮金鵬又往他處約人，自己先得來此。

可笑三個老賊因連日來投入之人甚眾，與高采烈，得意非凡。濮金鵬更是逍遙羽主左沖隨口約來，本無深厚淵源，幾乎連他是何形象都已忘卻了。

荊芸這一冒打「紅裳姹女桑虹」旗號，憑良心說，青衣怪叟酈華峰等人眼高於頂，耳中哪裡聽過這種人物？但一番虛與委蛇以後，卻爲荊芸本身的風華談吐異於常流，引得酈華峰青眼相加，竟與毒掌屍魔、鐵線黃衫等同樣看待，視爲與會人物中翹楚，特別爲其設置居處。

既已混入賊巢，荊芸遂乘遊覽之便，挑了那株古樹，削去上半截枝葉，成爲一柄奇大無比的天心劍，藉著與奚沅等人聯絡。

但等來等去，一直等到今宵，才發現谷飛英戴著玄衣龍女柏青青的人皮面具闖上峰頭，而用「彈劍傳音」聯絡師兄弟姐妹互相見面。

杜人龍聽完荊芸所說，向她笑道：「七妹，妳這位紅裳姹女，目前雖未啓人疑竇，但那柄天心劍目標卻大，隨身攜帶，卻不是事呢！」

荊芸笑道：「這層小妹早已想到，與諸邪會見之時，向來不把天心劍帶在身畔，如今索性請奚大哥代我暫時保管吧！」

奚沅接過天心劍，在背後插穩，笑道：「這三奇大會會期即屆，黑天狐宇文屏雖未見到來，我們現有四人，也得搗它一場大亂才是。七妹久處賊巢，智珠當已在握，妳看要何時及怎樣下手爲妙？」

荊芸眼珠略轉笑道：「我們真不能小看了這三奇大會，除了三個老怪不算，我所說的那些蛇魔君、屍魔等人，個個全有一身出奇毒技，難鬥難纏。依小妹之見，要鬧就要鬧得他們自今夜開始便疑神疑鬼，莫名其妙。我再在暗中仔細留神。到了會期正日，才好針對他們弱點下手，把這三奇大會攪它一個雞飛狗跳。」

說到此處，自懷中掏出一條七、八寸長的精鋼淬毒蜈蚣。谷飛英一見此物，不由詫道：「咦！這是黑天狐宇文屏的飛天鐵蜈，七妹妳從哪裡弄來？神通端地不小。」

荊芸笑道：「這就是六姐與青青師姐失陷在邛崍山幽谷之時，鐵指怪仙翁伍老前輩無心路過，黑天狐宇文屏暗中打他的那條飛天鐵蜈。我因愛這製作精巧好玩，才向伍老前輩要來。如今卻正好用以攪亂群賊心神，再好不過。」

說完，把那條飛天鐵蜈遞與谷飛英道：「六姐等我進那大廳盞茶時分以後，可以正面出聲，驚動群賊。然後便以這條飛天鐵蜈，破窗打入廳內。等三個老賊率眾趕出之際，再施展乾清罡氣之中憑虛躡步的絕頂功力，唬他們一下……」

谷飛英插口說道：「七妹慢來！乾清罡氣中憑虛躡步的絕頂輕功，我三步還可勉強，連四步都走不上。倘老賊們一追，豈不立時原形畢現？」

荊芸笑道：「只要配合得妙，能走三步已能足夠唬人。杜師兄可先掩藏別處，等六姐憑虛起步之時，便給賊巢放起一把野火，就在老賊們心神不分的剎那，六姐已如飛仙遁跡，杜師兄也匿影潛蹤。試問這一干賊子，是否一連幾夜都要睡不安穩呢？」

杜人龍聽她說完，把拇指一挑笑道：「七妹果然高明，杜人龍謹遵將令！」

荆芸臉上一紅笑道：「杜師兄怎的拿我開心？今夜這場攪鬧，主旨在於混亂群賊心神。所以最大的忌諱，就是恃強驕敵，滯留動手。小妹斗膽如此安排，我們立時開始行動……」話猶未了，想起還有奚沅在側，柳眉一皺，沉吟說道：「至於奚大哥……」

奚沅接口笑道：「今夜任務，必須腿快才好。奚沅尚有自知之明，先往峰下等待，免得為我誤事。但等到正式動手之時，我卻還要鬥鬥那位蛇魔君鐵線黃衫端木烈呢！」

荆芸失笑說道：「專門玩蛇的花子，結果被蛇咬了一口，難怪奚大哥不肯甘心，但端木烈天天與我隔座相對，有機會時，我讓他嘗嘗我這冒牌紅裳姹女囊中，真正的百毒金芒，替奚大哥出口惡氣就是。時光業已不早，我們準備動手。今後聯絡之處，就在那株被我削做天心劍的古樹附近好了。」

說完帶著杜人龍、谷飛英，悄悄掩往那高大廳房。奚沅卻先行縱下峰頭，去往那株古樹附近相待。

賊巢大廳左側兩支，恰好有幾塊又高又大的山石。山石之上並有草樹生長，是個絕好藏身所在。荆芸把谷飛英安頓在此之後，向東南方二十來丈以外，黑沉沉的一排房

屋，用手一指，杜人龍會意點頭，躡足潛蹤，悄悄縱過。荊芸等他到達地點，才慢步向那大廳之內走去。

廳內諸人均在飲酒，一片喧嘩笑語之聲。荊芸走到青衣怪叟身畔，含笑說道：「鄺前輩，桑虹適才閒步峰頭，似見有幾條黑影。身法極快，該不會是有什麼對頭來此製造事端吧？」

青衣怪叟鄺華峰眉頭一皺，尚未答言，旁坐的冷面天王班獨，業已縱聲狂笑說道：「桑姑娘！不是班獨倚老賣老，放眼當世，能有幾人敢於輕視老夫兄弟，這赤霞峰頭不是龍潭，也算虎穴。妳看見有人影上峰，可能是聞風前來，加盟入會的武林朋……」

冷面天王話音至此，倏然而住，臉上神色忽地勃然。大廳之上的一片喧嘩，也頓時肅靜得簡直髮絲落地可聞，只聽得廳外夜空之中，響起一陣令人聽來毛髮俱豎，連綿不斷的森森冷笑。

原來谷飛英見荊芸進廳以後，心想要裝就索性裝得像一點。

她昔日與柏青青落入黑天狐宇文屏之手，被點天殘重穴，曾與這名妖婦，共同居住了一個相當長的時期，對宇文屏的這種陰森冷笑，幾乎耳熟能詳，所以此時便自下開丹田接氣發音，模仿黑天狐宇文屏的一貫腔調。

冷面天王班獨方向逍遙羽士左沖說道：「大哥你聽，這笑音好熟！」

窗櫺砰然自裂，半空中突地響起「嘶」的一陣陰風，青衣怪叟酈華峰臉色忽變，大袖一揮，凌空擊落一條七、八寸長之物。目光一瞬，霍然說道：「果然是她！」

逍遙羽士左沖、冷面天王班獨，也已看見被青衣怪叟酈華峰袖風擊落的，正是黑天狐宇文屏威震江湖的五毒邪功之一「飛天鐵蜈」！不禁對眼一看，仍是冷面天王一步當先，搶到廳門。只見那堆山石以上的樹影之中，暗影綽綽地站著一個女子。因爲那條飛天鐵蜈，普天之下，絕無第二人使用。

冷面天王班獨遂先暗以內家真氣佈滿周身，然後向那黑影叫道：「宇文屏，妳既來到這烏鞘嶺赤霞山莊，何不正大光明地廳中一會？」

但暗影中所立之人，竟是毫不把這一干武林好手放在眼內，口中所發陰森冷笑，始終嘿嘿不停，而且越笑越覺陰沉，懾人心魄。

逍遙羽士見石上之人不理二弟班獨叫陣，狂傲已極，方自叫道：「宇文屏！妳那幾手五毒邪功，也並沒有什麼驚天動地！再不下來，難道要我左沖接妳不成？」

肩頭微塌，方待縱過，石上人陰笑忽停，竟自不縱不躍，平步凌虛地躡空而起。谷飛英雖然對師門「乾清罡氣」習練未深，功力不夠，只能提氣躡空三步，但這類絕世神功已把群邪及三個老賊一齊鎮住。

青衣怪叟酈華峰驚詫之餘，瞥見對方這一憑虛躡步，因自己目力特好，業已辨出是

個面容奇醜老婦，並不是心目所猜疑的黑天狐宇文屏。左沖、班獨也已發覺，三人正欲同聲叱問，忽然身後遠方轟然作響，天色微紅。不由回頭看時，這赤霞山莊糧倉之內，一片火光已自騰空直起。

高山絕頂，置辦食糧頗爲不易。青衣怪叟鄺華峰急得叫道：「這老婦不是宇文屏，左兄莫放她走脫，班二弟隨我救人！」冷面天王應聲與青衣怪叟趕往糧倉。

逍遙羽士抬頭看時，就在心神略分的刹那之間，空中人影早無，對方業已乘機遁走，平白遭人戲弄，左沖不由怒發如狂。命令眾人細搜這一片峰頭，夜空寂寂，草樹叢叢，哪裡還找得出絲毫蹤跡？

青衣怪叟與冷面天王雖然率人把火救滅，但糧倉已有相當損失，縱火之人更連形影均未看見。

三老怪憤怒懊喪之餘，知道有人在暗中破壞這三奇大會，而且飛天鐵蜈絕非別人所有，極可能是黑天狐宇文屏，派遣她手下之人來此先期搗亂。倘若所料不錯，則會期正日，宇文屏必然親到。雖然聞說她近年武功精進，但三奇聯手，終必有勝無輸。只是她那霸道無倫的五毒邪功：什麼萬毒蛇漿、蛤蟆毒氣，必須嚴加戒備，並研究抵禦之策。

祁連怪叟閔連坤笑道：「黑天狐宇文屏平素慣以五毒邪功傷人，我們何不即以其人之道，反治其人之身。在這烏鞘嶺赤霞峰頭，來個『五毒鬥天狐』！教她也嘗嘗萬毒攻

身的慘酷味道！鐵線黃衫端木魔君囊中奇蛇無數，百腳道長的『蜈蚣劍』和『奪魄神旗』，米天良兄的『腐骨毒掌』，與紅裳姹女桑姑娘的『百毒金芒』，均足擔當此任。閔連坤不才，也願以身畔七十二枚『追魂刺』，湊足五毒之數！但等宇文屏一到，我們便即分站五行方位，十手齊揮，看她有什麼通天徹地之能，逃出此厄！」

荊芸假扮的紅裳姹女桑虹首先贊同，餘人自然也無異議。遂一面加強戒備，一面依舊興高采烈，靜待七月七日這三奇大會。

按下群邪不提，且說奚沅當時獨自先行退下峰頭，在那株被荊芸削成天心劍的古樹左近來往徘徊，居然被他無意之中，發現一個外有松蘿垂覆的山洞，只須略爲清掃，三人坐足可有餘。反正要等杜人龍、谷飛英。奚沅遂動手清除洞內塵污，等他收拾乾淨，出洞眺望，正好谷飛英、杜人龍先後也自賊巢之內回轉。

三人就在秘洞之內，靜待荊芸消息。時光易過，轉眼七月初六，明日便是三奇大會之期。天到黃昏，在洞內用過乾糧、食水，奚沅笑向杜、谷二人說道：「前夜鬧了那一場以後，賊巢之內的各種光景，這兩天可又增加什麼入會之人？七妹怎地不來……」

話猶未了，「叮叮」幾響，業已聽得那株古樹左上有人彈劍。

杜人龍笑道：「這才叫做說曹操，曹操就到。七妹已在樹下彈劍傳音，待我叫她到洞內說話，免得在這最後關頭，露下馬腳，豈不前功盡棄？」說完，也自拔出天心劍，屈指叩劍，「叮叮」彈了五下。

荊芸果然手橫一柄青鋒劍，聞聲尋到。一進洞內，便自笑道：「你們這個藏身所在，倒真找得不錯。天下巧事，委實太多！你們前夜假冒黑天狐宇文屏攪鬧賊巢，可知道真正的黑天狐也來了麼？」

奚沅等人驚問其故，荊芸得意說道：「前夜青衣老怪，雖然認出六姐不是黑天狐宇文屏，但因那條飛天鐵蜈之故，卻仍然以為是黑天狐同路之人，先期來此搗亂，而宇文屏本人，會期正日可能也會到來。所以連番計議之下，決定在宇文屏一現身之際，立由蛇魔君鐵線黃衫端木烈、百腳道人南方赤、毒掌屍魔米天良、祁連怪叟閔連坤，再加上我這個冒牌貨的紅裳姹女桑虹等五人，各以本身獨門奇毒之物蝟集環攻，說是叫什麼『五毒鬥天狐』！」

谷飛英插口笑道：「這事倒真有趣。黑天狐宇文屏平素慣以五毒邪功傷人，如今卻有人要以五毒埋伏暗算，豈非報應循環，因果不爽？妳既說黑天狐已來了，那一袋真正紅裳姹女的毒門暗器『百毒金芒』，出手了麼？」

荊芸搖頭笑道：「黑天狐宇文屏狐蹤雖至，但本人卻還要到會期正日才現身呢！」

杜人龍也聽出趣味，含笑問道：「何必多賣關子，妳且說來，那黑天狐的狐蹤是如

何現法？」

荆芸笑道：「事情是在今晨，青衣怪叟酈華峰正與逍遙羽士、冷面天王等人詫異，怎地明日就是會期，這幾日竟無一人上峰入會？忽然派往前山巡邏莊丁，匆匆忙忙報道，在峰腳之下，發現一、二十具屍體。青衣怪叟等人趕去一看，那種情形委實怵目驚心，共是一十七具屍體，但每具屍體的雙手、雙足，均被刖去，身上也被打得如同肉醬一般，只剩下一顆死不瞑目、獰厲異常的頭顱，尙稱完整。經仔細辨認之下，大都是些江洋巨寇及黑道中的有名人物。看情形均係想來入會加盟之人，不料卻在赤霞峰腳一齊送命，而且死得那樣慘法。」

杜人龍聽至此處，不由叫道：「這果然是黑天狐宇文屏的手段，她昔年在苗嶺深林戲弄鐵指怪仙翁伍老前輩之時，對那賽方朔駱松年，就是這樣刖去雙手雙足，並把人打成肉醬。」

荆芸點頭笑道：「蛇魔君鐵線黃衫端木烈，也是從這一點上看出是黑天狐所爲，因而引起他盟兄駱松年慘死之恨。誓言將不惜十年心力，等黑天狐上峰現身，他要專門爲黑天狐擺一個『五蛇大陣』。」

奚沅笑說道：「端木烈的花樣真還不少。在華山下棋亭，那一頓『三蛇生死宴』末後的大嚼活蛇，就令我消受不了，如今又要來個『五蛇大會』。蛇魔君之名，確實名不

虛傳，七妹總得想個法兒，讓我們看看這場『五毒鬥天狐』的熱鬧好戲如何？」

荊芸笑道：「奚大哥且慢著急，我來意就是爲此。目下峰頭防務均已分配，我這冒牌的紅裳姹女，負責西南峰角，在明日淩晨，奚大哥與五師兄、六師姐等，可由西南危崖攀壁而上。我準備兩套寨丁服裝，奚大哥、五師兄略爲改扮，剩下六姐一人，功力又高，隨處均可隱藏，便好得多了……」

說到此處，忽然話頭一轉又道：「據小妹看來，黑天狐既現狐蹤，這個短命的三奇聯盟大會，根本不必我們動手，就可以攪它一個落花流水。『五毒鬥天狐』之後，可能跟著便是『三奇拚妖婦』，我們把這兩場連台好戲看完，卻有件事情必須要做。」

杜人龍笑道：「這回我可猜出來，是不是我們要有一人出面，邀約三個老怪與宇文屏妖婦，不要忘了後年中秋的第二次黃山論劍之約？」

荊芸點頭笑道：「五師兄古怪精靈，自然是一猜便中，你看我們之中，以哪個出面最好呢？」

杜人龍略爲沉吟，看了谷飛英一眼，說道：「黃山第二次論劍，雖然早有此語，不過雙方確實應當面再邀約。本來武林之中像這類情形，出面允定之人，絕對不會有甚凶險，但黑天狐宇文屏狠毒陰辣得已無人性，卻也不可不防。六師妹的無相神功與維摩步法均是防身絕學，我看還是由妳出面，我和奚大哥、七妹等人在暗中掩護爲當。」

荊芸接口笑道：「既然六姐準備正式出面，何不索性把那副醜怪無比的人皮面具拿掉，讓群邪瞻仰瞻仰我們天心七劍的真正丰采。黑天狐宇文屏也好見見始信峰頭，差點把她活埋在秘徑山腹內的昔日故人。」

計議既定，荊芸怕自己已久離峰頂，惹人生疑，遂與眾人約定，明日凌晨西南危崖之上相會，作別自去。

回到峰頭，荊芸正在自己防區所在蹀躞眺望，聞得背後發出極輕聲息，趕緊手按劍柄，回頭看時，原來是逍遙羽士左沖緩步而至。

左沖見她回頭，不禁讚道：「桑姑娘耳力真好，等這三奇大會歃血聯盟以後，我們可得親近親近！」

荊芸見左沖說話神情，頗為淫邪，知道老賊不懷好意。但自己如今不是天心俠女，卻是平素廣蓄面首、閱人無數的紅裳姹女桑虹，只得強忍怒氣，裝出一臉嬌笑說道：「老前輩神功蓋世，桑虹上有求教之心。倘蒙不棄提攜，正是我畢生之幸呢。」

逍遙羽士左沖，光聽這外號，便可料出是一名花裡魔王。見荊芸回眸一笑，美得出奇，不由色心大起，竟自滿面淫笑地向荊芸慢慢靠近。

荊芸因所冒桑虹本是淫女，不便閃避，但已看出這位逍遙羽士雙眼以內，欲焰其

熾。不由一顆芳心騰騰亂跳，暗想這可真是難題。自己清白嬌軀，斷不能容老賊絲毫輕薄，萬一左沖真有什麼荒謬舉動，只有拚著暴露本來面目，在他色授魂飛不加防範之時，給他嘗嘗師門少陽掌，以及衛老前輩所傳的五行掌力滋味如何了。

就在逍遙羽士左沖色心大動，業已走到荊芸身側，幾乎伸手相抱之際，突然左沖雙眉一剔，扭頭向十來丈外的一大堆岩石之後，發話叱道：「石後何人？赤霞峰雖然廣迎賓客，但若不是好朋友，卻休想妄窺一步！」

岩石之後，果然似乎微有聲息，但對左沖所問毫未置答。

左沖發話以後，見石後無回音，目中兇光迸露，雙手大袖一抖，便自沖天飛起，照準石後撲去。

荊芸回手暗暗摸出一把「百毒金芒」，準備石後萬一是自己人，在左沖掌下現出危機之時，便不惜揭開本來面目，打他一個措手不及。

誰知左沖身形拔到四丈來高，尚未調頭撲落，夜空之中，突有兩種怪聲同時並作，一種森森冷笑，來處是正南方的一株大樹的樹影以內。

左沖目光何等銳利，人到高空，先已看出自己所聞石後聲息，是一隻碩大夜鳥，而正南方的大樹梢頭，才真正有一角衣襟微然飄動。左沖眼珠一轉，佯作不覺，依舊照準先前所撲之處飛落。

但在方一調頭的刹那之間，左掌微推，方向突然改變，橫飛五丈，到了那株大樹的丈許之外，根本不允許樹上人有任何逃遁機會，一股勁急無倫的腥毒狂飆，已如排山倒海一般，隨著右掌猛推，直往微現衣角的樹梢暗影之中，劈空擊去。

掌風劃然作嘯，枝飛葉舞，威勢懾人。但樹上人卻似毫不還手，低「哼」了一聲，一條人影便被左沖的「五毒陰手」掌力，震得飛出六、七尺遠。殘枝碎葉漫空飄飛，整株大樹都在搖晃不定。

逍遙羽士左沖見對方絲毫未運功抗拒，便知又有蹊蹺。趕過看時，那樹上被自己擊落之人，竟是派往峰後巡查的青衣怪叟酈華峰唯一殘餘弟子，雙頭太歲邱沛，但此時已被自己「五陰毒手」震得臟腑翻騰，自口鼻之中沁出黑血，氣絕身死。

逍遙羽士左沖知道邱沛定是被人點穴擒來，故意假手自己害死。滿腔暴怒無處發洩，方自一腳踩碎一塊大石，突然遠遠一叢密樹之內，又復響起那種森森冷笑，笑聲之中，隱含譏誚得意，但越笑越遠。最後宛如一縷游絲，冉冉升空，漸歸寂滅。

左沖聞聲便知此人練氣成絲的內功方面竟比自己更覺精純，哪裡還會有心向荆芸歪纏？只說了聲：「勞神桑姑娘，在這一帶加緊巡查，明日便是會期，莫放對頭潛入搗亂。」便自滿懷懊喪之色，回轉山莊以內。

卅二　天狐現蹤

這時杜人龍、谷飛英及奚沅三人，均已調神養氣，蓄足精力，等到凌晨，去往與荊芸約定的危崖之處。這片危崖，陡峭異常，不是輕功到了極高境界，根本無法攀援，因而防範較疏。但上面萬一有人埋伏暗算，攀到半崖，閃避不及，卻極爲危險。所以杜人龍到得崖下，未即貿然攀援，先抽出天心劍輕彈五響，試探荊芸可在崖頂接應。彈劍方罷，崖頂果然也有叮叮七響回音。杜人龍把頭一點，三人遂各展輕功，攀援直上。

雙方會見之後，杜人龍、奚沅換上莊丁服裝，索性跟隨荊芸巡查各處，反易掩飾。谷飛英卻自笑道：「你們易服變容，跟著這位紅裳姹女，倒可以放心大膽地看場熱鬧，我卻要找個妥當之處藏身。三個老怪物的目力、耳力均不尋常，稍有形聲，便會敗露蹤跡的呢。」

荊芸微一尋思說道：「一般人通常只防遠方，不防近處，六姐不如乘三個老賊各在所居房中養精蓄銳、準備應付強敵之際，先由我掩護，就藏在他那個大廳之中，或許反

而較為穩妥。」

奚沅點頭說道：「七妹此言甚當，但那大廳之內，是否有足可藏身之處，妳事先看好沒有？」

荊芸想了一想說道：「大廳當中，懸有一塊『威震武林』的巨匾，另樑上承塵亦可藏人。奚大哥你看何處較為妥當？」

奚沅說道：「藏身匾內，萬一對方生疑，驟下毒手之際，既不易先機發覺，更不易騰挪閃躲，所以並不理想。我看那廳堂甚為高大，承塵等處地方必不太小，六妹體態玲瓏，更為適宜，還是藏在樑上的好！」

谷飛英笑道：「轉瞬之間天即大明，來往人多不便，無論樑上、匾後，均須先入大廳，我們到後見機行事便了。」

荊芸點頭率眾起身，在快走到先前遇見逍遙羽士左沖意圖糾纏之處，突然聽得人語喧嘩，並雜有青衣怪叟酈華峰的怒言之聲。知道是來察看雙頭太歲邱沛遇害一事，遂繞路避過，並乘著忙亂之間，以紅裳姹女桑虹身分，帶領兩個冒牌莊丁，掩護谷飛英藏入廳內。

青衣怪叟酈華峰把邱沛後事料理畢，天已大明。酈華峰向左沖、班獨說道：「宇文屏妖婦暗中濫肆兇威，已不會再有人來入會，我們何必等到正午歃血加盟？不如早點舉

行。加盟以後，分頭率領眾人，在這烏鞘嶺百里方圓搜索宇文屏蹤跡，就此合力除去，豈不永絕大患？」

逍遙羽士左沖自慚失手，也把黑天狐宇文屏恨入骨髓，遂回到廳中召集眾人，立時加盟歃血。

一切安排就緒，青衣怪叟酈華峰首先刺破中指，正往一大缸美酒之中滴血，突然臉上神色一變，用手勢暗示眾人戒備。自己凝神提氣，面向廳外叫道：「宇文屏！妳黃山論劍畏難不到，卻跑到這赤霞峰頭暗中弄鬼，算的是哪一號人物？」

青衣怪叟酈華峰話音甫畢，廳房之上發出一陣森森冷笑，那手執奇形鐵杖、腰纏碧綠長蛇的黑天狐宇文屏，已自冷笑聲中飄然而墜。

黑天狐兇名昭著，青衣怪叟酈華峰一見果然是她，也不禁往後微退一步。

宇文屏卓立當門，又是連聲冷笑，面含哂薄之色說道：「酈華峰、左沖、班獨三個老賊，好不知羞！昔日黃山始信峰頭，你們在諸一涵、葛青霜未到以前，藉詞逃遁的膿包狼狽之相，全在宇文屏眼中，如今卻來顛倒黑白，信口雌黃，豈不令人齒冷？往事暫且不提，宇文屏因聽得傳言，你們要想藉這三奇大會，歃血爲盟，嘯聚黨羽，算計我宇文屏，才特地趕來，會會你們這殘缺不全、無家可歸的蟠塚一兇和嶗山雙惡。我們是在何處動手？」

青衣怪叟鄺華峰，一任宇文屏冷嘲熱諷，毫不動容。只是雙目凝光，盯著黑天狐左右雙手，防備她突然發動五毒邪功傷人。

但在座的逍遙羽士左沖，卻早已看不慣黑天狐宇文屏那副狂傲之色，暴叱一聲說道：「宇文屏休要弄舌張牙，且在廳外，由我左沖先鬥妳五百回合！」

黑天狐宇文屏陰陰一笑回身，走到廳外廣場之中。青衣怪叟鄺華峰微使眼色，蛇魔君鐵線黃衫端木烈、百腳道人南方赤、毒掌屍魔米天良、祁連怪叟閔連坤，及荊芸假扮的紅裳姹女桑虹等五人，突然一散而開各站一方，把黑天狐宇文屏圍在當中。鄺華峰自己卻與逍遙羽士左沖、冷面天王班獨互相打一招呼，準備隨時攔截黑天狐，不讓她戰敗之時突圍逃往峰下。

黑天狐宇文屏身陷重圍，居然毫不在意，嘴角一撇，手指逍遙羽士左沖說道：「左沖，你不是要與我鬥上五百回合，怎麼還自縮頭不出？」

逍遙羽士左沖在嶗山四惡之中功力最高，當年在西藏大雪山，與龍門醫隱柏長青一場狠鬥，均未分出勝負，怎會對這黑天狐宇文屏服貼？雖然聽說她自得《紫清真訣》，功力大增，左沖卻並未放在心上，所忌憚的是宇文屏那威震江湖的「萬毒蛇漿」太不好惹。但如今當著眾人，經宇文屏指名挑逗，左沖怎能忍受？

濃眉一剔，正待上前，青衣怪叟鄺華峰卻因深悉黑天狐宇文屏生平非有絕對把握之

事不做，今日居然單人硬闖赤霞峰頭，膽量未免大得可疑。彼此多年不見，她武功究竟到了何等階段，僅憑忖度，似嫌欠妥。鐵線黃衫端木烈等五人，不但各有一身毒技，功力亦頗不弱，還是先由他們試出宇文屏深淺以後，自己與左沖、班獨再行出面，方較穩當，遂攔住左沖，向黑天狐宇文屏冷冷說道：

「左兄的絕藝神功，威力蓋世，妳若先與他過手，這幾位之中有人要向妳索還舊債，豈非不得如願？反正妳今日休想再下這赤霞峰頭，還是在死前把債還清，免得欠得來生，又要變牛變馬！」

黑天狐宇文屏聽出青衣怪叟鄺華峰語意，是要圍在自己身外、分五方站立之人，先與自己動手，其中並有夙仇在內。目光一瞬，首先看到的便是毒掌屍魔米天良，不由自鼻內哼了一聲說：「米天良，你居然膽敢在此幫兇，當年那蠍尾神鞭難道挨得還不夠麼？」

目光依次流轉，覺得百腳道人南方赤、祁連怪叟閔連坤，與荊芸假扮的紅裳姹女桑虹，均非素識。但看到蛇魔君鐵線黃衫端木烈之時，黑天狐宇文屏似乎微微一怔，就在這一怔之間，背後一陣陰風，業已悄然襲至。

原來毒掌屍魔米天良，昔年挨過黑天狐宇文屏一記蠍尾神鞭，到處覓藥調治，熬了半年多的錐心痛苦，倖免未死，心中對她簡直痛恨已極。一見面之下，本來就想動手報

仇，但因看見酈華峰、左沖、班獨那等驕狂自大之人，對這黑天狐均似略有顧忌畏怯，才勉強抑制復仇怒火，待機而動。黑天狐認出他來，隨口譏諷之時，毒掌屍魔米天良就在暗暗凝聚自己苦練多年、蓄意復仇的陰毒掌力。

宇文屏目光轉到荆芸，毒掌屍魔的內力即已提足十成。遂乘著黑天狐因看見鐵線黃衫端木烈，微微發怔之時，疾撲而過。形如鳥爪的左掌一揚，一陣砭骨陰風，便向黑天狐後背按去。

毒掌屍魔米天良，人一縱起，黑天狐宇文屏已知覺，但只面含陰酷冷笑，既未理會，也不閃躲。

米天良不覺心中狂喜，暗想自己所練這種陰毒掌力，專打內功極好之人，能令對方中掌以後，皮肉無傷而五臟寸裂。這一掌打的部位又是後背要害，妖女居然賣狂逞傲，似欲硬接，豈非掌落功成，夙仇得報？

剎那之間，毒掌屍魔米天良形如鳥爪、功能隔物腐物的一隻左掌，業已沾到黑天狐宇文屏後背，但覺對方身上似有一種又綿又韌暗勁，使自己的陰毒掌力無從發揮，知道不妙，但收勢業已無及。黑天狐霍然轉身，快若飄風的左手二指一伸，便已點到毒掌屍魔米天良肋下。

荆芸知道目前黑天狐宇文屏是和青衣怪叟、逍遙羽士、冷面天王等人處在敵對地

位，但這類兇邪，最好乘機能除一個便除一個，免得將來二次黃山論劍大費手腳。所以乘著黑天狐宇文屏向毒掌屍魔米天良下手之間，一把「百毒金芒」化成一大蓬金色牛毛細雨，隨著低叱聲中，電射而出。

黑天狐宇文屏手法之快，以及耳音之靈，委實高明已極。剛把毒掌屍魔一下點倒，便已聽出荊芸那先出手、後低叱，所發「百毒金芒」的極細破空之聲。不由面含獰笑，抓起米天良就勢往身後一掄。米天良慘嚎聲中，荊芸一把「百毒金芒」，他倒替黑天狐承受了一半以上。

「百毒金芒」爲數太多，宇文屏雖用毒掌屍魔擋去大半，身上也免不了中了不少，但她卻似毫不在意。荊芸猛然想起，冷雲仙子葛青霜賜給葛龍驤的那件武林異寶「天孫錦」，業已落入這妖婦手中，她既有此寶防身，再加上自《紫清真訣》之內所獲神功，區區幾枚「百毒金芒」，自然無法奏效。知道這妖婦睚眥必報，兇毒已極！除武功方面比自己高出許多之外，那些什麼「萬毒蛇漿」、「蛤蟆毒氣」、「守宮斷魂砂」之類毒物，更是霸道無倫，招惹不起！防她發怒反擊，足下微滑後退丈許。

果然黑天狐宇文屏左手奇形鐵杖一掄，把個業已氣息奄奄的毒掌屍魔米天良形如橄欖的頭顱，砸成稀爛！隨手往外一甩，帶著滿天腦漿血雨，朝荊芸打去！人也隨在毒掌屍魔米天良的屍體之後，跟蹤飛撲。

但因荆芸知機先避，宇文屏一聲獰笑叫道：「不知天高地厚的女娃，居然敢對我宇文屏暗下毒手，妳想活麼？」凌空轉身，正待繼續追撲。

逍遙羽士左沖因對荆芸已生邪念，自比別人關心，一聲冷笑接口說道：「老妖婦忝不知恥，妄自驕狂，難道妳就知道天高地厚嗎？」向冷面天王班獨一使眼色，兄弟二人三掌同揮，發出一股排山倒海般的強烈勁風，向黑天狐宇文屏迎頭襲到。

逍遙羽士左沖與冷面天王班獨，均是嶗山四惡之中的翹楚人物，這一聯手出擊，威力之強，直如海嘯山崩！強如黑天狐宇文屏也不敢再逞狂傲，左掌當胸吐勁，用了新近精練的「紫清罡氣」九成以上功力還擊。一聲石破天驚的巨震過處，嶗山雙惡蹌踉換步，黑天狐宇文屏也往後倒飛六、七尺遠落在地上，連兩旁諸人均紛紛覺得一陣令人窒息的疾風勁氣往四處橫飛，幾乎站不穩腳。

經這一掌硬拚，黑天狐宇文屏知道嶗山雙惡大概近來也自刻苦潛修，進境頗高，自己身處重圍，不可過分恃強，必須時時警惕。

逍遙羽士左沖、冷面天王班獨以二對一，居然未佔上風，心中更自駭然，與青衣怪叟鄺華峰互相低語，意欲三人聯手，縱然豁出受點傷損，也要把這心腹大敵就此除去。

黑天狐宇文屏被震退落下，正與那位蛇魔君鐵線黃衫端木烈相距不遠。這時在她身邊圍立的荆芸已退，那祁連怪叟閔連坤爲毒掌屍魔米天良一招未過，即遭碎腦慘死的情

況，弄得怵目驚心，已無鬥志。百腳道人南方赤則右手執著自己獨門兵刀「蜈蚣劍」，左手持著一根四尺來長、捲在一起尚未展開的「奪魂神幡」，遲遲疑疑地欲前又卻。

蛇魔君鐵線黃衫端木烈看見這種情形，不由冷笑一聲，自袖中飛出那條鐵線犁蛇，纏在左臂之上，高聲叫道：「諸位暫時後退，端木烈有椿舊債，要向宇文屏妖婦清算！」

眾人之中，多數均知道他那件黃衫兩側，均有特製暗袋，袋中所藏盡是些罕見奇毒活蛇。這種兇毒之物放出以後，萬一不聽主人指揮，或者分不清敵友，容易誤為所傷。所以聽他出聲招呼，立時紛紛後退。讓出一片空地。

宇文屏那對兇毒眼神，由端木烈纏在臂上的鐵線犁蛇慢慢轉到他臉上，盯了半天，冷冷問道：「你自己報名端木烈，身著黃衫，所用兵刃又是一條鐵線犁蛇，莫非就是廣西勾漏山陰風谷的蛇魔君麼？」

端木烈面對這著名兇毒妖婦，雖在答話也不敢稍懈心神。右手攥住鐵線犁蛇蛇尾，左掌護胸，點頭答道：「勾漏山陰風谷是我久居之地，『蛇魔君』三字，則是江湖好事之人所稱。閒話休提，妳記得四年以前害過一位賽方朔駱松年麼？」

黑天狐宇文屏一陣嘿嘿冷笑說道：「宇文屏生平殺人無數，實在沒有這份耐心去記那些死鬼名姓，你既是蛇魔君端木烈，我倒正想找你要點東西，如肯好好繳出，黑天狐

今日破例手下留人，饒你半條性命。」

蛇魔君端木烈也是氣傲心高、目空一切人物，但如今卻被黑天狐宇文屏的陰毒兇狂氣焰壓蓋。心想除了盟兄駱松年之仇，自己與她素無瓜葛，居然要件東西，真是奇事！遂強忍怒氣，反唇譏道：「妳既上赤霞峰頭，死期就在眼前，還要什麼東西？但端木烈生平慷慨，妳且說將出來，或許我解囊相贈，聊做奠物，與妳結個鬼緣。」

黑天狐宇文屏陰笑一聲，微進半步，蛇魔君端木烈卻肩頭一晃，後縱八尺。

黑天狐嘴角一撇，哂道：「你怕些什麼？在你拒絕送我東西以前，絕不殺你！諸一涵、葛青霜見風收帆，廬山歸隱，苗嶺陰魔邴浩也已匿跡潛蹤。放眼當世，哪裡還有宇文屏的敵手？你以為這赤霞峰頭宛如龍潭虎穴，但在宇文屏眼中卻是蟻巢鼠穴。嶗山、蟠塚三個未被醫、丐、酒等人殺光的餘孽，也無殊土狗瓦雞，何足一笑！我想向你索要之物，是因我『萬毒蛇漿』亟待配製，但原料之中缺少一條『獨目金蛇』和一條『雙頭錦帶』，覓遍蠻荒均未到手。你既有蛇魔君之稱，可能……」

端木烈不等宇文屏說完，狂笑說道：「妳說的『獨目金蛇』，我倒有兩條之多，但在華山下棋亭款待一位窮家幫朋友，吃頓『三蛇生死宴』，已一齊用去，至於『雙頭錦帶』囊中也有一條，我既說過端木烈生平慷慨，送妳就送妳吧！」

說罷，伸手在黃衫左側特製的秘袋之中，一掏一甩，立時一條二、三尺長，雙頭歧生，五彩斑斕而身軀扁平如帶的奇形毒蛇，宛如一條彩虹，飛落地上。

那蛇雖小，但神態獰惡異常。出袋以後，兩隻豆大兇睛寒光炯炯，不停流轉，似欲擇人而噬，端木烈見狀，口中微做吹竹之聲，雙頭怪蛇立即蟠成一堆，只剩兩顆怪頭豎起中央，覷定黑天狐宇文屏，寂然不動。

黑天狐宇文屏對怪蛇略一審視，點頭說道：「端木烈，你『蛇魔君』三字倒真名不虛傳！這種『雙頭錦帶』，五年才長一寸。所以長雖三尺，壽過百年，正是我『萬毒蛇漿』之中的一種原料，只可惜那『獨目金蛇』……」

端木烈打斷她的話道：「可惜什麼？獨目金蛇雖被我請朋友吃掉，但我身畔還有比獨目金蛇更希罕的奇蛇，只要妳消受得起，便一齊奉送又何妨？」

只見黃衫微飄，旋身三轉，幾聲極為難聽的怪嘯起處，端木烈身畔又復飛出三條蛇影。落地以後，與先前的那條「雙頭錦帶」，正好東南西北各據一方，把黑天狐宇文屏及蛇魔君端木烈兩人，圍在其內。

假扮紅裳姹女的荊芸，著莊丁裝束的杜人龍、奚沅，與那已由大廳樑上掩至暗處觀戰的谷飛英，見這東西南北四條毒蛇，加上端木烈手中一條鐵線犁蛇，共計五條，知道定然就是端木烈曾經宣佈，要擺來對付黑天狐宇文屏的「五蛇大陣」。

四位男女英俠，全是一樣嫉惡如仇的義俠襟懷，看見赤霞峰頭群魔亂舞的這副光

景，早就想拔劍而出，予以誅戮。但一來四人之中奚沅略嫌軟弱，而對方僅僅名列武林十三奇中人物，就有四個之多。二來好不容易荆芸效法天台醉客余獨醒所用誘虎吞狼之計生效。黑天狐宇文屏趕來，一出手就解決掉一個毒掌屍魔米天良，這類兇邪，讓其瘋狂一般地自相殘殺，委實太理想不過。而且自己倘若出手稍早，極可能使他們泯除私仇，棄嫌修好，聯手共禦外敵。所以四人均是一樣按兵不動，靜靜地欣賞這場由「五毒鬥天狐」改成「五蛇困天狐」的精采好戲。

黑天狐宇文屏雖見四外全是些罕見的奇毒怪蛇，卻仍陰笑連連，目光向四蛇一瞬，對端木烈說道：「東面的『赤鱗雞冠蛇』和北面的『七步青蛇』，我倒認識，但南面這條周身銀白、長僅三尺而腹大如琴的，莫非就是絕種已久的『噴沙琴蛇』？蟒越大越兇，蛇卻越小越毒。你這幾條蛇，不但長度均在四尺以下，而且五蛇五色，著實令人一開眼界。宇文屏生平最愛玩蛇，你居然與我志同道合。何不置身事外，等我處置這般逆我之徒之後，隨我同行，我傳你絕世武功，你傳我馴蛇之術，我們索性合創一個『萬蛇大教』，豈不好麼？」

冷面天王班獨見黑天狐宇文屏當面遊說自己黨羽，簡直目中太已無人，哼了一聲，正待發話，青衣怪叟鄺華峰輕輕碰他一下，低聲說道：「班二弟稍安勿躁，等這無知驕狂妖婦，多消耗幾分氣力之後，我們三人聯手，還怕她插翅飛上天去？」

班獨聞言獰笑一聲，隱忍不動，那位蛇魔君端木烈卻把臉一沉，絲毫不帶喜怒之色，陰惻惻地說道：「妳倒說得不錯，我們合創一個『萬蛇大教』，難道把我盟兄賽方朔駱松年，和方才慘死的毒掌屍魔米天良，供做祖師父麼？」

黑天狐宇文屏不但號稱天下第一兇人，實在也真是天下第一怪人，端木烈連番地冷嘲熱諷，居然把她嘲諷得高興起來，大概還是數十年來，第一次把那森森陰笑收起，換成了正常的哈哈大笑，說道：「你這人冷冰冰、陰惻惻，真像你那些毒蛇一般，太已合我脾胃。無論上天入地，我也非把你收服不可，今天第一次動手，宇文屏大破往例，不但不傷你人，連你所豢養的這幾條罕見毒蛇，我也捨不得殺死一條。但你不要以爲我是沒有降蛇之力，我先把這條最厲害的『噴沙琴蛇』，捉來給你看看。」語音方落，未見怎麼動作，人已飄往南方。

蛇魔君端木烈冷然哂道：「妖婦休出狂言，妳敢動我的『噴沙琴蛇』，簡直無殊自投地獄！」口中微做吹竹之聲，在正南方懶洋洋躺在地上、一動不動的那條「噴沙琴蛇」，聞聲突把一顆看來平淡無奇的蛇頭一抬。但見闊腮張處，不但頭成三角，並幾乎漲大了一倍，奇粗的蛇腹猛吸再鼓。「嘶」的一聲，一蓬奇腥無比的銀白光雨，便自口中怒噴而出。別說是當面的黑天狐宇文屏，連遠在兩、三丈外觀戰的諸人，已覺得頭腦暈眩，噁心欲嘔，趕緊各取丹藥塞進口內。

宇文屏早就知道這種「噴沙琴蛇」，本身已自奇毒無比，日常更是喜以各種毒蟲及毒性強烈的同類爲糧。吃下以後，所有骨質完全化爲一種銀白細沙，貯在腹內特具的沙囊之內，隨時可以噴以傷敵，而且一粒上身，便告無救！所以早已準備妥當。倚仗新近自行參悟未練全的紫清罡氣又有進境，見毒沙才出蛇口，忙把奇形鐵杖插入地中。右手虛空微揚，便有一股無形勁氣包沒毒沙，不令飛散。然後提足真氣往回一招。

「噴沙琴蛇」猛然一聲怪啼，身軀微震，所噴一蓬毒沙已被黑天狐宇文屏收入左手之中，盛入自己「守宮斷魂砂」的特製皮囊之內。

宇文屏方待就勢擒蛇，背後腥風颯然，端木烈手中鐵線犁蛇的四、五尺長蛇影，已向肩頭砸到。黑天狐何等武功，耳目、身法均已靈敏到了極處。聽出身後腥風共分兩路，奔肩頭的風聲勁急，而奔足下的卻是極其輕微「颼」的一聲響。自己既然存心折服此人，收爲己用，當然要令他敬佩心服才可。遂避重就輕，右手拔起所插鐵杖，雙足微點，迎向劈面打來的鐵線犁蛇飛舞蛇影。

哪知這一舉無心中做得極對，黑天狐宇文屏身才飄空，足下電也似的竄過一條斑斕彩影，正是蟠踞東方的那條「雙頭錦帶」，端木烈則以爲黑天狐宇文屏是爲躲那「雙頭錦帶」，才縱身凌空，不由得意冷笑、手攥蛇尾，微加勁力，用做兵刃的那條「鐵線犁蛇」，便即毒吻箕張，一口咬在黑天狐的左肩頭上。

這一來外表得計，其實卻上了大當，宇文屏不但上半身有「天孫錦」護體，並且身懷專解百毒的罕世珍寶「碧玉靈蜍」。那條鐵線犁蛇也是通靈之物，一近黑天狐，便知對方身懷剋制自己之物，有點畏縮不前，但禁不起主人手攥蛇尾加勁催促，仍然賈勇咬去。

「天孫錦」除了極高的內家罡氣以外，連寶刀、寶劍均所難傷。鐵線犁蛇的鉤牙雖利，當然也自無奏效，黑天狐宇文屏乘此良機，左掌一翻，攥住鐵線犁蛇七寸要害，右手奇形鐵杖「毒龍尋穴」，連人帶杖飛撲對方，用那杖頭的鐵鑄蛤蟆直往端木烈的胸前點去。

端木烈倚「蛇」成名，若論真實武功，不過與奚沅彷彿。見宇文屏鐵杖尚未點到，銳風先已襲人，萬般無奈，只得拋去手中的鐵線犁蛇，足跟用力後退丈許。

黑天狐宇文屏奪過對方的鐵線犁蛇，得意洋洋地向鐵線黃衫端木烈叫道：「端木烈！我真捨不得殺這幾條罕見奇蛇，你還不趕快收走？再若延遲，我便叫牠們同歸於盡。」說話聲中，鐵線犁蛇業已隨手蟠空三匝，作勢欲往那東西南北四條奇蛇打去。

蛇魔君端木烈所擺這「五蛇大陣」，威力根本尚未發揮，便已一敗塗地。雖然肚皮都快氣炸，但知宇文屏所說卻是實言，那條鐵線犁蛇皮骨堅逾精鋼，再加上她那等沉雄內力揮舞之下，自己多年心血所訓練的幾條罕見奇蛇，必然無一倖免。端木烈愛蛇如同

性命，只得紅著臉兒，吹哨連聲，把那四條奇蛇收回袋內，眼望著在宇文屏手中憤怒不服、而又無法掙脫的鐵線犁蛇，欲言又止。

黑天狐宇文屏見狀笑道：「你還想要這條鐵線犁蛇麼？趕快拿我所要的『雙頭錦帶』來換……」

一言未了，兩股威力極強的腥毒狂飆，業已劈空而至。原來嶗山雙惡——逍遙羽士左沖、冷面天王班獨，見黑天狐宇文屏連連獲勝，如此張狂，業已無法再忍。雙雙騰身飛撲，凌空發掌。

黑天狐宇文屏先前與嶗山雙惡接過一掌，知道以一對二，雖不致敗，但也無甚便宜，何況還有一個青衣怪叟鄺華峰始終未動，自己「萬毒蛇漿」存量不多。在未配製前，不捨輕用，故而更不能在一上來便自濫耗真力，遂在嶗山雙惡的五毒陰手掌風將到未到之際，倏然向左閃出。但立即回身，左手鐵線犁蛇，右手蛤蟆鐵杖，幻起漫天蛇影杖光，向左沖、班獨二人逆攻而至。

嶗山雙惡休看武功絕高，但對於黑天狐奪自鐵線黃衫端木烈手中的這一條鐵線犁蛇，照樣顧忌甚大，不敢輕易招惹。五毒陰手一空，漫天蛇影飛到之時，雙雙出聲怒嘯，躍退丈許。

黑天狐宇文屏「哼」的一聲冷笑，方待發話，突然背後襲到一股強烈掌風，耳聽青衣怪叟酈華峰冷冰冰的聲音說道：「宇文屏，妳神氣什麼？」

黑天狐見青衣怪叟居然也自出手，絲毫不畏人言，欲以三個武林十三奇中人物，合力對付自己，心中不由一凜。一面閃過對方掌風，一面把手中那條鐵線犁蛇拋向端木烈，叫道：「我這鐵線犁蛇一併還你，『雙頭錦帶』也暫存你處，下次相逢，如再不肯屈服，宇文屏言出法隨，毒掌屍魔米天良便是你的前車之鑒。」

蛇魔君端木烈見黑天狐居然肯把自己這視同性命的鐵線犁蛇擲還，不由喜出望外，收回袖內。那黑天狐宇文屏此舉，一半固然愛惜他那一身馴蛇之術，故意放點交情；另一半卻是爲了眼見蟠塚一兇與嶗山雙惡環立身外，巍如山嶽，虎視眈眈。休看這三人都是一樣赤手空拳，卻比先前那些賣相兇惡的五毒環攻，不知厲害幾倍。自己若仍用鐵線犁蛇做爲兵刃，既不合手，那蛇還因心懷故主，不住屈伸圖逃，極爲不便。

所以在把蛇擲還端木烈時，手中蛤蟆鐵杖虛向班獨一指，冷面天王怕她因見眾寡不敵，濫用杖內所藏「蛤蟆毒氣」傷人，往旁一閃之間，宇文屏手中墨綠寒光凌空飛舞，業已乘隙把自己的得意兵刃蠍尾神鞭取出。

蠍尾神鞭、蛤蟆鐵杖雙雙在手，黑天狐宇文屏兇威又盛，主動搶攻。右手一揮，捲起漫天墨綠鞭影，打向逍遙羽士左沖，右手蛤蟆鐵杖，卻直點冷面天王班獨。

黑天狐宇文屏這兩般兵刃，本身便已狠毒無倫，再加上她那一身精純內力，鞭風杖

影，宛如寒濤掠地，狂飆捲空，逼得嶗山雙惡二度閃避，不敢硬接。就在左沖、班獨避鞭、避杖的剎那之間，黑天狐宇文屏不聲不響，連鞭帶杖一齊回身，照準青衣怪叟鄺華峰破空怒嘯，狂掃而至。

青衣怪叟鄺華峰本意是與左沖、班獨分三面進手，期令對方窮於應付。但如今見宇文屏不但所用兵刃又長又毒，本身功力也高得駭人，更須時時防備她那鐵杖中的蛤蟆毒氣噴出傷人，照此情形，她只要想走之時，隨便擇定一人，幾手連環進迫，便可乘隙脫身，遁往赤霞峰下。倘若今天不能把這妖婦留下，則不但籌備多時的三奇大會被她攪了個蛋打雞飛，彼此之間更深仇永結。此婦啣恨心切，睚眥必報，行蹤又復詭秘飄忽異常，赤霞峰頭可能從此永無寧日。三奇聯手，無論如何盡佔上風，卒因一著棋差，反居劣勢。

青衣怪叟畢竟在這三人之中智慮較高，能夠當機立斷。一面躲過黑天狐蠍尾神鞭、蛤蟆鐵杖的連環進擊，一面高聲叫道：「左、班二兄，這樣打法不行，我們三人必須聯合出手。拚著損耗真元，招招以劈空掌力和她硬拚。南方道長、桑姑娘以及端木魔君、祁連怪叟等人，再在四外各以本身獨門奇毒之毒，防她拚命逃脫，便可把萬惡妖婦處置在赤霞峰上！」

黑天狐宇文屏聽青衣怪叟鄺華峰所發號令，確實歹毒。想起今日自己業已佔盡上

風，何如暫時退下峰頭，仍像以前一般藏在暗中，把三個老怪物的黨羽算計殆盡之時，再與他們決一死戰，方較穩妥上算。

她心中想事眼睛略轉，已被青衣怪叟酈華峰看透，一聲暴吼說道：「妖婦想溜！左、班二兄還不快上！」

逍遙羽士、冷面天王，一個單掌劈空，一個指袖遙擊，再加上青衣怪叟，三奇合力，豈比尋常，一陣從未見過如此威力的勁力狂飆，宛如海嘯山崩，挾著大片走石飛沙，猛向黑天狐宇文屏襲去。

黑天狐宇文屏自從害死無名樵子，習練《紫清真訣》所載神功以來，這還是第一次正式拚鬥強敵，見青衣怪叟等人改變打法，蠍尾神鞭業已無用，遂收鞭換掌，提足九成功力硬接一招，試試自己近年所得，獨對三奇有無所握。

掌風凌空互對，砰然巨震之下，蟠塚一兇與嶗山雙惡足下移宮換步，宇文屏卻微哼一聲，被震出七、八尺外，這才知道，自己目前真實武功程度，對一必勝，對二尚可略佔上風，但以一對三，卻無法逞狠，非敗不可。

黑天狐的算盤向來極精，既悉危機，立時想走，但才一回頭，荊芸的一把「百毒金芒」——因想起她有「天孫錦」護身——全部貫足真力，打向她腰部以下的各處要穴，百腳道人南方赤的「奪魂神幡」，也招展出一片極淡彩煙，祁連怪叟閔連坤的「追魂

刺」，更化爲十來縷寒光，向黑天狐五官面目打去。

休看這幾人功力稍弱，但黑天狐宇文屏一樣驚心。因爲「百毒金芒」與「追魂刺」，打的部位太損，而百腳道人南方赤「奪魂神幡」之上，所發出的那一片極淡彩煙，在自己行家眼中，一看便知定有奇毒，沾惹不得。

利害既已判明，宇文屏在手腳方面，自然快捷之至，縱身避過「百毒金芒」，蛤蟆鐵杖舞成一團寒光，擋去「追魂刺」，對於那片極淡彩煙，卻提足紫清罡氣，張口一吹，吹得彩煙化爲若有若無的五色細絲，往四外飄揚，逼得南方赤、荊芸及閔連坤三人，反而往外撲閃。

宇文屏眼前的危機方解，身後的危機又至。三奇聯手既然生效，青衣怪叟鄺華峰遂招呼左沖、班獨照方抓藥，五掌同揚，凌厲無儔的劈空勁氣，再度襲到。

黑天狐身在半空，只得再接一招。此次因剛剛提運紫清罡氣，吹那百腳道人南方赤「奪魂神幡」之上的毒煙，自然更爲吃虧，竟被三奇聯手所發掌風震出一丈五、六！

就這樣身處蟠塚一兇、嶗山雙惡，排山倒海似的內家罡掌猛攻，及百腳道人南方赤等霸道無倫的獨門毒器監視之下，饒妳黑天狐宇文屏何等狠辣，也被逼得東閃西避，無處可逃。兇心不由勃勃而動，想要以自己捨不得輕用的「萬毒蛇漿」及「蛤蟆毒氣」，與青衣怪叟、逍遙羽士、冷面天王等人，拚個勝負生死。

心意既定，手中奇形鐵杖勁風呼呼地一連三式「神龍鬧海」，略微逼開青衣怪叟等人，伸手攥住腰間內貯「萬毒蛇漿」的綠色蛇尾，兇睛炯炯，電掃雙惡、一兇，意圖擇肥而噬。

休看青衣怪叟、逍遙羽士、冷面天王等三奇聯手，佔足上風，但一見黑天狐宇文屏竟欲施展，武林中正邪兩道均引為大忌的「萬毒蛇漿」，也不由得一齊暫時停手不攻，退出圈外。

黑天狐宇文屏那一雙令人見了肌膚無不為之起慄的兇毒眼神，在鄺華峰、左沖、班獨三人臉上流轉幾周，最後決定選擇實力最強之人下手，暗想只要拚捨「萬毒蛇漿」除掉一個，餘下二人，僅憑真實武功也足操勝算，何愁那蛇魔君端木烈不對自己服貼？若能收服此人，憑他那手馴蛇之術，隨著自己遊走八荒，搜盡天下所有奇蛇，不但「萬毒蛇漿」從此即無匱乏之慮，而且真可以毒蛇、武功二者配合創教，剷除異己，永為武林各派雄長。

她如意算盤打定，右手拄著奇形鐵杖，左手攥住腰間綠色蛇尾。雙眼炯炯兇光，專注青衣怪叟鄺華峰一人，面含獰厲惡笑，一步一步地緩緩走近，這一來倒把個青衣怪叟鄺華峰弄得奇窘無比。

自己身為赤霞山莊三奇大會的首腦之一，倘若對這妖婦退避，豈不令手下諸人大失敬畏？但若等黑天狐宇文屏走近，彼此硬拚，則又自知絕吃不消，她那一扯綠色蛇尾便即漫空飛射、無法閃躲的「萬毒蛇漿」奇腥毒雨。

青衣怪叟鄺華峰進退兩難，正欲向嶗山雙惡以目示意，叫他們從黑天狐宇文屏身後出手襲擊，以解自己窘境之時，突然那大廳門口，閃出一個年輕貌美少女，卓立階前，岸然發語叫道：「黑天狐宇文屏且慢逞威，蟠塚一兇與嶗山雙惡也暫且停手，聽我一言。」

谷飛英竟然在雙方劍拔弩張、千鈞一髮的緊要關頭現身，在旁邊看熱鬧的荊芸，杜人龍和奚沅三人，不由一齊心中暗叫太已可惜。因爲只要谷飛英再遲片刻現身發話，等黑天狐宇文屏的「萬毒蛇漿」一發，若傷得了青衣怪叟鄺華峰，二次黃山論劍即可減少一名窮兇極惡勁敵。即或不然，把她那熬煉配製極困難的「萬毒蛇漿」消耗一些，將來搏殺這兇毒妖婦之時，也至少可以減去幾分威脅。

但這種想法，與谷飛英恰好不同。谷飛英是見三奇聯手，威勢太盛，黑天狐宇文屏的「萬毒蛇漿」一發，除非青衣怪叟鄺華峰應手立斃，不然他中毒以後，雙方一定捨命相搏。即令黑天狐佔得上風，也將神疲力盡，死在一旁虎視眈眈、待機而動的嶗山雙惡的鐵掌之下，而三師兄葛龍驤，與黑天狐宇文屏仇比海深，萬一不能手刃此婦，豈非抱憾終身，無法補救？所以谷飛英不欲黑天狐宇文屏死在這赤霞峰頭，才在雙方石破天

驚、互搏死生的危機一髮之下，現身出聲阻止。

青衣怪叟等人，見忽然又有一個陌生少女，居然混上峰頭，不由相顧詫異。

黑天狐宇文屏自然認得谷飛英，獰笑說道：「女娃兒，妳被我點了『天殘』重穴居然不死，實在難得！但來到這赤霞峰頭，阻止我搏殺青衣老怪，卻是爲了何故？」

谷飛英對這一班兇惡魔頭，實在不敢絲毫大意。翻腕拔劍，一陣清脆龍吟，天心劍閃爍精芒，橫護當胸，發話說道：「你們互相打架我管不著，來此之意，只是乘著你們幾個老怪齊集一處，特地通知，二次黃山論劍之期，後年即屆，不要到時又復失言背信，不敢參與！」

青衣怪叟縱聲大笑說道：「小女娃兒，妳是哪個老鬼門下？妳那些師父們業已全身避禍，歸隱廬山，卻叫我們後年中秋，跑到始信峰頭去向何人論劍？」

谷飛英把頭一抬，揚聲答道：「我恩師冷雲仙子、師公不老神仙，與各位師叔歸隱以前，已把主持武林正義之責，交付我們。第二次黃山始信峰頭，與你們這些妖孽約會的，就是我們天心七劍。」

黑天狐宇文屏平生做事，從不吃虧，先是因迫不得已，才想以「萬毒蛇漿」與青衣怪叟鄺華峰拚命一搏。如今危機既解，更看出谷飛英身處重圍，獨對這麼多高人，而神情依舊極度從容，不由疑心她必有所恃，可能天心七劍已一齊同來。知道這干晚輩多半

均獲諸一涵，葛青霜真傳，無論哪個都有幾樁絕學在身，並不十分好鬥。加上自己與青衣怪叟等人樹仇甚深，若在此動手，兩面受敵，未免太不合算。

利害判明，宇文屏側臉對青衣怪叟、逍遙羽士及冷面天王班獨等人冷笑一聲，說道：「鄺、左、班三個老賊，休要賣老張狂，我姑且暫時相饒，讓你們去鬥鬥天心七劍，嘗嘗這些晚一輩年輕娃兒的滋味怎樣？後年中秋黃山始信峰頭，再令你們這干倚眾為勝的無恥老賊，領略宇文屏的『萬毒蛇漿』厲害！」

語音才落，人已縱到冷面天王班獨面前，右手鐵杖虛晃一招，班獨事出不意，忙一閃身，黑天狐宇文屏陰笑連連，接連幾躍，便即遁往赤霞峰下。

卅三　彈指神通

青衣怪叟鄺華峰見狀大驚，但已追截不及。知道黑天狐這一遁走，自己與左、班三人後患無窮，不由頓足一嘆，欲把滿腔怒氣，放在谷飛英身上發洩！方自抬頭與對方漆黑妙目一對，忽然想起此女既然自稱冷雲仙子門下，豈不就是自己殺弟之仇？

老賊秉性陰沉，心中怒火雖已狂熾，面上卻仍裝出一副若無其事的淡漠笑容，慢慢去到離谷飛英身前七、八尺處，哂然不屑說道：「就憑你們這些乳臭未乾的娃兒們，居然自稱『天心七劍』，來向武林十三奇中人物約戰？我先試試妳有多少道行，膽敢如此狂妄！」說話雖緩，因心切弟仇，出手卻是九成以上的真力施爲。

兇睛瞪處，青袍大袖一揮，移山撼嶽般的勁氣狂飆，便向谷飛英狂捲而至。

谷飛英本來想用無相神功護身，震退老賊，但在青衣怪叟鄺華峰出手之時，發覺他目光之內所含兇毒之氣太濃，知道下手必然極重。恐怕自己無相神功火候不夠，擋不住這類成名老賊的一擊之威，便把新近習練、頗有進境的「乾清罡氣」，提足準備。

果然那股勁氣狂飆捲到身前不遠之時，谷飛英便已感覺壓力太大，自己所運無相神功不足抵禦。索性把天心劍還鞘，雙掌齊推，加上了一層「乾清罡氣」，武學一道的功力深淺，絲毫無法取巧。休看青衣怪叟鄺華峰與嶗山雙惡聯手，三戰黑天狐，也不過略佔上風，但此時谷飛英以兩種冷雲仙子葛青霜親傳秘授的絕世神功一併施爲，仍然被他這袖風一拂之下，震出三步。

但青衣怪叟鄺華峰更加心驚。因爲他這鐵袖罡風一揚，差不多是以全力施爲，而這年輕女娃身前，先有一種無形阻礙，擋卻他四成勁氣，然後雙掌一推，發出一種奇異力量，居然硬接他足能拔樹開碑的一擊而毫不受傷，僅僅退後三步。越想越覺得以數十年性命交修功力，竟傷不了這樣一個年輕女娃，情何以堪？二次蓄勁，單掌猛推，威勢更增地再度擊去。

谷飛英以師門兩般絕藝接了青衣怪叟一掌，便知道專論功力火候，除了大師兄尹一清、二師姐薛琪夫婦，及屢有奇遇、身懷各種絕學的三師兄葛龍驤之外，天心七劍的其餘四人，實在無法與這般老怪硬抗。見他第二掌威勢更強，嫣然一笑，舞袖旋身，便輕飄飄地閃出青衣怪叟鄺華峰的掌風之外。

青衣怪叟鄺華峰當然不知道，苗嶺陰魔邴浩昔日在蟠塚山暗傳葛龍驤、谷飛英「維摩步」法之事，見自己在這麼近的距離，一掌居然打空，不由慚怒迸交，電掣風飄，接

連攻出五掌，沙飛石走，威勢無倫，把個谷飛英籠罩在一片掌風勁氣之內。

谷飛英以師門無相神功糅合維摩步法，神情暇愉，步履翩躚。幾個左旋右繞，便令青衣怪叟五掌全空，脫出那一片疾風勁氣之外，青衣怪叟不由更加驚異，覺得對方所用身法，不特神妙無方，倘就勢再對自己反擊，即令雙方拆上百八十招，亦難輕易勝敵。

以堂堂武林十三奇中人物之尊，屈於同輩分的黑天狐宇文屏尤有可說，再若不勝這樣年輕的後生下輩，卻委實難以為情，而嶗山雙惡旁觀之下，也覺大出意外。他們起先真未把什麼「天心七劍」看在眼中，此時才知道長江後浪推前浪，一代新人換舊人！

冷面天王班獨見谷飛英閃避青衣怪叟鄺華峰掌力，轉到離自己身前不遠，濃眉一剔，兇心遂起，暗想這谷飛英年紀這麼輕，便敢仗著一身藝業，闖上赤霞峰頭，獨會三奇。倘若讓她輕易安然退去，不但他日多留一分隱患，也將洩露今日被鬧得丟人現眼之事，及這三奇大會的不少秘密。不如索性把她就此處置，豈不較好？毒念既起，一掌已自輕輕推出。

冷面天王班獨因志在偷襲傷人，把自己五毒陰手的腥毒狂飆，凝煉成了一絲奇寒勁氣，本來極難躲避。但谷飛英獨對群魔，竟然不卑不亢，戒意極深，耳力又靈，這身後的輕微異動，竟被發覺。柳腰輕擺，仗著神奇絕頂的維摩步法，又復飄然閃過。

谷飛英回頭一看，見是冷面天王班獨所為，不由嘴角一撇，方待發話，那位站在班

獨、左沖之間的冒牌紅裳姹女，業已哂然說道：「黑天狐宇文屏號稱天下第一兇，你們以三對一，雖然已不公平，但還有話可說。如今以青衣怪叟之尊，居然制不了人家一年輕少女，還要冷面天王暗加偷襲，未免有點玷辱武林十三奇的盛名威望了吧？」

荆芸這驟然發話，並未表明身分，語意卻顯然傾向敵人。青衣怪叟、冷面天王不由相顧一愕，弄不清楚這位紅裳姹女桑虹，何以如此說話？兩人臉上，也自赧然生熱。

正在這荆芸輕輕數語便將住群魔之際，那位蛇魔君端木烈向極自負，方才未能自黑天狐宇文屏手下討得便宜，此時卻想人前顯耀，並替青衣怪叟等人解除僵局，遂說了一聲：「這類年輕女娃，三位老前輩自然不好意思加以全力相搏，未免令她佔了便宜。還是讓端木烈再叫她嘗嘗我的五蛇大陣滋味吧！」

隨著話聲，搶步而出，黃衫飄舞，雙手疾探連用，那「赤鱗雞冠蛇」、「七步青蛇」、「雙頭錦帶蛇」、「噴沙琴蛇」等四條，赤、青、錦、銀不同顏色的怪蛇，口中各自鉤牙森列，蛇信吞吐，企圖把谷飛英圍在其內。

荆芸知道鐵線黃衫端木烈所放出的這四條毒蛇，全是罕見難尋之物，厲害無比。如今正互相糾纏，欲分未分之際，怎肯錯過這個良好機會？不聲不響地探囊取出一大把「百毒金芒」，棄人打蛇，全對地上四條奇毒怪蛇的十隻炯炯兇睛打去。

杜人龍、奚沅見荆芸既已破臉動手，自然不必再事隱藏。奚沅、荆芸雙雙縱身與谷

飛英會合一處。小摩勒杜人龍卻因聽出黑天狐宇文屏熬煉「萬毒蛇漿」的原料之中，缺少那條雙頭歧生、五彩斑斕的「雙頭錦帶蛇」，心想以黑天狐超卓武功與詭譎心機，遲早這條「雙頭錦帶」必是妖婦的囊中之物。不如趁此機會弄死，叫宇文屏縱然海角天涯再能找上一條，也要費盡不少心力。所以他天心劍輕輕出鞘，卻並未先與諸人會合，竟自甘冒奇險，撲向那條「雙頭錦帶」。

荊芸是龍門醫隱柏長青的唯一愛徒，「透骨神針」手法自然練得極其高妙。「百毒金芒」的體積較小，數量自然更多。距離既近，人、蛇又均未提防，金芒電射之下，十點寒光滅去九點，只剩下「雙頭錦帶」四隻兇睛的一隻未滅。

「百毒金芒」自然蘊有奇毒，休看這些毒蛇專門仗毒欺人，一旦毒自外來，卻照樣禁受不住。但聽連聲懾人心魄的慘嗁起處，群蛇紛紛暴怒發威，哪裡還有什麼敵我之分？連蛇魔君端木烈也受了「噴沙琴蛇」的一口毒沙噴襲，幾乎喪身在自己費盡心血培養訓練的毒蛇口內。群賊更是一陣惶然大亂。

杜人龍乘亂得手，天心劍精芒急閃，冷電飄空，那條「雙頭錦帶」的頭、身便分三處。這種天地戾氣所鍾的奇毒之物，果然兇狠絕倫。頭、身業已應劍三分，兩顆怪頭仍然飛射出去丈許遠近，咬住兩個身手較弱的賊黨。只痛得他們慘嚎連聲，滿地亂滾，霎時便即了賬。

其中最令群賊頭痛的，便是那條「噴沙琴蛇」。雙目既盲，「百毒金芒」的巨毒又在漸漸發作，牠自然形若瘋狂地把那滿腹毒沙，漫無目的地狂噴洩憤，除了青衣怪叟、逍遙羽士、冷面天王三個老怪及南方赤、端木烈、閔連坤等幾個身手較高人物以外，賊黨莊丁至少有十來人，傷在毒蛇口內。

好不容易由嶗山雙惡狂發「五毒陰手」，把這幾條發瘋毒蛇一一打死後，一場大亂才得漸漸乎息，可憐端木烈多年心血成空，還弄得這般灰頭土臉，委實欲哭無淚。一雙兇睛瞪得幾乎噴出火來，注定動手傷蛇的仇敵荊芸，牙齒挫得格吱吱地難聽已極！

此時四人知道激怒群賊過甚，不經過一番惡鬥，定難闖下這赤霞峰頭。谷飛英忽想起恩師等諸位老俠歸隱以後，唯恐這般年輕弟子遇上特殊對手，功力不夠，遭受艱危，特地在廬山冷雲谷中，合力參研出來一種專爲應付強敵的「歸元陣」法。

這種「歸元陣」法，主旨在於眾力歸元，同禦強敵，所以無論三人、四人，甚至五、六、七人，均能應用，端的神妙已極。

此時因奚沅功力較弱，趕緊招呼杜、荊二人站定方位，用的是「三才歸元」，由功力最高的谷飛英站在正中，杜人龍、荊芸一旁一個。但兩人各以一掌貼在谷飛英脊心，凝聚本身真氣內力，灌注谷飛英體內，卻把個功力最弱的俠丐奚沅護在三人身後。

鄺、左、班三個老怪把那幾條毒蛇處理以後，轉身正欲全力搏殺這般年輕對頭以消

急忿之際。荊芸看見蛇魔君端木烈驚痛氣急的那副神情，故意再加撩撥，向奚沅笑道：「奚大哥，我這個仇替你報得如何？我早就料定殺他的蛇比割他的肉更令他痛心，他不是還有一條當做兵刃的鐵線犁蛇，怎的不敢拿來拚命？索性替他弄死，讓他好好吃頓蛇肉，也好令這麼多年的心血有所補償，不致白費！」

蛇魔君端木烈恨得把滿口鋼牙幾乎咬碎，但想起谷飛英連對青衣怪叟都能硬抗，自己不過仗蛇成名，若論真實功力，恐怕不但不足一拚，可能徒自送死。想了半天，頓明利害，把心氣一平，狠狠地瞪了荊芸和奚沅幾眼，竟自轉身往群賊之中走去。

青衣怪叟等人，都覺得這位蛇魔君端木烈牙關緊咬，口角帶血，目光也是直瞪瞪的，不由均以爲他已怒急心瘋，紛紛往外一閃。

端木烈恍如不見，就這樣一步一步地，走下了赤霞峰頭。他這一去，居然是找黑天狐宇文屏，兩人沆瀣一氣，搜尋天下奇蛇，增長兇威。後來荊芸、奚沅便因今日種毒太深，而未斬草除根，以致受盡極度艱危，幾乎雙雙慘死在蛇群之口。

青衣怪叟鄺華峰因先前試過谷飛英功力，對這幾個年輕對頭已不敢輕視，見谷飛英等人所站陣式，心中也自不無戒意，遂緩步向前，一掌劈空擊去，試圖加以測探。

谷飛英知道以四人之力，絕敵不過三個老怪，早想覓機而退。見青衣怪叟劈空擊到，似是試探自己所立陣式妙用，未出全力，遂也自玉掌輕揮，從容化解，口中卻低做暗號，四人動作一致，右移數尺。

冷面天王班獨在三個老怪之中性情最暴，看出四人想走，一聲怒叱道：「小輩們！與老夫留下頭顱再走！」獨臂狂掄，用足了九成真力以上的五毒陰手，帶著一片飛沙，照準四人漫空捲至。

谷飛英量敵而動，知道班獨只剩一臂，在目前三個老怪之中是最弱一環，存心讓他見識一下，吃點苦頭。一面凝足自己的「乾清罡氣」，加上杜人龍「七步追魂」、荊芸「少陽神掌」的真氣助力，硬接班獨掌風，一面口中卻仍故意氣他，調侃笑道：「老賊說話頗有意思，留下頭顱再走像個什麼樣兒，難道你不害怕麼？」

冷面天王班獨哪料得他們這「三才歸元」陣式能增如許威力？掌風互接之下，竟自真氣大震。怒吼一聲，人被震退七、八尺遠，五臟翻騰，心頭一片急遽跳蕩。谷飛英趁此機會，一聲暗號，四人又復向右移動數尺。眼看再有三、四次便可脫身，縱往峰下。

逍遙羽士左沖熟知二弟班獨功力，無論如何也不會被谷飛英雙掌一揮便即震退，臉上神情並似還吃了不少暗虧。驚異細看之下，頓然醒悟，縱身先行攔住谷飛英等退路，高聲叫道：「鄺兄與班二弟！這幾個小賊，用的是眾力歸元、聯手卻敵之法，合三人之力共敵一人，自然要佔便宜。我們各自一方，同時進攻，小賊們便無法施展了。」

青衣怪叟鄺華峰、冷面天王班獨如言各據一方，與逍遙羽士左沖個個均是面含冷酷獰笑，提足真氣內功，一步步地向四人所合成的「三才歸元」陣式，慢慢逼近。

谷飛英見逍遙羽士左沖這個方法，出得陰損已極！三面同時合力進攻，杜人龍、荊芸自身均已難保，哪裡還能把真氣內力貫注自己共同應敵？這樣情形之下聚在一起，無法施展各人身法，避重就輕，反而容易遭受功力強過自己的對手傷害。

所以谷飛英判明形勢，低喝一聲：「五哥、七妹，速撤『三才歸元』陣式，各以輕功身法盡量避免與對方硬打硬接。奚大哥則隨我共同禦敵，天心劍趕緊一同出鞘！」

杜人龍、荊芸如言往外一分。奚沅知道谷飛英功力較高，所以才招呼自己與她一起，便於防護。但因荊芸的天心劍係由自己代懸，趕緊出鞘低呼：「七妹接劍！」一縷青光便即凌空拋過。

三個老怪見他們陣式已解，越發獰笑連連地步步進逼。就在這千鈞一髮之時，突然峰下傳來他們天心七劍的特約暗號「彈劍傳音」。谷飛英耳音最靈，冥心細數，共是「叮叮叮」的連彈三響。知道正是自己師兄弟姐妹中，除了深居衡山涵青閣不大過問瑣事的大師兄尹一清、二師姐薛琪以外，功力最高的三師兄葛龍驤已到。內心頓時一寬，笑聲叫道：「五哥、七妹，三師兄業已趕到！」

「到」字才出口，青衣怪叟酈華峰、逍遙羽士左沖、冷面天王班獨業已發動。三股排山倒海的驚人風力，疾壓當頭。而葛龍驤的彈劍之音也已更覺清晰，越來越近。

杜人龍、谷飛英、荊芸既知葛龍驤趕到，心情大為寬展。三人居然同一想法，要拿對方這三個名列武林十三奇中的老怪，一試自己功力。念頭打定，每人凝神提氣，化守為攻，各自硬接對方一掌。

谷飛英仍以乾清罡氣蘊含無相神功，與青衣怪叟鄺華峰相對；小摩勒杜人龍是用恩師獨臂窮神柳悟非，睥睨宇內的「七步追魂」掌力硬接冷面天王班獨；荊芸、奚沅則二人合手，一個用龍門醫隱柏長青親傳的「少陽神掌」，一個就用本身內家真氣，抗拒逍遙羽士左沖「五毒陰手」破空襲到的狂飆勁氣。

劍術、掌招往往可仗神奇變化及詭異輕靈等特長，勝過功力高於自己的對手，但這種內家真力的硬接硬架，卻絲毫取巧不得。驚天動地的掌風互相激撞之下，赤霞峰頭頓時瀰漫一片煙塵。

谷飛英仗著自幼便由冷雲仙子這等絕世名師親自啓迪，火候雖然限於年歲未免稍差，功力卻純正無比。所用「乾清罡氣」、「無相神功」又均是至高武林絕學，再加上心知大援已至，不必保留潛勁，用上了本身所有真力，以致竟把青衣怪叟鄺華峰所發摧山撼嶽的無倫勁氣硬截回頭，自己不過微退兩步，並未使對方佔了多大便宜。

但杜人龍卻被冷面天王班獨一掌震出六、七步外，足底踉蹌，心頭狂震。荊芸、奚沅更是雖然以二對一，也被逍遙羽士左沖的五毒陰手，打得臟腑翻騰，眼前金花亂轉。

青衣怪叟憤怒已極，逍遙羽士和冷面天王卻震天狂笑，正待再度進擊，峰下一聲朗如鸞鳳的長嘯起處，眼前飄墜一條人影和一縷紫色精芒，天心七劍之中排行第三的天心谷主葛龍驤，手橫紫巍巍、光閃閃的一柄前古神兵紫電寶劍，業已到達。

但谷飛英等人，一眼便可看出，葛龍驤的重瞳鳳目之中隱含極度急憤，而他那神仙伴侶玄衣龍女柏青青又未偕來，知道天心谷中可能也出了什麼重大變故。

葛龍驤這一現身，青衣怪叟等人，不知對方援兵又增了多少，不由暫停進逼，相互微一卻步。

葛龍驤不理三個老怪，俊眉深鎖地四周一打量，向谷飛英問道：「六妹，妳青青師姐可曾到過此處？」谷飛英答以未曾，把別來大略情形扼要相告，並問青青師姐何往？天心谷中難道也出了變故？

葛龍驤聽罷，長嘆一聲，眼角眉梢深愁盆聚。但一剎那間，好像即已暫時撇開，低聲向杜、谷、荊、奚四人說道：「我們先脫重圍，再作細述。幾位師弟妹功力與對方懸殊甚遠，不可執拗硬拚。在我對青衣怪叟過招之時，你們速以天心劍聯手，掩護奚大哥，猛撲三個老怪之中功力最弱的冷面天王。他武功再好，也必顧忌這種神物利器，得隙便可退往峰下。令人煩惱之事，還多得很呢！」

四人被葛龍驤說得滿腹疑雲，但眼前不能追問，分他心神，只好暫時悶在心裡。

嶗山雙惡對葛龍驤本是夙仇，八臂靈官童子雨裂腦分屍之恨，左沖、班獨何時不在念中？等了片刻，見葛龍驤只是一人來援，冷面天王班獨面寒似水，一陣森然冷笑說道：「這才真叫天堂有路你不走，地獄無門自來投！小賊在大雪山中，以陰謀暗算傷我三弟，今天你也替老夫把項上六陽魁首，留在這赤霞峰頭！」

嶗山雙惡因八臂靈官之事，恨透了葛龍驤，而葛龍驤卻因愛妻玄衣龍女柏青青，當年幾乎在青衣怪叟的夾背一掌之下玉殞香消，也把這鄺華峰恨到極處。他根本不理冷面天王班獨的咆哮張狂，只把雙目神光注定青衣怪叟，冷冷說道：「彼此既然約定，後年中秋，黃山始信峰頭二次論劍，怎地卻在此仗著人多勢眾，欺凌與你們訂約之人？如此無恥行徑，算得了什麼武林前輩？難道說天心七劍之中人物就不敢動你不成？」人隨聲起，主動進撲青衣怪叟鄺華峰。

葛龍驤左掌、右劍，劍是紫電仙兵，加上不老神仙的驚世絕學「天璇劍」法，一片紫色精芒，宛如江河怒捲，凌厲無儔；掌則用的是東海神尼覺羅大師秘傳的「散花手」法，神奇莫測，不可捉摸。至於足下，也同時施展出了昔日群邪之首，苗嶺陰魔邴浩四十年刻苦參研、心血結晶的「維摩步」法。

葛龍驤這得自當世武林之內三位蓋代奇人的三種絕學，驟然一齊施展之下，強如青衣怪叟鄺華峰，因為一來，鄺華峰萬想不到，對方敢對自己主動進擊，二來，這是彼此

之間第一次過手的第一招，而辨不清葛龍驤劍招掌式及身法來歷。酈華峰只覺得這後來少年，功力遠勝先前諸人，身手之神妙靈奇，也屬從來罕見。

霎時寒風襲體，紫電飄空，青衣怪叟托大自恃，被葛龍驤這一疾逾風雨的主動進擊，確實有點應付爲難。自己在武林之內身分極高，當然不好意思被如此年輕後輩一招便即打跑。萬般無奈之下，因爲看出葛龍驤所用紫電劍，精芒騰彩，冷氣侵人，是柄前古神物，不敢輕易招惹。而掌法方面，以自己數十年修爲內家功力，即令挨上對方一下也無大礙，或許就勢可用罡氣反震傷敵。遂狂笑一聲，避劍接掌！

青衣怪叟這顧全虛名，不肯閃避，卻上了一個莫大惡當。他哪裡知道，葛龍驤所施展的「散花手」法，是東海神尼覺羅大師，昔年以玉簪仙子名號闖蕩江湖的天下奇學，再加上四十年東海絕島日日改進參研，最後才傳與葛龍驤——準備度化苗嶺陰魔邴浩，破其生平最得意的「維摩步」法所用——自然妙用無方，威力奇大。

眼看葛龍驤右手紫電劍掃空，左手掌臨右肋，青衣怪叟瞠目怒喝：「小輩猖狂！」右掌自袍袖以下往上一翻，便往葛龍驤脈門之上扣去。

掌才翻起，葛龍驤以「散花手」、「維摩步」糅合連用，神奇無匹。哈哈一笑，人影已空。突然轉到青衣怪叟身後，提足真氣，用獨臂窮神柳悟非所傳，龍形八式中的極重掌力「神龍掉尾」，「呼」地一聲，照準青衣怪叟夾背擊下，欲爲愛妻玄衣龍女柏青

青報復當年陝西蟠塚的一掌之恨！

青衣怪叟一掌翻空，便知不妙，他心驚對方招式變化得如此靈奇迅捷，念頭還未及轉，背後一股令人窒息的奇勁掌風，業已凌空壓到。這種情形之下，他再也顧不得保全什麼武林十三奇中人物的盛望威名，強提一口真氣護在後背，人卻借勢前縱。

但葛龍驤在襁褓之內，就由當代第一奇人不老神仙諸一涵悉心調教，根柢既好，下山行道以來，所服靈藥及奇遇又多，加上欲為愛妻雪恨，含憤下手，豈比尋常？掌風落處，青衣怪叟鄺華峰陡覺心頭一熱，足尖點地之時，竟自拿樁不住，往前搶了三步。鄺華峰再厚的臉皮，也由不得赧然生赤，正待竭盡所學，與葛龍驤拚命一搏。但葛龍驤卻見好即收，已與杜，谷，荊，奚四人會合一處，劍氣如虹地專攻冷面天王班獨。

原來杜人龍、谷飛英、荊芸三人的「天心劍」早已掣在手中，與葛龍驤同時動作，三劍齊揮，聯成一道奪目精光。照準冷面天王班獨，疾捲而至。

三劍合一，精芒電捲，寒光即已砭人，冷面天王班獨再高的功力，也不敢以血肉之軀硬抗這類罕世寶刀。怒吼一聲，旁縱避劍。但空中「怪蟒翻身」，獨臂掄處，又照準三人打出一股五毒陰手的腥毒狂飆。

葛龍驤一到，谷飛英勇氣更增，高聲叫道：「五哥、七妹，我們同馭天心劍氣，接

這老怪一掌！」當中一站，玉臂輕挺，默運師門無上神功「乾清罡氣」，自手中天心劍的劍尖之上，逼出一縷寒風勁氣。杜人龍、荆芸聞言，同以本身內家真氣借劍生風。

三柄天心劍互相合處，寒風勁疾，銳嘯生威，硬往劈面擊來的五毒陰手迎去。三人合力，本已勝過冷面天王，何況再加上這三柄罕世寶刀的森森劍氣。

班獨一聲狂吼，真氣巨震，又吃大虧，急忙縮掌飄身，口中卻招呼大哥左沖，速行堵截，莫讓三人走脫。

逍遙羽士左沖一旁觀戰，正覺得這干年輕後輩，個個均有一身絕藝，自己等人倘稍微倚老賣老，略存輕敵之念，則勝算誰屬，尚未可料。方自提足內家真氣，積聚左掌，右手也取出自己的隨身兵刃精鋼摺扇，向班獨說了一聲：「二弟趕緊施展辣手傷人，這群小輩，絕走不了！」

突然半空中紫色精芒打閃，葛龍驤竟也與杜、谷、荆、奚四人會合，同以森森劍氣，猛撲冷面天王。

逍遙羽士左沖看得分明，知道這殺害三弟八臂靈官童子雨的仇敵葛龍驤，是對方功力最高之人，方才劍掌同施，招術身法神妙莫測，連青衣怪叟鄺華峰都似受了小挫。而二弟班獨對抗天心三劍，已感吃力，哪裡還能加得起這麼一名超群好手？趕緊加急縱過，手中精鋼摺扇萬點玄星，力拒對方電捲而來的四柄長劍。

但葛龍驤一與四人會合，作戰方式立刻又已改變。谷飛英搶步當先，與葛龍驤並肩而立，低聲向杜、荊、奚三人說道：「五哥、七妹，快乘我與三師兄合運璇璣雙劍，力拒強敵之時，保護奚大哥退下峰頭。仍至原來的藏身秘洞之中，彼此會合。」

話音方了，瞥見逍遙羽士左沖手執精鋼摺扇撲來，青衣怪叟酈華峰也似正在摸取什麼兵刃暗器，有意聯手進擊，哪裡肯等三個老怪惱羞成怒之下，各展絕技聯手困住自己？師兄妹同聲清叱，震壓當世的天璇、地璣劍法業已雙雙出手——璇璣合運！

饒是嶗山雙惡武學絕倫，也絕不敢輕攖這稱為當世劍術之尊的「璇璣」合運！

左沖疾打千斤墜，中途剎勢，班獨也強忍羞慚交迸的胸中惡氣，往後飄身。但葛龍驤、谷飛英卻令雙劍在空中各劃了一道半圓劍虹，悠然收手，並不乘勢進迫，只由葛龍驤劍眉一展，發話叫道：「我師兄弟妹暫時告別，請……」

一言未畢，青衣怪叟酈華峰也與嶗山雙惡會合。三個老怪同時獰聲厲笑，並把內家真氣貫注在笑聲之中，震得四外樹木簌簌落葉，功勁果見懾人。

此時杜人龍、荊芸已在葛龍驤、谷飛英施展璇璣雙劍進搏左沖、班獨之時，以兩柄天心劍護住奚沅退往峰下。憑他們在這赤霞峰頭所顯露身手，竟無人敢加攔阻，從從容容地便已退走。

三個老怪知道葛龍驤、谷飛英太已難鬥，武功本已不弱，又有神物利器在手，絲毫

不能分心，故對杜、荆、奚三人退走，也不多加理會，只把六隻精光炯炯的兇睛，注定留在峰頭斷後的葛，谷二人，分從三面慢慢進逼。每邁動一步，均在山石之上留下一個淺淺腳印，足見得三個老怪把內功真氣，業已提到了十二成以上，聯合出手，一擊之威，定然石裂山開，神驚鬼泣！

葛龍驤心中電轉，看出自己與谷飛英脫身的最好良機，就是在三個老怪全力施爲，第一掌發出、第二掌還未來得及循環施爲的一刹那之間。這刹那良機，固然極難把握，而老怪們那羞怒交集的拚力一擊之威，同樣太已難擋，遂用眼角一瞟，谷飛英微笑點頭。師兄妹二人均是絕頂聰明，就在這目光一接之下，業已互相領會，有了默契。

葛龍驤見三個老怪已做半圓形，進到自己二人身前一丈，遂蓄意先做撩撥，激發老怪們發怒如狂，提早下手。一陣龍吟長嘯起處，人如玉樹臨風，傲然卓立，右手紫電劍橫護當胸，左手一拍，五指猛彈，竟以師門絕學「彈指神通」，彈出五縷銳嘯破空的罡風勁氣，分向逐漸進逼的嶗山雙惡、蟠塚一兇襲去。

憑三個老怪功力，雖然提足真氣貫注周身，何致於行走之間要在山石上留下腳印？這無非是見五個敵人已遁其三，剩下這兩個，縱令武功再好，在自己三人各以數十年性命交修絕學聯合攻擊下，也無殊甕中之鱉。所以故意擺擺威風，要在動手之前，先令敵人心怵膽怯。哪知葛龍驤根本不加買賬，反而滿面傲氣地以一手「彈指神通」，分襲三個老怪。

這種強傲舉措，冷面天王班獨首先按捺不住，竭盡功力獨掌猛推，比以前任何一掌均要強勁許多的腥毒狂飆，已迎著葛龍驤彈指神通反捲而至。

班獨這一出手，鄺華峰、左沖爲了互相配合，也自施爲。霎時間赤霞峰頭罡風大作，塵霧瀰空，簡直宛如山倒嶽摧，天崩地裂。功力稍差之人，遠在兩、三丈，都被疾風勁氣掃蕩得站不住腳。

葛龍驤原本要他發動，班獨的五毒陰手才一吐勁，彈指神通立即中途住手，與谷飛英同聲作嘯，雙雙施展苗嶺陰魔邴浩數十年心血結晶，「維摩步」中脫險解招「天蟬蛻翼」、「化勁飄空」，飄身而遁。

留在峰頭的，只是一片飛沙走石，和葛龍驤依稀可辨的一串語音：「莫忘後年中秋，黃山始信峰頭二次論劍之約！」

赤霞峰頭一片雞零狗碎，三奇大會被攪得霧散煙消。毒掌屍魔米天良在黑天狐杖下橫屍，蛇魔君鐵線黃衫端木烈，又因心愛毒蛇損失太多，弄得那等淒淒慘慘而去。但黑天狐與天心七劍兩撥敵人，卻居然毫髮未傷，從容退走，三個老怪心中的驚、慚、憤怒，可想而知。

卅四　勞燕分飛

天心四劍與俠丐奚沅，在赤霞峰側小峰的秘洞之中聚集以後，谷飛英、荆芸均與她四師姐柏青青交好，迫不及待地追問葛龍驤，天心谷內到底出了何種怪事？青青師姐人又在何處呢？

葛龍驤把方才獨對三奇的英風豪氣一斂，滿面迷惑悽惶神色，頓足長嘆地說出一番話來，原來葛龍驤、柏青青夫婦，自杜人龍、谷飛英、奚沅三人走後，在天心谷這種洞天福地之中，鎮日唱隨笑傲，並相互精練各種功力，本來安樂美滿已極，但人世間事，變幻無常，無限風波往往起於毫末。

這日黃昏，葛龍驤方與柏青青演習了一趟「璇璣雙劍」，跟著便在天心小築之上，夫婦二人盤膝靜坐。葛龍驤參求師門蓋世絕學「乾清罡氣」，柏青青卻凝練老父龍門醫隱秘授親傳的「少陽神功」。

這類內家極上乘的功力，最要緊的就是百念齊蠲，物我兩忘，但開始靜坐以後，葛龍驤的一顆心，卻翻騰起伏，不知如何，始終無法安定下來。此種異常現象，平日絕無。葛龍驤好生詫異，一再潛心內視，欲求返照空明，但不僅無效，反而越來越亂。

葛龍驤微開雙目，方想把這種異狀對愛妻訴說，卻見玄衣龍女柏青青含笑趺坐，寶相外宣，神儀內瑩，所練「少陽神功」，分明正進入龍虎相調、陰陽互濟的緊要關頭。遂不肯相擾，輕輕起立，走到閣前憑欄望水，想要稍定心神，再行繼續練功。

說也奇怪，這一憑欄望水，心情比靜坐之時更加紊亂。明澈如鏡的清波之中，居然隨著葛龍驤的紛紜思潮，幻現出不少人影。一會兒是殺父深仇黑天狐宇文屏，一會兒是姑父、姑母而兼師父、母的不老神仙諸一涵與冷雲仙子葛青霜。到了最後，那瀲灩波光之中，竟把自己迭次所經的紅粉魔劫——諸如嶗山大碧落崖萬妙軒中，追魂燕繆香紅的袒裎裸裼，淫形浪態；仙霞嶺天魔洞中，摩伽仙子的「天魔豔舞」、「六賊妙音」；以及滇池漁舟與那位「只可風流莫下流」的風流教主魏無雙姐姐偎肌貼肉，一夜風流——均在眼前幻現出來。

葛龍驤知道這就是所謂意中之魔，自己心地素來澄潔，不料居然忽生此狀，真想舒吭長嘯，以先天罡氣驅散邪思，卻又恐怕驚擾了愛妻。

念頭一轉，轉到奚沅來訪，說是浩劫將臨，一干久蟄魔頭紛紛出世。正是目下有人

想來天心谷中尋事，自己心靈之間才會突興警兆，反正此時心頭極亂，不能用功，索性把天心谷左近勘察一遍，看看可有什麼異狀發生。

他回室取了紫電劍，帶在身畔。玄衣龍女柏青青則寶相依然，面上神光愈顯。葛龍驤見愛妻近來進境極高，欣然一笑，走下水閣，輕蕩雙槳，便自駕舟前往水洞，走完水程，把船藏好，出洞四處勘察，始終未發現有絲毫異狀，不由暗笑自己今日實在太不像話，疑心、魔念接踵而生，哪裡還像是名列天心七劍，並且奉師命主持江湖正義的內家好手？失笑之餘，竟在水洞口的幽壑之中，引吭長嘯。

這一嘯，嘯得胸頭雜念繁思消除淨盡，天君泰然。但葛龍驤何等功力，聽出在自己嘯聲餘音之內，隱隱約約的另有一種低微異音，絕似重死之人所吐哀吟，卻飄渺已極，不知發自何處。

傾耳細聽，那聲音低若游絲，時斷時續，葛龍驤循聲尋到壁上，才確定聲音發自互相緊鄰的另一幽壑之內。此時那縷微聲已自越來越弱，葛龍驤救人心切，一提真氣，施展「凌空虛渡」的絕頂輕功，只藉著峭壁間藤蔓草樹，略微借力，宛如電射星流一般，直向壑下飛落。

老遠便見壑底躺著三人，兩個身著黃衣，一個身著白衣，白衣之人似是女子。等辨清面貌之時，驚得葛龍驤「呀」的一聲，竟從丈餘之處，凌空縱落。

原來葛龍驤認出那白衣女子，正是大雪山七指神姥的弟子冉冰玉。昔日自己被黑天狐宇文屏「萬毒蛇漿」傷頰，與岳父、愛妻萬里行，大雪山尋藥，復容之際，嶗山三惡，尾隨暗算，幾乎功敗垂成。這冉冰玉曾有慨贈「朱紅雪蓮實」，爲自己療傷並相助卻敵大德。她曾有言，數年後有事赴中原，可能要到天心谷訪舊並與愛妻訂交。不想今日突來，並在這幽壑壑底與人拚鬥，似是受了重傷。

葛龍驤知恩感德，因不知冉冰玉傷勢如何，下落得過分心急，幾乎連自己也撞向崖壁之上。尚幸輕功極好，半空中舒掌發力，往山石一推，消除了疾衝之勢。

落地一看，冉冰玉星眸緊閉，口中氣息已微弱已極。葛龍驤不明就裡以前，哪敢妄動？只得取出龍門醫隱秘傳自煉的「太乙清寧丹」與「益元玉露」，想要暫時挽救冉冰玉，並趕緊察明傷在何處，好做處置，但把她嬌軀抱在懷中以後，葛龍驤卻不由得躊躇起來，因爲冉冰玉牙關咬得緊緊，「太乙清寧丹」與「益元玉露」，竟自無法使她服下。

葛龍驤略一爲難之後，毅然從權，便將「太乙清寧丹」在自己口中嚼碎，再含上一口「益元玉露」，慢慢往冉冰玉香唇之內度入，一口猶未度完，葛龍驤瞥見那兩具黃衣屍體手中所執兵刃，不由又是大吃一驚，心中騰騰直跳。因爲這種兵刃，先前見過，正是昔日所遇西崑崙星宿海黑白雙魔門下，活屍鄔蒙所用的修羅棒。

如今這兩具黃衣屍體所用兵刃既是修羅棒，則冉冰玉極可能就是中了棒內所藏的劇毒銀絲。偏巧龍門醫隱用千歲鶴涎、朱藤仙果合煉的那種半白半紅的解毒靈丹，因葛龍驤這次是驟然外出，未曾帶在身畔。看冉冰玉目下情形，絕等不及回谷去取。難道眼睜睜地看著這樣一個於自己有恩的絕代佳人香消玉殞？

悽惶無計之下，葛龍驤突然靈機一動，暗罵自己該死。昔年冉冰玉慨贈自己「朱紅雪蓮實」之際，曾說過她師父七指神姥所居的玄冰峪內，這種罕世難尋的「朱紅雪蓮實」生長極多。照此說法，她遠赴中原，身旁應該帶有此類靈藥。但因中毒昏迷，不及取服，否則只要一息尚存，便可起死回生。自己何不在她身上細找一找？

葛龍驤左手把冉冰玉抱在胸前，兩唇相接，度送靈藥，右手卻在她香懷之內，試圖摸索「朱紅雪蓮實」。他自己心中，雖是一片湛然救人報德之念，但在任何外人眼中，卻無可懷疑地是一樁香豔無比的風流韻事。

葛龍驤在冉冰玉腰下摸到一個輕輕小囊，覺得其中頗似盛有靈藥，心頭狂喜之際，世上最為尷尬之事，也已降臨。

那位性情本來就頗為矜傲的玄衣龍女柏青青，想是發覺葛龍驤突然外出，心中繫念，隨後尋來，七找八找地，居然也被她找到這條鄰壑之內。但發現葛龍驤之時，卻見葛龍驤把一個美貌白衣少女，抱在懷中親吻不捨，並在人家身上胡亂摸索，自古情天

難補，由來醋海易翻。這一幕旖旎風光，居然被玄衣龍女親眼看見，醋火一燃，靈明頓昧。

柏青青也不想想自己丈夫平時的品行如何？及另兩具黃衣屍體的原因安在？氣得嬌軀亂抖地顫聲叱道：「葛……龍……驤！你……你原來也……也是個人……面……獸……心……的……無行之輩！」

葛龍驤此刻真是爲難到了極點！以他耳目之力，何嘗不曾發現愛妻玄衣龍女趕來？但因與冉冰玉接唇度藥之時，感覺她這最後的奄奄一息，微弱得也將斷絕，只有自己繼續不停地用一身真氣，助她暫維一線生機，倘若找到「朱紅雪蓮實」，便可得救。如今極可能是「朱紅雪蓮實」業已摸到手中，僅待取出，而愛妻卻氣急得遍體皆顫，出聲怒斥。自己若仍繼續度氣取藥，不先向愛妻解釋，則柏青青的脾氣他所深知，定然一怒絕袂，情天難補。

但若發話向柏青青解釋，這位自己曾受人恩的冉冰玉，卻又可能返魂無術。「忘恩」、「負義」兩項罪名，在葛龍驤良知衡斷之下，覺得柏青青與自己總是夫妻，眼前縱然令她傷心欲絕，他年水落石出，真相大白之時，終有解釋誤會、破鏡重圓之望。而冉冰玉此刻卻是生死關頭，在於自己一決。

葛龍驤對愛妻柏青青情愛至深，但此時卻因於良知抉擇，決定不能片刻「忘恩」，

寧可十年「負義」，竟自對柏青青的厲聲怒斥，未加理會。

玄衣龍女柏青青正自怒火如焚，等待葛龍驤解釋，卻見丈夫只看了自己一眼，反把白衣少女抱得更緊，親吻得也似越發甜蜜。這一下，可把玄衣龍女柏青青的自尊心傷到極處。銀牙咬碎，忍住滿眶珠淚，不令一滴下流，掉轉回身，便向來路懸崖攀援直上。

葛龍驤懂得柏青青心中的悽楚，自己眼中珠淚也忍不住地流了冉冰玉一臉，待把她腰間軟囊摸出一看，果然不出所料，有三顆「朱紅雪蓮實」在內，當即取出一顆，替她餵入口中。

這類世間靈氣所鍾的天材地寶，果然比任何神醫妙藥靈效得多。片刻以後，冉冰玉眼皮微動，慢慢睜目一看，只見身在葛龍驤懷抱之內，人家滿臉淚痕，正對自己凝視。

冉冰玉人潔如冰，心瑩如玉，她自幼生長於大雪山中，與七指神姥相依爲命，根本就不大理會這種世俗男女之別。何況大雪山冰洞之中，與葛龍驤初會贈藥，便對這位英姿颯爽的小俠印象極好。

遂任他抱在懷中，低聲笑道：「我到中原有事，路過洛陽，特拿你們畫給我的地圖，跑來找你和那位我最喜歡的，穿黑衣服的姐姐。大概是把路找錯，天心谷不曾找到，倒遇上了三個要找天心谷麻煩的壞人。這些壞人對我簡直太無禮貌，被我打死兩個，跑了一個。動手之時，便聽得有人發嘯，和你在大雪山幾乎引得雪山崩塌，闖下殺

身大禍嘯聲相似，才自低低回嘯一聲，便不知不覺暈了過去。」

葛龍驤見冉冰玉業已無礙，嫣然笑語，絲毫不知道因此而使自己鸞儔失侶，惹下了一場幾乎百口莫辯的極大冤枉，不由淒然一嘆，把冉冰玉捧在一塊大石之上，讓她躺好。

冉冰玉雖然不知方才之事，但卻看出葛龍驤的神情淒惋已極。不由自石上起身，略運功力，覺得已經如好人一般，便向葛龍驤笑道：「我不是已如好人一般，你還傷心些什麼？帶我到你們天心谷中，去看看那位穿黑衣服的姐姐好麼？」

說話之間，撿起黃衣屍體旁邊的一根修羅棒，無意間觸動棒尾的機簧，竟從棒端「噗」的一聲，射出一團黃色煙霧。

冉冰玉見葛龍驤若非身法靈活，幾乎被自己無意打著，歉然一笑說道：「我方才就是在把這個壞人打死之時，聞見一股腥香，便自暈倒。原來竟是這兩根棒兒作怪。」

葛龍驤此時業已心頭雪亮，知道自己曾眼見蟠塚雙兇二弟子惡鍾馗潘巨，在活屍鄔蒙修羅棒所發劇毒銀絲之下應手慘死，才以為凡是修羅棒內所藏，全是那些劇毒銀絲，因誤會冉冰玉性命危殆，才甘讓愛妻那等氣苦，而一意救人。誰知這兩具黃衣屍體，可能是黑白雙魔門下的三代弟子，修羅棒中所貯竟是尋常毒煙，豈非冤枉得說不出口？冉冰玉既已無礙，自己不管愛妻是否肯聽解釋，也應趕緊向她一訴實情。

遂向冉冰玉滿面歉色地說道：「葛龍驤昔日在大雪山中，承冉姑娘義加援手，並慨贈靈藥之德，別來永銘心頭。如今遠自西藏到我龍門，本應邀往天心谷中竭誠招待，互敘契闊。但拙荊適才對我大生誤會，必須立即尋她解釋，以致目前不能相款。我輩道義之交，請恕葛龍驤在無可奈何之下，對妳有失禮數。」

冉冰玉睜著兩隻大眼，尚未弄清楚事實真相，葛龍驤退後幾步，向她躬身深深一禮，便如閃電飄煙一般，猱升絕峰峭壁。

匆匆趕回天心谷中，果然玄衣龍女柏青青已攜帶自已隨身應用各物，走得不知去向。

葛龍驤頓足浩嘆，雖然明知柏青青這一走，定然海角天涯，走得極遠，但仍然先盡心力，在附近四處找尋，找來找去，又被他找出了一具西崑崙星宿海黑白雙魔門下黃衣人的屍體。但這具屍體的致命之由，卻是中了一大把透骨神針，分明是玄衣龍女柏青青急憤之下，路遇所殺。

葛龍驤略一盤算，認為柏青青在天心七劍之中，與谷飛英、荊芸感情最好，或會一怒之下，赴援甘肅烏鞘嶺，想拿群魔出氣，也未可知。自己反正無法尋她解釋，不如就循這條路線找去，即令柏青青在烏鞘嶺頭，也可與杜、谷、荊、奚等人相會，說明出事經過，大家研究怎樣妥善收拾。

葛龍驤把自己平白飛來的風流罪過，絮絮講完。杜人龍、谷飛英、荊芸及奚沅等人，因平日深知玄衣龍女的剛強個性，不由均自深鎖雙眉。

小摩勒杜人龍沉思片刻，把頭一抬說道：「三師兄，這事只能怪湊合太巧，可不能怪青青師姐翻臉無情。因爲當你一片仁心，不避任何嫌疑，救治冉冰玉之時，那種風光委實過分旖旎，突然看在與你情深愛重，盟堅金石的青青師姐眼中，怎不令她……」

葛龍驤俊眉越發皺成一堆，兩手不住互相緊握，說道：「我自知當時情景，百口難辯，怎會怪你青青師姐？如今當務之急，是一定要摸清去向，把她找回。才好掬盡西江之水，慢慢洗刷。」

奚沅也在深替葛龍驤著急，聞言尙未答話，谷飛英已自不耐叫道：「五師兄少來這一套，我知道你那鬼機靈，此時大概業已恢復，還不快把你所想說將出來，大家合力辦事。你看，三師兄急成什麼樣子？」

葛龍驤知道即使找到柏青青，這番誤會也絕非三言兩語所能解釋，自己過分急形於色，徒令大家跟著緊張，於事何補？遂故意略爲緩和神色，向杜人龍拱手苦笑道：「我被這事鬧得心智全昏，莫知所措，敬聆五師弟高明論斷。」

小摩勒杜人龍見大家神色已不如初聞惡訊之時緊張，遂更把語調放得輕鬆一點，笑道：「據我判斷，女孩兒家發現意中人變心，或有第三者橫刀奪愛之時，倘當事人性情比較軟弱，大概有兩條路好走，一條是自尋短見；另一條是隱居幽處，斬斷情絲，永伴青燈古佛，不問俗事。」

葛龍驤剛剛略微放鬆的神色，被杜人龍這句話說得劍眉又自深鎖。

谷飛英插口叫道：「五師兄！你好像對女孩兒家心理滿有研究？講得頗具理由。但猜得可不算對，因爲我青青師姐高傲無倫，不是弱者。」

杜人龍笑道：「六妹且慢批評，我話還未完。弱者既如上述，性格倘若較強，也同樣有兩條路好走，一條是找個親近的人，細訴所受委屈，商量使薄倖郎回頭悔過之策；另一條則是向橫刀奪愛的情敵橫劍尋仇。」

荊芸聽杜人龍分析得頭頭是道，忍不住插口問道：「青青師姐與我六師姐最爲投緣，五師兄說她要找親近之人，傾吐所受滿腹委屈，怎的並未見來？」

杜人龍笑道：「我方才只是以普通女孩兒家論，青青師姐則與眾不同，她那性格是強中之強，與三師兄的這段美滿良緣，又是武林傳爲佳話、人人豔羡的神仙眷屬。一旦平地風波，情天生障，請想她怎敢把這自認爲莫大羞辱、極不光彩之訊，先告訴我們平輩的師兄弟姐妹們？必然要找更親近的……」

話猶未了，谷飛英點頭插口說道：「五師兄越分析越合情理，越猜也越近事實，你

是說青青師姐去了廬山冷雲谷麼？」

葛龍驤聞言驀地一驚，暗罵自己大概真是急昏，怎的連廬山冷雲谷，岳父龍門醫隱之處，均未想到？

杜人龍搖頭說道：「滿腹辛酸，廬山謁父，這當然是可能途徑之一。不過我據青青師姐的平素性格判斷，甚至於在她老父面前，都不願提及此事。最比較接近事實的，還是我方才所分析最後一途，直接趕赴大雪山玄冰峪，單人獨劍，邀鬥心目中的情敵冉冰玉。而且敗了還好，她定然苦練絕技，再圖報復。倘若萬一得勢，不怕三師兄傷心，我要做個驚人判斷，青青師姐極可能在毀卻情仇之後，把忍蘊已久的傷心痛淚，付諸一流，然後拋下一切，橫劍自絕。」

杜人龍越說越忘了顧忌，谷飛英、荊芸聽得都有些入耳驚心，生怕葛龍驤禁受不住。兩人均自暗使眼色，命杜人龍不要再做這些頗爲刺激的憑空判斷。

但偷眼看葛龍驤時，卻反而神色平靜起來，正在相顧詫異，葛龍驤已自說道：「五師弟爲此事所做分析，均極其近情事理，但你認爲最可能的最後一途，我卻認爲最不可能！」

杜人龍詫然問故，葛龍驤皺眉說道：「你青青師姐根本不認識冉冰玉，幽壑以內發生誤會之時，彼此又一語未通，她怎知道人家是七指神姥的弟子，而跑到大雪山去橫劍尋情仇呢？」

杜人龍自鳴得意地分析了半天，聞言不覺默然。

葛龍驤又苦笑一聲說道：「她真要去往大雪山中，倒也好找。如今卻茫茫海角，渺渺天涯，難道真叫我葛龍驤就這樣的有口難辨，畢生負義？」

奚沅聽了半天，委實覺得此事大傷腦筋。但如今見眾人一齊弄得心煩起來，遂含笑慰道：「是非終有別，拂逆不須驚，龍驤老弟平素行事寬仁厚德，上沐天庥。你們這一對神仙眷屬，縱然稍受折磨，到頭來必定依舊月圓花好。依我之見，不管四妹是否會去廬山，我們也應該先到冷雲谷一行，一來天心谷既出此事，龍驤老弟不能不稟告你恩師及龍門醫隱柏老前輩；二來不老神仙的先天易數，多少可爲我們指點迷津，不是比這樣亂猜亂急要好得多麼？」

眾人聞言，一齊覺得自己在武功方面雖然成就頗高，但遇上大事，究竟不若奚沅老成持重想得周到。

杜人龍第一個鼓掌贊成說道：「我只顧自作聰明，真忘了諸師伯靈驗無比的先天易數。但各位師伯、師叔閉關潛修，是否允許我們相擾？不要到了地頭，對著冷雲谷的一壑冷雲，空自發愣才好。」

谷飛英笑道：「五師兄又做無謂多慮，冷雲谷是我受恩師撫養教育之地，一草一石

均所身經，難道還怕找不到下谷去處？」

計議既定，葛龍驤等天心四劍加上俠丐奚沅，共計一行五人，遂自甘肅烏鞘嶺趕往廬山冷雲谷。

甘肅、江西雖然相距頗遠，但五人全是一等一的輕功。葛龍驤更是愛侶難尋，沉冤待雪，一路上哪得不放足腳程？約有十日左右，便已由湖北小池口過江，見那有「天子都」之稱的廬山，霧鬱雲封，隱隱在望。

除了奚沅之外，葛龍驤等四人默計，自黃山論劍諸老歸隱以來，不見師顏已有三載，如今冷雲一壑就在目前，但來謁恩師，不是陳述這行道三年來有何重大建樹，卻是風波驟起，求指迷津。尤其是葛龍驤心中，簡直覺得惶恐已極。

過得黃石岩，便見雙劍峰巍然夾立，冷雲谷中站著一個姿態曼妙如仙的青衣女子。谷飛英老遠便即認出，那是在黃山始信峰頭，對自己和玄衣龍女柏青青呵護救命之恩的風流教主魏無雙，不由提氣高呼一聲「魏姐姐」，兩個縱步，便自當先撲去。

葛龍驤見魏無雙也正佇立遙望，並向自己一行招手。那神情分明是早在谷口等待，以為愛妻柏青青果在谷中，不由沉吟，少時這番解釋，究竟應該怎樣開口？

眾人到得冷雲谷旁，相互施禮。魏無雙手挽谷飛英，向葛龍驤笑道：「龍弟弟，你

這位坐懷不亂的柳下惠，怎地也闖下了風流罪過？那位來自大雪山的冰玉美人，究竟美到了什麼程度？你魏姐姐真想看上一看。」

葛龍驤見魏無雙三年不見，出落得更俏更美。但一見面便對自己謔以詞鋒，不禁大皺眉頭，知道這位曾與自己偎肌貼肉，一夜風流未下流的魏姐姐，辯才無礙，語利如刀，千萬招惹不得。

方想避開話頭，請她轉稟恩師，准自己五人下谷參謁，但忽然心頭一驚，詫然問道：「魏姐姐，昔日大雪山中，冉冰玉只與我一人相識。此次雖生莫大誤會，但青妹和她一語未交，怎知她是大雪山七指神姥的弟子？」

魏無雙一笑道：「你那位玄衣龍女，親眼看見薄倖郎負義變心，一怒出走之時，路遇冉冰玉未殺完的西崑崙星宿海黑白雙魔門下弟子，才知你懷中所擁的白衣美人，是來自西藏大雪山中……」

葛龍驤想起自己發現身中透骨神針的另一具黃衣屍體之事，恍然頓悟。不等魏無雙話完，便自急急問道：「照姐姐這樣說法，青妹人在谷內？」

魏無雙看他一眼，搖頭笑道：「天心谷唱隨笑傲，你怎地還沒有徹底瞭解玄衣龍女？丈夫變心，跑到老父面前撒嬌使氣，那是尋常世俗女子所爲，不是你傲骨冰心的青妹行徑。」

葛龍驤被魏無雙逗得哭笑不得，央聲說道：「魏姐姐，小弟心內如焚，妳別再急我！青妹倘若未到冷雲谷，恩師的先天易數縱然再妙，也推算不了這樣詳細。」

魏無雙說道：「你的那一位，來是來過，但連她老爹爹全未求見，只把詳述此事經過，並痛責閣下負心薄倖的一封長信，投下谷中，便自……」

葛龍驤想到壞處驚魂皆顫，俊目之中，珠淚瑩然，搶著問道：「姐姐，便……便自怎……樣？」

魏無雙又瞟他一眼，依舊不慌不忙地說道：「瞧你如今急得這副樣兒，當初不饞嘴多好？對了，把你這老姐姐叫得親熱一點，我便痛痛快快地告訴你伊人何處。」

杜人龍等人，見這位平素老成、道貌岸然的師兄，遇到了魏無雙，簡直啼笑皆非，不禁一齊有點忍俊不禁。

葛龍驤看魏無雙的輕鬆神色，雖暗料愛妻不致有甚不幸，但真相未明，畢竟心亂如麻、苦笑連聲，向魏無雙一揖到地，叫道：「姐姐！好姐姐……」

魏無雙擺手笑道：「夠了！夠了！這兩聲要是被玄衣龍女聽到，可能又是一場醋海風波。而且你這樣愁眉苦臉叫好姐姐，做姐姐的聽著，卻實在並不好受。」

谷飛英推了魏無雙一把笑道：「魏姐姐，別再取笑，你看三師兄業已被妳逗得俊臉通紅。假如妳是敵人，他不以散花手法加彈指神通，讓妳吃上莫大苦頭才怪，青青師姐

來此投書以後，究竟何往？我們大家都等著聽呢。」

魏無雙向葛龍驤笑道：「事情確實鬧得不但不小，而且難辯至極，但總須慢慢設法解決。我是看你滿面愁容，焦急過度，特地說幾句笑話，讓大家略爲緩和情緒，要知道積鬱傷肝，再好的武功，也禁不住病魔侵擾，你那一位，今日遠赴邊陲，假如中途病倒，真要弄得不可收拾呢！」

葛龍驤吃了一驚，問道：「青妹難道已去西藏大雪山中向人無故取鬧？」

魏無雙「哼」了一聲，說道：「你認爲是無故取鬧，但在玄衣龍女心中，認爲是仗劍尋仇，她要鬥殺冉冰玉之後，橫劍自絕。令你這薄倖負義之人兩頭落空，抱撼終身，情天難補。」

葛龍驤「唉」的一聲，右足重重一跺，向魏無雙說道：「多承姐姐指教，青妹既然負氣前往大雪山，我必須立時趕往，解釋誤會，並阻止她胡亂肇事。姐姐替小弟代叩恩師、師母及諸位師叔金安，我立時動身，不再妄瀆老人家們的清修了。」

魏無雙看了一眼山石上被葛龍驤跺出的足印，笑道：「慢走慢走，你不下谷參謁你恩師，你恩師卻已有諭傳下。」

葛龍驤聽說恩師有諭，肅容恭聆。魏無雙說道：「不老神仙、龍門醫隱均對此事一笑不理，法諭是你師母冷雲仙子所傳，命六妹、七妹暫留谷中。奚兄也來得正好，獨臂

窮神正要叫白鸚鵡雪玉傳柬窮家幫中找你，你們三人可由六妹引路下谷。至於龍弟弟和五弟，卻要略爲得罪，冷雲仙子把一樁難辦透頂的差事，交我全權處理。由此前往藏邊大雪山，漫漫萬里長途，一切可得聽我這老姐姐發號施令呢。」

葛龍驤此時方自恍然，怪不得魏無雙香肩之上，居然小負行裝，原來師母派她主持調解此事，暗想愛妻落入黑天狐宇文屏手中之時，性命等於是魏無雙所救，一提起這位姐姐來，總是感激得淪肌浹骨。由她開導，確實是最好人選。而且魏無雙足智多謀，萬一柏青青已與七指神姥師徒鬧翻，自己真還想不出怎樣應付。

遂又是一揖到地說道：「有姐姐主持大局，再困難的事也可迎刃而解，小弟先謝過。」

魏無雙「喲」了一聲，說道：「三年不見，龍弟弟居然會灌迷湯。但這一套別對我來，留著對你那位青妹妹屈膝賠罪之時，再慢慢施展。」

谷飛英噘著小嘴說：「我早就想看看從來沒有見識過的冰天雪地，七妹也正想去往瀚海流沙，一溫兒時舊夢，卻偏偏要把我們留在冷雲谷中做甚？青青師姐之前，多兩個人勸不也好麼？」

魏無雙笑道：「六妹、七妹，不要不知好歹。冷雲仙子留七妹，是怕她在天心七劍中功力最弱，留妳則是對乾清罡氣有進一步的心傳。諸位老人家既已歸隱，這種曠世

奇緣極其難得，不比跑那萬里長途，去到窮邊絕塞的冰天雪池之中，挨冷受凍強得多麼？」

杜人龍聞言笑道：「七妹身兼龍門醫隱柏師叔及衛天衢衛老前輩的兩家之長，天心七劍之中，應該數我最弱才對。怎地諸位老人家這種殊恩，降不到小弟頭上呢？」

魏無雙笑道：「冷雲仙子早就知道你會有這句牢騷，特地命我傳諭，說是前次獨臂窮神小住冷雲谷之時，葛仙子曾賜你一幅『萬妙歸元降魔杖法後十七招圖解』，不久便到開視日期。再若能在黑天狐宇文屏手中，把毒龍軟杖奪回，還不是照樣縱橫天下？」

說到此處，面容一整又道：「大雪山玄冰峪七指神姥武學超凡，不在幾位老人家之下，性情亦頗喜怒無常。青妹前行已久，她此去因在急怒之中，一切舉措均未免失常，還不知會生出多大禍瑞，亟待收拾。我們遵從法諭，暫作小別了吧。」

不提魏無雙、葛龍驤、杜人龍萬里西行，和奚沅、谷飛英、荊芸至冷雲谷參謁諸位長老之事。且先表述那位情天生變、柔腸寸斷的玄衣龍女。

柏青青自在龍門的幽壑之中，發現丈夫葛龍驤，居然把一個白衣美貌少女抱在懷中親吻，並在人家身上胡亂摸索，這種旖旎風光，看在自己眼中，哪得不柔腸寸斷，芳心欲碎？而最令人無法忍耐的是，葛龍驤明明聽到自己發話責問，並曾微抬眼皮看了自己

一眼，卻仍不但不加解釋，反而把懷中美女摟得更緊。一怒之下，回到天心谷中，略爲收拾隨身所用各物，出走以後，因夫妻平日愛情過深，一旦生波，傷心自然也較常人更甚。

柏青青剛強特甚，眼中點淚全無，但心頭卻感覺到一片茫然，空空洞洞，說不出來的難過已極。正在思潮起伏得如同亂絲一般，不知道自己離谷以後，究竟應該怎樣做法之際，突然聽得有一人在頓足自語嘆道：「我師兄弟三人，奉命自西崑崙星宿海遠下中原，探聽武林各派情形。不想來到龍門，天心谷尚來找到，便遇到大雪山玄冰峪七指神姥的門下弟子。兩位師兄全喪生在那丫頭掌下，剩我一人卻怎樣回轉崑崙，在師祖修羅二聖前交代？」

柏青青一聽方自恍然，那白衣女子原來就是大雪山求藥之時，慨贈葛龍驤「朱紅雪蓮實」的七指神姥弟子冉冰玉。自己當日就覺得頗爲奇怪，冉冰玉在萍水相逢之下，竟肯把這類功能起死回生的稀世靈藥平白送人。此時回想起來，分明這冉冰玉也蕩婦淫娃一流，與葛龍驤早有私情。今日才會在久別重逢之下，迫不及待地做出那副不堪入目的醜相。

玄衣龍女柏青青醋火中燃，殺心頓起。加上聽出自語之人，是西崑崙星宿海黑白雙魔門下，派出刺探中原武林秘密。遂腳步略爲放重，便自崖後，姍姍轉出。

那西域門徒已成驚弓之鳥，一見石崖後又轉出一個妙目籠威、柳眉含煞、丰神絕代的玄衣女子，也不問情由，手中修羅棒向柏青青一指，暗撥機簧，「噗」地一聲輕響，一團帶有腥味異香的黃色濃煙，便向玄衣龍女迎面飛到。

柏青青見這黃衣人，不問青紅皂白，見人便施毒手，不由殺心更切。左手以「少陽神掌」的罡風勁氣，劈空擊散黃煙，左手甩一把透骨神針，化成一蓬銀雨，電射而出。

西域門徒不防這位天人儀態的玄衣龍女比自己下手更毒辣。黃煙散處，透骨神針的精光銀雨已到面前，哪裡還躲避得及?立即滿臉開花，狂吼一聲，便即了賬。

柏青青殺了一人，怒火稍洩，坐在一塊大石之上，定心細想今後作法。但想來想去，總覺得山盟海誓，轉瞬成空，人生實在乏味。遂決定西行萬里，仗一柄青霜劍，決鬥情仇冉冰玉。不問勝負如何均自行橫劍伏屍，使負心郎葛龍驤難補情天，終身抱憾。

主意打定，人已走出三十餘里，忽然想起自己此去蓄意絕不生還，丈夫葛龍驤雖然薄倖負心，老父龍門醫隱的養育之恩，卻不能不親自拜別。但老父若知此情，又絕不肯允許自己西藏尋仇。想了半天，終於血淚交集地寫了一封長信，奔到廬山冷雲谷，綁上一塊大石，投入谷中的冷雲濃霧之內，望谷再拜，便即離去。

由贛赴藏，萬里迢迢。但玄衣龍女這一股妒火情仇翻騰心底，哪管什麼叫披星戴月？什麼叫路遠山長？日夜狂馳，終於望見了橫障西藏南疆大雪山的一片冰天雪地。

柏青青幾經周折，才進入玄冰峪晶花洞，只見洞中一張五色異草編織的軟床上，盤腿坐著一位身穿銀光閃閃長衣，滿頭白髮披拂下垂約有二、三尺長，但面色紅潤得宛如嬰兒的老婦，柏青青眼見老婦左手拇指之旁，另外歧生了兩隻小指，知道果是情仇冉冰玉之師七指神姥。

心頭雖然怒火狂熾，但身屬正派名門，而七指神姥昔日又與爹爹相識，不得不先執後輩之禮，遂躬身檢衽說道：「晚輩柏青青，家父龍門醫隱。老人家可是七指神姥？晚輩特來玄冰峪拜謁，請令高徒冉冰玉姑娘一會。」

七指神姥聽說是故人龍門醫隱之女，先則一喜，但發現柏青青雖然口稱後輩，臉上神色卻難看已極，好似有莫大怨毒含蘊其中，不由詫然說道：「此地正是玄冰峪，小徒冉冰玉因事已赴中原，並將令尊前繪天心谷地圖要去，欲往訪舊，與姑娘訂交，想來早應到達，怎地姑娘反會萬里西來？老婦倒有點心中難解。」

柏青青聽說冉冰玉要到天心谷與自己訂交，心想訂交確是訂交，但不是與自己，是與丈夫葛龍驤投懷送抱，偎頰接唇，害得恩愛夫妻，遽然仳離，恨海難填，情天莫補。

遂寒著臉兒冷冷說道：「晚輩業已見過令高徒，令高徒是否也見過晚輩則說不定。總之晚輩單人獨劍，萬里奔波，不見令高徒一面，絕不甘心。冉姑娘如在峪內，敬請老

人家令其與我一會。柏青青只要求她與我鏖戰百回合，不論勝負，晚輩均在老人家面前，橫劍自絕。」

七指神姥見柏青青激動情緒，忍淚不流，臉上神情及口中語氣，卻分明是懷有如山之恨，來此尋找愛徒問罪，不由詫聲說道：「柏姑娘有話儘管明講，我徒兒做出何事？把妳如此氣苦。只要妳說得義正理直，休看老婦僅此一徒，相依為命，在她回峪，當面對質確實後，照樣不勞姑娘動手，老婦自行按照天理人情及江湖規戒，予以嚴厲處置。但如妳所說不實，或情屈理虧，則休看妳爹爹與我有舊，也一樣不能輕恕妳，侮辱我門下清白之罪呢！」

玄衣龍女柏青青冷笑不已，玉面鐵青地把自己親眼目睹，龍門山幽谷之內的那一段旖旎風光，細述一遍。

七指神姥也自聽了個目瞪口呆，沉思半晌以後，搖頭緩緩說道：「此事未免太奇怪，因妳既然親眼目睹，又氣得夫妻離散，萬里尋仇，所說想來不至有虛。而我又確信我門下玉潔冰清，不會做出任何敗德穢形。至於妳丈夫的品格，妳應深知，他可是那種儇薄之輩？」

柏青青芳心之中，雖已恨透了負義薄倖的葛龍驤，但在七指神姥面前不肯輸口，仍然要為丈夫辯護，「哼」了一聲說道：「我丈夫頂天立地，磊落軒昂，素行極為端正！

若不是外人加以勾……」

七指神姥打斷柏青青話頭，沉聲叱道：「在我徒兒與你們夫妻三曹對面、弄明事實真相以前，妳如信口胡言，濫加侮辱，老婦不能容忍，可莫怪我欺凌後輩。小徒最近必回，妳且先以我故人之女身分，做幾天玄冰峪晶花洞內嘉賓，等冉冰玉回山之後，再定為仇為友。」

柏青青聽這七指神姥居然毫不護短，只要在事實真相弄清以後，才任憑自己尋仇。情理均已站住，自己無法再駁，遂如言暫住七指神姥的晶花洞內，靜等冉冰玉回山。

卅五　幽谷幻音

五日以後，那位冉冰玉姑娘嘗了葛龍驤一碗閉門羹後，自然意興闌珊，遄程西返。一到玄冰峪晶花洞中，竟見到自己想見而不得的玄衣龍女柏青青，赫然在座。

她滿懷高興，一聲「姐姐」猶未出口，恩師七指神姥已自面帶秋霜地沉聲問道：「玉兒！妳中原之行，可曾與這位柏青青姑娘之夫，不老神仙諸一涵的門下弟子葛龍驤相晤？」

七指神姥一面問話，一面細朝愛徒臉上端詳，覺得冉冰玉依舊神比冰清，骨如玉挺，眉目之間一片純真，絲毫不帶邪蕩之意。分明童貞未破，心頭已自放了一半。

冉冰玉從未見相依為命的恩師對自己有過如此嚴厲詞色，不由眼圈一紅，泫然欲泣地把龍門中毒、巧遇葛龍驤之事，娓娓細述一遍。說完滿腹懷疑地，向七指神姥問道：「恩師如此神色，弟子做錯了什麼事麼？」

因為冉冰玉無疚於心，磊落陳辭，那副純真神態，別說七指神姥本來就信得過自己

弟子，連來此仗劍尋仇的柏青青，也感覺到人家所言不虛。但冉冰玉只能說到聞得黑白雙魔門下，自修羅棒內發出的黃色毒煙暈厥為止，以後事情連她自己也不明瞭，自然無法詳加敘述。

柏青青聽完以後，向七指神姥說道：「令徒冉姑娘所說，當然也不致有假。但如照此情形，晚輩在半崖叱問，我丈夫葛龍驤豈不稍加解釋便可無事？所以晚輩意欲暫且告辭，去把拙夫尋來，彼此當面對質清楚。」

七指神姥一陣森森冷笑說道：「照妳所說葛龍驤把我徒兒那般輕薄，便妳不找他，我也要找他要點公道。但大雪山玄冰峪，外人擅入境內，即須略受懲戒，何況妳妄肆我門戶清譽？事情弄清，倘錯在冉冰玉，我把她一掌震死。倘錯在妳夫婦二人，一樣不能輕饒，我料你丈夫可能也會趕來此地，且在玄冰峪山等他一月，若時過不來，我親率門下到廬山冷雲谷找他師父諸一涵問罪。妳此刻要走，卻是休想！」

冉冰玉自此以前，深居雪山，與世隔絕，根本對男女間事不大瞭解，她竟然越看柏青青越愛，皺著秀眉，詫聲問道：「柏青青，我老遠跑到洛陽龍門，就是想去找妳，不料被壞人迷倒。多蒙葛大哥相救，這有什麼不對呀？妳和我師父生氣作甚？」

柏青青本來恨不得一見情仇之時，便把她立斬在青霜劍下。但如今覺得冉冰玉丰神秀絕，一派純真，語音皆是未經人道，嬌憨柔婉，極惹人憐。不獨一句重話講不出口，幾乎懷疑自己那日龍門幽谷之中所見的旖旎風光，是否事實？

但聽七指神姥不許自己離開玄冰峪，她那性格向來寧折不彎，也自傲然答道：「老前輩不許我在拙夫未來之前離開玄冰峪，倘若柏青青不服尊諭，又待如何？」

七指神姥微微搖頭，一陣哂笑道：「妳既不服，且隨我來！」

七指神姥起身走出洞口，向東北方一大片高逾百丈的冰壁一指，對柏青青說道：「這片高大冰壁之後，還有一片較小冰壁，壁上鑿有九個洞口，是我閒來督率雪狒冰熊，半順天然、半加人工佈置的『九宮玄冰大陣』。妳從左面第四個洞口進入，只要能夠通過其中的迴旋迷徑，便可自出雪山，我絕不再加阻攔。否則我也命雪狒每日供給食用禦寒之物，但須等葛龍驤到此，再放妳出來，彼此當面對質。」

柏青青何嘗不知道若憑武功硬抗，自己絕非七指神姥敵手，闖闖什麼「九宮玄冰大陣」，總較容易，遂對七指神姥點頭說道：「晚輩遵命一試『九宮玄冰大陣』奧秘，但我如闖不出陣，卻不勞供給什麼食用禦寒之物。」

說完，微一施禮，便向東北方縱去。但在縱起之時，彷彿看見侍立七指神姥身邊的冉冰玉，向自己微伸右手三指。因不明其意，也未放在心上。

轉過那片高大冰壁，果如七指神姥之言，還有一片較小冰壁，壁上鑿有九個三、四尺方圓，形勢完全一樣的洞口。柏青青如言，自左面第四個洞口進入，只覺得洞口路徑

極其曲折迂迴，而且頗似洞洞相通。走了好大半天，才出洞外，周外卻是無數差不多形式的冰山雪谷。

山谷之間根本就沒有道路可尋，柏青青翻過一山又是一山，越過一谷又是一谷。冰天雪地之中，四顧茫茫，方向途徑均無從辨別。也不知走離七指神姥師徒所居的玄冰峪多遠，但始終走不出去，把個玄衣龍女柏青青就這樣地困在了冰天雪海之內。但每日均有一隻雪狒，遠遠現身發嘯，留下一點食糧，或是獸皮等禦寒之物。不等柏青青趕到近前，便自電疾逸去，不知所往。柏青青除了在自己所帶的乾糧吃完之後，才略取食物充饑以外，因自己內功火候業已練到寒暑難侵，囊中靈藥又多，禦寒之物卻始終任其棄置不用。

不提這位剛強任性的玄衣龍女，在七指神姥半天然、半人工的「九宮玄冰大陣」之中，輾轉尋覓出路。且略表自廬山冷雲谷萬里西來的魏無雙、葛龍驤及小摩勒杜人龍三人。

三人均因顧慮柏青青滿腔急怒與妒火情仇之下，容易過分開罪七指神姥，以致弄得難以收拾，故而晝夜兼程，往藏邊大雪山玄冰峪猛趕。

葛龍驤在腳程上，早已感覺出這位魏無雙姐姐，冷雲谷三年隱居，不知得了師父、

師母多少真傳。一面奔馳，一面向魏無雙嘆道：「魏姐姐這三年以來，居留冷雲谷洞天福地，不但從我師父、師母處獲得不少武學精髓，便連容光方面，也比先前煥發不少。可見得一心湛然，萬福自至，委實令人羨煞。小弟則功無寸立，技無寸進。如今竟連青妹也對我如此不肯相諒起來，還要勞動姐姐，萬里奔波……」

言猶未了，魏無雙瞟他一眼笑道：「這一趟大雪山萬里奔波，雖然是奉了冷雲仙子之命，但你這老姐姐也實出自願，來為你們一對歡喜冤家效勞，根本用不著對我加以奉承。你怎怪得著我那位玄衣龍女青青小妹？女孩兒家本來就希望，對方能以十分的『癡』，報答自己一分的『愛』。何況青妹與你，是經過多少折磨才月圓花好？居然讓她親眼看見你在幽谷之中，把一個年輕貌美的陌生女子抱在懷中，親吻撫摸。當時不給你一把透骨神針，我已覺得玄衣龍女的氣量太大。」

葛龍驤簡直被這位俏皮透頂、舌利如刀的魏姐姐說得哭笑不得。

魏無雙見他這般窘狀，一笑又道：「不過青妹也稍嫌莽撞，她不會細心想想你平素的為人。譬如說昔日滇池漁舟，只風流未下流的一夕偎肌，貞關不破……」

葛龍驤聽這位風流放蕩的魏姐姐，根本不管還有一個杜人龍在側，竟把當年那一段香豔隱秘，暢言無忌，不由滿面通紅，趕緊插口叫道：「魏姐姐！小弟心亂如麻，請勿再加取笑。來來來，我們賽賽腳程，看妳到底得了我師母冷雲仙子多少心傳秘授？」

說話之間，一身功力已自盡量施爲，快得如同一縷輕煙，在崇山峻嶺之間，飄忽飛馳。

魏無雙微微一笑，翠袖輕揚，竟自與葛龍驤追了個肩肩相並。

那位在天心七劍之中排行第五，徒負「小摩勒」之名的杜人龍，被葛龍驤、魏無雙這一大展輕功，自然甩得落後甚遠，心中暗暗不由好笑。轉過一座嶺角，前行葛、魏二人行蹤忽杳，杜人龍不禁生疑，暗想自己腳程雖然稍慢，但三師兄及魏姐姐也不致於快到眨眼不見的這般地步。遂駐足打量四周，只見這座嶺頭頗高，前望數里均無人跡。心中不由越發起疑，自忖適才頂多不過被三師兄、魏姐姐甩下了里許之遙，難道這一轉嶺角，他們便會飛上天去？

眼前雖有一條極爲深幽的大壑橫陣，杜人龍斷定葛、魏二人不會下壑。因爲不僅葛龍驤心急趕往西藏大雪山，與玄衣龍女解釋誤會，中途無端不肯停留，就算當真發生要事，明知自己在後，必然出聲招呼自己，不會不聲不響地便自縱落，但葛、魏二人，突然無影無蹤，除了雙雙馳下這條形勢頗爲險惡的幽壑之外，幾乎別無其他解釋。

杜人龍正在懷疑萬端、思潮起伏之時，忽聽得壑下傳來一種怪聲，絕似自己大哥虯髯崑崙杜人豪及二哥鐵筆書生杜人傑，在這壑下呻吟呼救。起先還以爲是耳中幻覺，後越聽越像。杜人龍手足關懷，也不再理會其他，便自施展輕功，附葛攀藤，直下千尋幽

壑。下到一半，那種怪異聲息業已若有若無。杜人龍自然不肯中途甘休，把心一橫，立意探出究竟。

到得壑底，怪聲業已完全停止。杜人龍只得順壑前行，但剛穿過一大片嵯峨怪石，便看見山壁之間有一松蘿垂拂大洞，洞前一塊大青石頭上，盤坐著一個身穿慘綠色長袍，滿頭白髮，面容獰厲的老婦。葛龍驤、魏無雙也坐在離老婦身前約八、九尺遠的石上，各舒一掌與老婦的一隻右掌凌空相對。

杜人龍一到，葛龍驤面上頓現驚容，魏無雙也嘴角一動，還未來得及彼此招呼，綠袍老婦怪笑連聲，左手屈指輕彈，一點五色彩光，便照準杜人龍面前電射而至。

原來葛龍驤因怕魏無雙當著杜人龍之面，肆無忌憚地談那一段風流往事，遂假意比賽腳程，打斷魏無雙的話頭。他如今功力，業已進到天心七劍之中數一數二。魏無雙則三年來在冷雲谷中親受諸老訓誨，冷雲仙子並曾對她特垂青眼，加以傳授，所得又多又高。見葛龍驤與自己比賽腳程，微微一笑，追了個電掣風飄，以致把小摩勒杜人龍甩得老遠。

魏無雙一面與葛龍驤並肩疾馳，一面笑道：「書有未曾經我讀，事無不可對人言，龍弟弟，你我當年滇池漁舟的那一段常人絕辦不到的風流韻事，可以質諸天地鬼神，而毫無愧色。你還總是遮遮掩掩，反而顯得無私有弊做甚！」

葛龍驤劍眉微皺，苦笑答道：「姐姐原諒小弟心亂如麻……」一言未了，俊臉之上，突然變色，因爲此時已到那條幽壑，壑中傳出一種怪聲，葛龍驤聽在耳內，太已驚心，分明是愛妻玄衣龍女柏青青在壑下顫聲呼救，反反覆覆喊的就是「龍哥」二字。

恩愛夫妻，本已關懷，何況更在海角天涯遍尋未獲之下？葛龍驤聲一入耳，根本就未曾考慮其他問題，便施展「凌空虛渡」神功，往幽壑之中一縱而下。

魏無雙何嘗不曾聽見這種異聲？但在她耳內所聞又自不同，彷彿是自己親手誅戮的七個淫浪弟子，淒聲哭叫「風流教主還命來！」心中自然奇異。再加上葛龍驤當先縱落，怕他有所閃失，遂不及等待落後頗遠的小摩勒杜人龍，也自隨同下壑。

兩人到得壑底，循聲以尋，居然那種怪聲並不是玄衣龍女的婉轉呻吟，或魏無雙七個孽徒的淒號索命，卻是出自洞外大石上盤坐的綠袍老婦口內。

葛龍驤看清之後，內心驀地一驚，想起恩師曾經說過，有一種極高邪門武學，名爲「奪魄魔音」。這種魔音一經施展，能隨各人心意，幻成最親近或最畏怯等喜怒哀樂之聲。定力稍若不堅，心神立時喪失，如醉如癡，任人擺佈。眼前綠袍老婦口中所發，可能就是這種「奪魄魔音」。此人素不相識，看她年歲甚高，裝束卻頗爲怪異，好端端地發聲誘人下壑作甚？

綠袍老婦本在垂頭盤坐，聽二人到來，霍地猛一抬頭，目光猶如兩道冷電，在魏無

雙、葛龍驤臉上來回一掃，似因對方雖被自己所發魔音誘來，心神卻未迷惑，有所詫異。

魏無雙也看出這綠袍老婦難鬥異常。彼此既無夙怨，能不結仇，自以不結仇爲是。遂一拉葛龍驤，躬身施禮說道：「武林末學魏無雙、葛龍驤，拜見前輩。」

綠袍老婦「哼」了一聲，宛如梟鳴似地說道：「我在這幽壑之中，整整四十三年未見外人，好不容易才遇見你們兩人。既然自稱武林末學，向你們打聽兩個人物，不知你們知否？」

魏無雙含笑說道：「前輩舊友何人?若有所知，無不奉告。」

綠袍老婦怪眼一翻，目光深注魏無雙，冷冷說道：「第一個我要問的是玉簪仙子。」

魏無雙聽這綠袍老婦，居然問起東海神尼未歸佛門以前的江湖行道之名，而且目中隱蘊兇光，不由好生詫異。見葛龍驤嘴角欲動，生怕他萬一答言不當，惹出無謂麻煩，遂搶先說道：「玉簪仙子久謝江湖，聞說已歸佛門，但不知禪棲何處，前輩要問的第二位是誰呢？」

綠袍老婦冷笑一聲，說道：「我在妳眼光之中，看出所言不實。那葛姓少年也還有話想說未說。在我面前想弄玄虛，莫非自討苦吃？」

葛龍驤見這綠袍老婦，語氣、態度均頗兇橫，不由劍眉雙挑，朗聲叫道：「前輩與玉簪仙子縱有不共戴天之仇，也當了結。她老人家近四十年來，在東海覺羅島坐參苦禪，人稱東海神尼，三年以前，便已功德圓滿……」

綠袍老婦不等葛龍驤話完，淒聲怒吼，急急問道：「玉簪仙子居然會歸入佛門？她……她……死了麼？」

葛龍驤合掌躬身向西一拜，說道：「神尼勘透真如，已歸極樂。」

綠袍老婦「哼」了一聲，眼角隱含淚光，點頭切齒說道：「死了一個，還……還有一個！」

葛龍驤這時見綠袍老婦對東海神尼啣恨甚切，判斷出此人來歷不正，不願過分執禮謙恭。一拉魏無雙，就老婦身前八、九尺遠的一塊大石之上坐下，岸然問道：「前輩名號，先請見告。」

綠袍老婦聽葛龍驤問到自己名號，面容從淒苦之中轉回兇獰，冷笑連聲說道：「我昔年立有規例，必須能接得住我一掌之人，方告名號。你真願意問麼？」

葛龍驤、魏無雙這回幾乎是同時答話：「葛龍驤（魏無雙）敢問敢當，前輩請儘管發掌吧！」

綠袍老婦那既兇且冷的目光，又復掃視二人一遍，冷笑幾聲說道：「我還有話要

問，先不得不給你們一點便宜，只以五成真力發掌，你們聯手相接吧！」說完，右掌一舒，緩緩推出，一股重如山嶽的無形勁氣，便向二人湧到。

葛龍驤默運神功，也以右掌一推，硬把對方慢慢逼來的無形勁氣，中途遏阻。

綠袍老婦哪裡料到這英武俊美少年，能有如此功力？真氣一凝，勁力加到六成，葛龍驤依舊神色自若，綠袍老婦眉頭略皺，暗地再加一成勁力，葛龍驤身軀一晃，右掌略縮，趕緊猛聚師門絕學「乾清罡氣」，又復遏阻敵勢。

老婦見自己七成真力尚制服不了這年輕後輩，羞怒之念一生，憐才之意遂滅，陰陰長笑說道：「少年人真算難得，我索性考考你到底有多大功力？」滿頭白髮一飄，右掌連推三次，葛龍驤右臂漸往裡彎，額上已見汗漬。

魏無雙知道這綠袍老婦果然厲害，不敢再讓葛龍驤逞強，也自一舒右掌，加上一股潛力，葛龍驤如釋重負，暗自把真氣略爲調勻，與魏無雙合力遏阻對方掌風，不令前進一步。正在這算是接住對方一掌，準備請教綠袍老婦名號之時，小摩勒杜人龍自已尋到。

綠袍老婦正自無法下場，見又有人到，念頭一動，左手屈指輕彈，一點彩光，便向杜人龍面門飛去。

杜人龍見這綠袍老婦好不講理，才一見面，就對自己突然下手，默運師門絕技「七步追魂」，劈空一掌，便向那點彩光擊去。

那點彩光來勢雖快，卻似不堪一擊，杜人龍掌風到處，「啵」的一聲，彩光便被擊爆，化做一團淡淡彩煙。那彩煙中心雖被「七步追魂」掌力衝破，變成五色輕絲，隨風飛散，但四圍卻反而往中一兜。杜人龍立時感覺到有一股異香入鼻，知道不妙，腦際一昏，便自暈倒。

這時綠袍老婦因所發真力加到九成，葛、魏二人依然仍可相抗，不願久耗，已自收掌，葛龍驤遂搶步趕過，把杜人龍抱起，欲以囊中靈藥救治。

綠袍老婦森然一笑，說道：「他已中了『銷骨五雲丹』，非我門解藥不可，你們還是老老實實，答完我問話再說。」

葛龍驤俊目閃光，冷冷答道：「別說是什麼『銷骨五雲丹』，就算是黑天狐宇文屏的『萬毒蛇漿』，葛龍驤一樣能救。妳見面之下驟發毒手，已失前輩丰儀，但因有言在先，知所必答。要問哪位人物快問，我們不願多奉陪了。」說罷，便自身旁藥囊之中，取出一粒當代神醫龍門醫隱，以千歲鶴涎及朱藤仙果合煉的半紅半白解毒靈丹，塞入杜人龍口內，並用半瓶益元玉露餵他慢慢化下。

綠袍老婦似乎不信葛龍驤能治自己所發「銷骨五雲丹」之毒，但片刻過後，見杜人龍居然醒轉，眉頭微皺，方想發話，魏無雙卻已笑道：「魏無雙自這種『銷骨五雲丹』

的名稱之上，已然知道前輩就是昔年的勾魂玉女綠鬢仙人崔妙妙。靈山幽谷，曾幾何時，綠鬢紅顏化作了雞皮鶴髮！以前輩之功力應不致如此，無非嗔心未退，意氣催人，可知道昔年與前輩同時行道的諸、葛雙奇，如今仍然保持著絕世丰神、駐顏不老麼？」

綠袍老婦靜聽魏無雙說話，臉上神色屢變，聽到末後數語，矍然問道：「你們與諸一涵、葛青霜有何關聯？他們還是像四十年前一般的神仙眷屬？」

魏無雙含笑答道：「我這位龍弟弟是不老神仙的得意弟子，魏無雙則曾叨冷雲仙子恩光，略獲傳授。塵世光陰，雖然百年彈指，但諸、葛兩位老人家，卻因久泯名利之念，萬事無爭，再加上修持有素，功力精深，到如今依然是綠鬢朱顏的神仙眷屬。龍弟弟，你且把你師門絕藝『彈指神通』，顯露一手給崔老前輩看看。」

葛龍驤知道魏無雙既認出對方來歷，此語必有深意，遂默運「乾清罡氣」，助長「彈指神通」威勢，以九成功力屈指一彈。八、九尺外，岩壁之間一根極為堅韌的粗長藤蔓，竟自應指而斷。

洞口盤坐的綠鬢仙人崔妙妙，認出葛龍驤所發「彈指神通」，正是不老神仙諸一涵的獨門家數，但也頗為驚異葛龍驤年紀輕輕，居然能有如此精純功力，喟然一嘆說道：「當年天下武林中人，全不諒解我的一件無心之惡，竟集眾威迫我自盡謝罪。只有不老神仙，冷雲仙子夫婦力排眾議，仗義執言，才罰我在這小相嶺深谷之中，立誓不出人

世。

「數十年谷中幽居，想來想去，這口惡氣委實難消。我雖立誓不出谷中，難道不能邀他們來到谷中一鬥？我恨之最切的共有兩人，但屢次用魔音誘人下谷探詢，均答以江湖之中久不聞此二人訊息。今日你們既已告知我玉簪賊婢死去，又是昔日對我有恩的諸、葛雙奇弟子，崔妙妙絕不對你們存有惡意。只請告訴我另一深仇蹤跡，倘能再代我傳上一信，便深感大德，必有以報的了。」

葛龍驤對這位勾魂玉女綠鬢仙人崔妙妙的事蹟，雖不瞭解，但僅從這外號看來，昔年必是一位風姿絕代人物，魏無雙則因出身邪教，曾聽乃師天欲真人說過這一段往事的大概情形。

知道崔妙妙當年曾以絕世容光，誘得一位武林大俠，磨盡壯志雄心，甘伺眼波，終於背叛師門，死在石榴裙下。那位武林大俠的師門長者，遂糾合群雄，逼令崔妙妙自盡謝罪。諸、葛雙奇則因崔妙妙平素既少惡跡，此次也是出於男女雙方情愛過濃，亦非有意為惡，才出面講情。由崔妙妙立誓幽居，不履塵世，而了卻此事。

這時聽崔妙妙要打聽另外一個她所痛恨之人，魏無雙依然含笑答道：「魏無雙等早已有言，知無不告。崔老前輩的第二位仇家是誰？」

勾魂玉女綠鬢仙人崔妙妙臉上閃現出一種奇異光輝，眉目之間深籠極度憤怒，發齒說道：「是我嫡親胞姐——『雪衣神婆崔逸』」。這六字太陌生，葛、魏兩人彷彿耳中從未聽過。

崔妙妙一看二人神色，便又微喟一聲說道：「我這胞姐太已冷酷無情。以她那身絕世功力，當年若肯稍加援手，我何至在這小相嶺幽谷之中，獨受淒涼達四十多年之久？看你們情形，目前想是不知。倘萬一江湖行道相遇之時，請代爲傳語，約她來此一會，崔妙妙便感激不盡了。」

魏無雙、葛龍驤均是性情中人，見崔妙妙說話神情淒苦已極，不由暗想這樣一位老人，獨居幽谷之中四十餘年，從綠鬢朱顏變成雞皮鶴髮，委實可憐。昔年一件無心之失，理應足以抵償。所以幾乎同聲問道：「崔老前輩所立是何誓言？竟致四十餘年不出幽谷。」

崔妙妙雙睛微閉，好似回憶無窮往事，少頃過後，徐徐睜目說道：「當年誓言，是玉簪仙子所撰，要我當眾朗讀。」

崔妙妙搖頭說道：「那誓言是：『泰山之石不倒，東海之水不乾，我便不能重履塵世！』請想泰山何時才倒？東海萬載不乾！雖承你們一片好心，但這種惡言也是永世難解的了。」

葛龍驤聞言之後，也爲之長嗟。但魏無雙妙目一轉，卻向崔妙妙笑道：「崔老前輩

且放寬心，晚輩等因身有急事，目下必須告辭，但半年之內，必然來此，爲老前輩設法解除此誓。」

崔妙妙似聽如此重誓，魏無雙仍然自稱能解，不由驚奇得「哦」了一聲，說道：「看你們根骨氣質，雖然是瑤池仙品一流，門戶宗派亦高。但絕不會旋轉乾坤，有推倒泰山、煮乾東海之術。」

魏無雙笑道：「晚輩雖然年輕，但絕不輕於然諾。老前輩且再明心見性地苦修半年，或者不等我們來此，誓言便會自解，晚輩等就此告別。」

崔妙妙此時臉上的兇戾之氣，業已化作了一片祥和，含笑說道：「彼此風萍相聚，頗有因緣。我獨居幽谷，身無長物，且各贈昔年所用的『銷骨五雲丹』一粒，此丹雖非你們正派名門弟子所願應用，但一旦急難臨頭，以之對付異派兇邪，卻定然出其不意，或可收莫大效果。」

魏無雙、葛龍驤稱謝接過。小摩勒杜人龍則因一見崔妙妙之面，就挨了這「銷骨五雲丹」一下，此時面上猶有憤色，站在一旁，並未伸手，魏無雙見狀，代他接過，向崔妙妙躬身施禮作別。

三人上谷以後，記清周圍形勢，仍向西藏大雪山疾馳，杜人龍卻向魏無雙問道：「魏姐姐，我倒要看看妳在半年之內，怎樣把泰山推倒、東海填平，去向那老妖婆交

代？」

魏無雙笑道：「我不但到時準能辦到，並已對崔妙妙暗透禪機。或者她先期脫困，也說不定。反正途中無事，龍弟弟與杜師弟且各憑聰明才智，猜猜我怎樣替崔妙妙解除此重誓？」

杜人龍皺眉苦思，久久未得。葛龍驤卻從魏無雙「暗透禪機」四字，想到她要崔妙妙再明心見性地苦修半年之語，心頭豁然一悟，口中吟道：「菩提本無樹，明鏡亦非台。」

杜人龍也自歡然叫道：「三師兄猜得對，玉簪仙子不過為這崔妙妙打了一個禪機，泰山何曾有石？東海又哪裡有水？」

魏無雙搖頭笑道：「你們參了半天禪理，僅是皮毛。非但泰山有石，東海亦自有水。不過石非此石，水非此水而已。」

葛龍驤知道魏無雙冷雲谷居留三年，不但武功大有成就，連心性修持也進境不小，含笑問道：「小弟等靈光已昧，且請姐姐當頭棒喝！」

魏無雙道：「我在未聽崔妙妙說出誓言之前，就奇怪以東海神尼前身玉簪仙子為人，怎會逼著她起甚毒誓？但一聽誓言，略為參詳，便知玉簪仙子對這崔妙妙，實在是有意成全。誓言之內的泰山之石，指她心頭惡念，東海之水則指她往昔邪行。只要她

能潛修苦練，明心見性，把惡念、邪行除若山石之崩，滌如海水之逝，還得湛淨潔白之身，隨時均可重新做人。可笑的是這位崔老前輩，徒費四十多年光陰，竟未參透此旨。把綠鬢朱顏，凋敝在嗔念仇火之上。」

葛龍驤覺得魏無雙這種解釋，確實比自己所想的菩提無樹、明鏡非台，更高一層，不由欽佩無已。

自此以後，途中未再出事，餐風露宿，晝夜狂馳。葛龍驤在望見大雪山的皚皚白景之後，心頭便自加深了一種說不出來的緊張還是難過的滋味。他們三人同行，互相計議研究，自然比玄衣龍女柏青青獨闖稍好。入山並不太久，便即找到玄冰峪左近。

哪知七指神姥自他們一入大雪山，不但又獲所豢靈獸密報，並在暗中親自加以察看，覺得葛龍驤神儀朗徹，器宇翩翩，內外功行均達上乘境界，自己總不能叫一個比花解語、比玉生香的愛徒冉冰玉，在這冰天雪地之間永伴自己。女孩兒家，終要有個良好歸宿。他們既在天心谷幽壑之中，有了像柏青青所說的接唇偎抱的肌膚之親，自己何不就勢稍加壓力？愛徒不嫁此人，天下哪裡去找更好的男子？主意既定，暗中遂加安排。

回到玄冰峪中，立命冉冰玉開始在自己師徒習練「冰魄神功」的後洞「水晶界」之中，靜坐一月。說是要傳授她「冰魄神功」之內的最厲害手法「凍髓搜魂」。其實只是把她支開，好讓自己對付萬里西來的三位年輕人物。

魏無雙、葛龍驤、杜人龍三人，好不容易地找到玄冰峪內。但一進峪口，便看見四隻雪狒抬著一張五色異草所織的軟席，席上坐著一個不怒而威，神情冷峻異常，身著銀色長衣，白髮盈頭的紅顏老婦。

三人均未見過七指神姥，但葛龍驤認得那形似巨猿的通靈雪狒。見獸知人，一整衣冠，便以後輩之禮，恭謹下拜說道：「衡山涵青閣不老神仙門下弟子葛龍驤，拜見老前輩。請問拙荊柏青青可曾到此煩瀆？」

魏無雙在一旁卻越看這七指神姥越覺得面相好熟，但苦思不出是在何處見過。如今聽葛龍驤一開口便問柏青青，心中不禁暗自點頭讚許。

七指神姥長眉微揚，用冷得像四周冰雪也似的聲音答道：「衡山涵青閣不老神仙？你以為拿諸一涵這點名頭就唬得住我麼？」

葛龍驤見七指神姥如此語意神情，倒真弄得不知怎樣應答才好。

魏無雙斂衽施禮，和聲笑道：「身受師恩，無時或忘，原屬武林大義，尤其是拜謁尊長之時，不通宗派，豈非失禮？晚輩魏無雙，奉冷雲谷葛仙子之命，致候神姥，並請對後輩無知之處多加諒宥。」

七指神姥「哼」了一聲，這才答覆葛龍驤先前所問說道：「柏青青之女業已早來，現正困在我的『九宮玄冰大陣』之中。你要見她麼？」

紫電青霜

葛龍驤覺得這位七指神姥，一開始就不容分說地滿含敵意，如今又聽說愛妻被困，不由兩道劍眉幾度軒揚，但終於按下一口盛氣，依舊躬身答道：「晚輩便為拙荊萬里遠來，別說是被困陣法之中，就算是劍樹刀山，何辭一往？」

七指神姥眼皮微翻，冷電似的光芒，在葛龍驤臉上來回一掃，說道：「我這邊荒老婦，依著天然冰雪，再稍加人工佈置的淺俗陣法，當然不在你這名門弟子眼內。」

接著用手往東北方一指說道：「轉過這片高大冰壁，還有一片鑿有九個洞口的較小冰壁，便是我所謂的『九宮玄冰大陣』。柏青青便在陣中，你要去自去。」

葛龍驤自天心谷平地生波，這些時來，魂牽夢縈，想煞愛妻容顏。一聽柏青青就在陣內，根本就未考慮其他，肩頭一晃，飄身便是四、五丈遠，往那東北方高大冰壁撲去。但他找到「九宮玄冰大陣」入口時，是從右面第一個洞門進入，不但同樣為這種自然奧秘所迷，與玄衣龍女柏青青咫尺天涯，無法相會，並因所闖，無巧不巧的是這九宮之中的唯一「死門」，幾乎骨髓成冰，葬身一片雪海之內。

卅六　子午寒潮

葛龍驤當局者迷，魏無雙、杜人龍卻旁觀者清，覺得這「九宮玄冰大陣」既然困得住玄衣龍女，奇幻可知。葛龍驤冒冒失失地搶入陣中，不知有無差錯？

七指神姥則因葛龍驤身形一杳，便換了一副和藹顏色，含笑說道：「魏姑娘與這位小俠，洞內待茶。」

魏無雙此時也未猜透，主人忽冷忽熱，所爲何來？代杜人龍通名之後，便隨著七指神姥進入她所居洞內。

落座以後，雪狒獻上一種乳白色的美酒，清香宜人。七指神姥舉杯囑客，魏無雙、杜人龍入口一嚐，香冽異常，但冰涼得幾乎令人齒舌皆顫。

正在詫異冰天雪地之中，何以不用熱酒，七指神姥已自笑道：「我師徒久居此間，以冰雪練功，業已習慣酷冷。你們係自中原遠來，老婦特地各敬一杯回春雪酒，以祛寒威，此刻好些了嗎？」

魏無雙、杜人龍本來正覺得洞內似較外面更冷，但那小小一杯雪酒下喉以後，即有一股溫和熱力自心頭散佈，充沛周身。便不運內功相抗，對徹骨寒威，亦無所怖。魏無雙謝達厚賜，便即笑問七指神姥，冉冰玉想已返藏，是否業已報知天心谷之事真相？

七指神姥點頭示意冉冰玉已回，並含笑反問魏無雙道：「老婦請問魏姑娘，葛龍驤雖因心切救人，才不拘小節，但我徒兒經他這樣肌膚相親，並傳揚江湖之中，多人知曉，是否對將來……」

魏無雙何等聰明，早就覺得七指神姥忽溫忽厲的神情可疑，再略為尋思話中含意，恍然頓悟。不等七指神姥話完，便自皺眉扼腕說道：「晚輩已知老前輩用意，但極好一樁美事，卻因上來步驟走錯，恐怕還要大費周折。」

七指神姥方自瞠目不知所謂，魏無雙又已說道：「我這兩位師弟、妹，均是一身傲骨，只可以情義相動，不可以威勢相迫。尤其是青青師妹，剛強更甚。被困『九宮玄冰大陣』之中這麼久，恐怕極難對此事點頭。而葛師弟心中本已覺得愧對愛妻，此事如非由青青師妹主動，則無疑定必謝絕老前輩美意。」

七指神姥面上笑容一收，冷冷說道：「他們自命清高，難道我徒兒的終身就從此斷送了麼？」

魏無雙心想，無怪武林傳言，都說這七指神姥難纏，既知天心谷一段旖旎風光，是

葛龍驤急欲救人的權宜之舉，卻仍以此事斤斤於口作甚？因曾從葛龍驤口中聽出他對冉冰玉不但啣恩，印象亦好，心頭一轉，含笑答道：「此事雖然甚難，魏無雙仍願盡力玉成這一段良緣。但請老前輩須認明此事本質，我葛師弟絕非輕薄之徒，不過是因昔日大雪山中啣恩圖報，才不顧一切救治令高徒冉姑娘，而致引起自己愛妻的莫大誤會。」

說到此處，側對杜人龍笑道：「杜師弟，老前輩心意，你也應已知曉，且在此間等待，我要到『九宮玄冰大陣』之中，先與你青青師姐一談，看看她對此事如何看法？」

七指神姥因那一片無邊無際的冰山雪谷之中，若不知路徑，找人甚難，遂命每日與柏青青送食物的一隻雪狒爲魏無雙引道。

玄衣龍女柏青青被困在冰山雪谷之中，爲時已久。起初未免盛氣難平，但畢竟久經艱險，在四方硬闖均告失敗以後，竟然索性把此事暫時撇開，就在這「九宮玄冰大陣」之內，像平日一樣，靜心參究自己的少陽神功與璇璣劍法。她一身內功鍛練，已然能耐酷暑嚴寒，而少陽神功又是一種純陽絕學。並因這陰陽冷熱的相剋之理，練來竟比平日習練之時更爲精進。

魏無雙一到，柏青青不由大感意外。她當初與谷飛英落入黑天狐宇文屏手中，被點天殘重穴以後，自忖必死，但由於魏無雙假意與宇文屏親近，而對她們悉心照料維護之故，終於在黃山論劍時得慶重生，心內自然始終對這位姐姐感激到了極處。所以一見魏無雙之下，妙目凝光，拉住她雙手笑道：「魏姐姐，妳怎麼不在冷雲谷中參究上乘功課，萬里西來，又是爲了我麼？」

魏無雙仔細打量玄衣龍女，看出她因誤會葛龍驤薄倖負義，傷心斷腸而引起的憔悴之色，不由摟住柏青青香肩，輕嘆一聲說道：「常言道，『欲成好事總多磨』，而你們卻是『已成好事復磨』，可知道妳這位姐姐萬里西來，連我那龍弟弟也被困入這『九宮玄冰大陣』之內，你們還未見面麼？」

柏青青此時何嘗不知道冉冰玉所說乃是實話，但一來尚不明白葛龍驤既然問心無愧，何以在自己出聲責訊之時不理不睬？當時倘一稍加解釋，豈非一天雲霧皆散，哪裡引得起如許風波？二來女孩兒家的自尊心特強，縱然明知誤會，也照樣要等對方來向自己認錯賠禮，所以嘴角微撇，向魏無雙淒然笑道：「姐姐上次在黃山始信峰頂對我的恩情，小妹業已深銘肺腑。如今竟又勞妳遠來，心內實在難安。妳既然能夠找得到我，想已知曉路徑。我們先出了這老妖婆的什麼『九宮玄冰大陣』，再談其他好麼？」

魏無雙見柏青青只對自己感激，分明聽到葛龍驤也陷身陣中，卻連一字未提，知道她餘憤猶存，微笑答道：「這『九宮玄冰大陣』，妙用不在九宮八卦等奇門生剋，而在於這萬古未化的無邊冰雪，所以才困得住龍弟弟和妳。我也不知道出入之法，是七指神姥命所豢靈獸雪狒引來相見。青妹既欲先出此陣，我招呼雪狒領路如何？」

柏青青秀眉微挑，搖頭說道：「哪個這樣沒出息，要仗老妖婆畜類之力……」話猶未了，想起大有語病，不由玉頰微紅，向魏無雙笑道：「小妹口不擇言，姐姐不要怪我。咦，老妖婆命她那孽畜把姐姐引來做甚？」

魏無雙笑道：「此事太已湊巧。在未明事實真相以前，本來任何人也會與妳同一想法，所以不能怪妳誤會，但七指神姥認爲經妳這樣一鬧，她徒弟冉冰玉今後清名有玷，難以洗刷，卻也不無道理。我先問妳，那冉冰玉人品如何？」

柏青青尚不明魏無雙話中含意，點頭答道：「冷豔高華，比我美得多了。」

魏無雙笑道：「此事弄得雙方均自難以下台，七指神姥想令她徒弟也嫁給我龍弟，來個雙鳳伴凰，化一樁無謂誤會爲百世良緣。妳若能委屈點頭，我再找龍弟弟說去。」

柏青青真未想到七指神姥會有這種意思，柳眉一剔，應聲答道：「在葛龍驤未能完全證明天心谷之事，毫無曖昧成分以前，小妹根本就不認他是我丈夫，姐姐問我這些幹什麼？」

魏無雙自微微一笑，柏青青又已說道：「再說一句老實話，除了魏姐姐妳甘心下嫁，小妹自願侍奉以外……」

魏無雙聽玄衣龍女竟然扯到自己頭上，遂打斷她話頭笑道：「青妹這樣說法，我也不必找龍弟弟了。妳且仍在此間，再忍受些委屈，容我研究一個善了之策。」

柏青青這些日來，在冰天雪地之中，苦習少陽神功，陰極陽生，大有進境，除了心中那件莫大憤怒之外，並不以此爲苦。聽魏無雙叫自己委屈些時，只含笑看了魏無雙一眼，妙目垂瞼，竟在冰崖凹洞之內，又復悄然入定。

魏無雙知道女子本來善妒，何況彼此尙在敵對情形之下，柏青青怎會答允此事？只得召來靈狒引路，回轉玄冰峪，並邊行邊自琢磨，如何才能打破目前僵局。

魏無雙身形杳後，在冰崖凹洞之內靜坐入定的玄衣龍女柏青青，忽然聽到身前有人叫了一聲：「柏姐姐！」心中暗詫魏無雙剛走，怎地又有人來？妙目微睜，不由更覺愕然。面前俏生生地站著一位高華冷豔，美絕天人的白衣少女，正是七指神姥的弟子冉冰玉。

原來冉冰玉在後洞靜靜用功兩、三日後，忽然覺得恩師何以要自己在這「水晶界」中靜坐一月？越想越覺可疑，終於偷偷掩往前洞，恰好聽到七指神姥與魏無雙的一番談話。冉冰玉雖然涉世未深，並對那位武功卓絕、丰神瀟灑的葛龍驤，頗具好感，但也覺得恩師這種乘人於危，強行逼迫的「霸王硬上弓」做法，太不妥當。

她自昔日龍門醫隱率領葛龍驤、柏青青大雪山求藥，暗晤一面以後，便對玄衣龍女

的倜儻英姿，頗爲心折。如今心頭暗轉，照恩師如此做法，不管演變到何種程度，自己均將由清白無辜，而落入有意勾引葛龍驤的嫌疑之內，這位玄衣龍女柏姐姐，更必對自己啣恨入骨，葛龍驤則更不是世俗的見色忘義之輩。弄到後來，不但恩師那種想法必然成虛，甚至鬧成武林中一件難解之仇，也說不定。

冉冰玉人如其名，品潔如玉，方寸之間連半絲渣滓全無。想明白恩師做法不當以後，立即悄悄掩往「九宮玄冰大陣」，進入左面第四個洞口。

魏無雙剛走，冉冰玉恰恰趕到。一聲頗爲親切的「柏姐姐」，叫醒玄衣龍女，跟著便是坦白無私的盡情傾吐。她心無愧怍，說來自然一片純真，再加上那副極惹人憐的絕色容光，真強過七指神姥的壓力不知多少。

柏青青靜靜聽完，拉住冉冰玉一雙纖手笑道：「柏青青絕不是善妒之人，我且托大叫妳一聲玉妹妹。昔日大雪山求藥，妳已對葛龍驤有贈藥復容及相助卻敵大德，再加上龍門山中的一段巧合因緣，本來便由柏青青主動爲葛龍驤萬里求婚，也無不可。但尊師七指神姥老前輩，倚仗絕世武功及這種人工、天然的雙重險阻，對我加以壓力，卻無法使人心服。雖然腐草流螢，難比中天皓月，但柏青青生平個性不畏強暴，偏要鬥鬥這位蓋世奇人。這樣如何？我們把恩、仇二字分開來談，我們交我們的手帕之交，與妳師父則另作別論。玉妹妹天姿國色，我見猶憐。只要七指神姥老前輩對這無端禁我月餘之事

有了交代，龍門山天心小築之中，柏青青定爲拙夫，以十二萬分的誠心，恭請鸞軒下降！」

冉冰玉睜著兩隻澄澈無比的大眼，看著玄衣龍女笑道：「嫁人有什麼好處？我真不懂我師父爲什麼要有那種想法？不過小妹自昔年一面之後，便對姐姐景慕已極，才趁有事川邊，特地跑趟洛陽龍門，想去看妳，姐姐既然不再怪我，妳能不能不要怪我師父，免得我左右爲難好麼？」說到後來，冉冰玉幾乎是膩在玄衣龍女懷中，含淚而言。

柏青青低首看著這樣一位天真無邪的玉琢佳人，不由想到自己先前懷疑她品行不檢之念，有點愧疚，輕撫她如雲秀髮，剛待啓唇說話，冉冰玉突然一躍而起笑道：「我真糊塗，這些話應該先請姐姐與葛大哥出陣以後再談，其實在姐姐入陣之時，小妹曾暗示妳逢三向右便轉，即可安然出陣。想是姐姐未曾注意，請隨我來。」

柏青青想起自己玄冰峪撲奔此處之時，冉冰玉果在七指神姥身後，暗伸右手三指，頗足證明她對自己，果是始終均懷好意。

十來個轉折過去，前面冰崖之上生著一株朱紅雪蓮。冉冰玉自幼生長此間，對攀援冰雪自具專長，手足並用地輕輕摘下，把蓮實強行塞進柏青青口內，將花瓣交在她手中笑道：「當初小妹不知道姐姐內功業已練到能耐酷暑嚴寒的境界，所以想妳如照我暗示行走，一定會發現這株朱紅雪蓮。只要能夠服下蓮實，不但不怯四外寒威，並對本身的

真力武功，也頗大有助益呢。」

柏青青口中蓮實，化爲一股清香玉液入腹以後，頓覺陽和之氣瀰漫周身，便不運內功，也不覺得四外的萬年積雪能有多冷。昔年爲葛龍驤求藥復容，幾乎踏遍大雪山中，若非雪塌冰坍，經歷奇險，巧遇冉冰玉贈藥，幾乎連一株千年雪蓮也找不到，何況這種功效更強的朱紅雪蓮？知道別說所服蓮實妙用無方，就是這幾瓣花瓣，也都是療治重傷奇毒的起死回生無上妙花，滿懷感激地深深看了冉冰玉一眼，把那些朱紅花辦仔細藏入藥囊，便自雙雙走出原來入口之處。

因這「九宮玄冰大陣」洞洞均不相連通，冉冰玉帶著這位化嫌修好的柏青青，一邊找了六洞，均未見葛龍驤絲毫蹤影，心頭猛地機伶伶一個寒顫，暗叫不好，向柏青青秀眉緊皺地說道：「這『九宮玄冰大陣』，只仗著天然形勢完全相似的冰山雪谷，難以分辨方向，困住入陣之人，並無其他凶險。但右邊第一個洞口，卻是陣內的唯一『死門』，因爲此洞不同於其他諸洞，其中是條深達千里的天然幽谷，並因谷中每逢朔望，會在子、午兩時產生一種幾乎無法抗拒的『子午寒潮』，倘若不知底細之人，妄入此洞，再恰巧遇上『子午寒潮』，以爲只是普通冷風，不知趨避，欲以內功純陽之氣相抗，則不消半個時辰，便可能凍得骨髓成冰，葬身雪海之內。我們連搜六宮，不見葛大哥絲毫蹤影，他不要無巧不巧地跑到右邊第一個洞的『死門』之內去了。」

柏青青此時因從冉冰玉身上看出事實真相，對於葛龍驤，除了尚不明白他何以當時不加解釋，以致弄出這麼多事以外，已不存絲毫恨念。聽說到「九宮玄冰大陣」之中，尚有如此險境，自然關心愛侶，急聲問道：「妳葛大哥何時入陣？我被困已久，未記時日，不知距離朔望還有幾天？」

冉冰玉因葛龍驤、魏無雙、杜人龍等人是昨夜到此，立即入陣，如今聽柏青青問起時日，一想之下，當夜正是九月初一。倘若他真入此洞，卻正好遇上半月一次的「子午寒潮」。不由驚魂皆顫，拉著柏青青便往右邊第一個洞中急急躥去。

柏青青因冉冰玉神色劇變，猜出事情不妙。芳心之內，當然更是一陣騰騰亂跳。

冉冰玉幼居雪山，練的又是「冰魄神功」一類武學，自然不怯寒威。柏青青則仗著適才服過朱紅雪蓮實，只覺得入洞未幾，便即遍體生寒，比起別洞似乎冷得許多。她哪裡知道，「子午寒潮」退去不久，餘威尚未盡泯。常人到此，業已難耐奇寒，可能早已凍死。

此處形勢也與別洞迥異，兩邊全是陡立千仞的刺天冰峰，中間一條丈許幽谷，終年凍雲瀰漫，不見陽光，冰壁整個都成了玄色。冉冰玉邊行邊自四外注目，但行約十里開外，仍然未曾發現葛龍驤的絲毫蹤影，柏青青芳心之內更如小鹿亂撞，但轉過一座冰峰，突然慘叫一聲，望後便倒。冉冰玉趕緊扶住，她不知柏青青何故突然暈倒，還以為

是禁不住谷內嚴寒，急忙又餵柏青青一粒禦寒靈藥「回春丹」，並替她略為推拿撫拍。

柏青青悠悠醒轉，一聲悲慘嬌啼，宛如泣血杜鵑，巫峽哀猿，令人不忍卒聞，聽來斷腸。

倚在冉冰玉懷中，手指一片冰壁根際，顫聲說道：「玉妹，妳……妳……料……得不……差！……他……他可能業……業已……葬身雪……雪海……之……內……」

冉冰玉聞言大驚，一面緊抱柏青青，一面向她手指之處看去，只見冰壁之內，嵌著一柄紫光巍巍的長劍。她雖不認識那就是前古仙兵紫電劍，但也猜出是葛龍驤的隨身之物，劍既凍在冰壁之內，則劍主人必遭厄運，尙有何疑？柏青青自然睹劍驚魂，急暈倒地！

但細一矚目之下，眉頭略解，回頭向柏青青叫道：「姐姐別急，冰壁外有裂痕，這劍是插進去的。可能是葛大哥有意留在此間，做為什麼訊號？我們先弄出來看看。」

柏青青雖然知道葛龍驤若無差錯，絕不會將這珍逾性命的紫電劍遺留在此，但也只能暫時強忍奇悲，照冉冰玉所說，拔出自己的青霜劍，往那冰壁根際砍去。

萬載玄冰縱然堅逾鋼鐵，但也禁不住青霜劍這等前古仙兵。青色精芒連揮之下，冰壁應手而裂。柏青青此時心神稍定，瞥見凍在冰中的紫電劍穗之上，尙纏有一卷白絹，遂趕緊再以青霜劍砍碎餘冰，慢慢抽出紫電劍，解下那卷白絹細看。臉上神色也由愕而

喜，但終於依舊深籠一片重重憂慮。

原來那塊白絹之上，不知用何物所書，寫滿了淡綠色蠅頭般大的一片字跡。柏青青仔細辨認，認出竟是前在陝西蟠塚，自己曾對他援手因而挨了青衣怪叟鄺華峰夾背一掌，西崑崙星宿海黑白雙魔二弟子活屍鄔蒙所留。

寫的大意爲：恩師修羅二聖黑白雙魔，以數十年苦修，在西崑崙星宿海練成幾般絕世神功，欲與中原武林各派一較長短。此次分派三代弟子多人，遠下中原探測各派虛實動靜。但回轉西崑崙之時，據報有三人命喪洛陽龍門山中，其餘弟子曾就近仔細探察，發現是死在七指神姥的弟子，及龍門山天心谷女主人玄衣龍女柏青青的透骨神針之下。修羅二怪赫然震怒，立命大弟子麻面鬼王呼延赤，與自己南來大雪山玄冰峪，邀約七指神姥師徒至西崑崙星宿海一會，意欲先爭得「西疆無敵霸王」之號，然後再往中原創教，制服天下群雄。

麻面鬼王呼延赤本是藏人，對這大雪山中地形極熟，並因略懼七指神姥威名，仗著西崑崙星宿海一樣也是奇寒絕冷，雪地冰天，師兄、弟不但身懷靈藥，並還練具奇功，禦寒有術，竟自百里之外，就從這條明知內有「子午寒潮」，無人敢走的幽谷死門之中，悄悄掩進。但把百里長途將近走完之際，突然發現昔年舊識葛龍驤，在此幽谷之中巧遇「子午寒潮」，凍得遍體皆僵。

鄔蒙見狀以後，趕緊用一粒修羅二聖特練禦寒靈藥「溫元護心丹」，塞入葛龍驤口中，但知他因不明白這種「子午寒潮」生生不息，厲害無比，妄用本身純陽真力抗拒，反而引發生剋之理，終於越抗越冷，以致受損極重。照此情形，一粒「溫元護心丹」僅能保住葛龍驤暫時不死，非得把他帶回星宿海，先浸在普通冷水之內，等到水結微冰，然後移到星宿海特有的靈石溫乳之中，等人慢慢甦醒，知覺漸復以後，再服以修羅二聖秘製的「一陽丹」，才可完全復原，末後鄔蒙又草書幾行，請發現插劍留言之人，轉告七指神姥，三月以內命駕至西崑崙星宿海一會，並說明自己生平知恩必報，此去必然盡力維護葛龍驤，但也絕不肯背叛師門，務請赴會之人，委曲求全，避免掀起絕大風波，弄得不可收拾云云。

玄衣龍女柏青青起先以為葛龍驤業已葬身在「子午寒潮」之下，不禁芳心寸裂，欲以一死殉夫。如今看完活屍鄔蒙留言以後，雖然知道葛龍驤陷身西崑崙星宿海修羅絕域，並受寒極深，但玉顏之上，已自重憂之內，略現一絲希冀神色。

冉冰玉則見自己在龍門殺人肇禍，以致引得黑白雙魔遣人來此向師父邀戰，乘勢把葛龍驤擄劫而去，心頭好生難過歉疚。見玄衣龍女面上一片茫然無措神色，淒惶已極，不由也自眼角含淚，泣聲說道：「姐姐莫急，全怪小妹不好，闖下這種禍事。但若非巧遇這黑白雙魔門下的活屍鄔蒙，則葛大哥此時業已由『子午寒潮』凍得骨髓成冰，彼此

抱恨終身，返魂無術。我想我們一面立即撲奔西崑崙星宿海，一面留書稟知恩師，請她老人家趕來接應，免得萬一夜長夢多，葛大哥又出其他變故。」

柏青青想起葛龍驤自未結縭前，嶗山大碧落岩百丈危崖撒手，寄身魚背，飄流千里鯨波，及自己陷身黑天狐宇文屏手中，被點「天殘」重穴等等奇災大難，均終於一一化險為夷，心頭也自略為寬解。及見冉冰玉這副盈盈欲泣的惶急神情，知道此女委實一片純真，不由長嘆一聲，說道：「這事都是我脾氣過分暴急所致，怎能怪妳？既承仗義相助，就用這鄔蒙留書再加上數語，稟告令師，豈不較為詳盡省事？」

冉冰玉點頭讚好，遂與柏青青出得「九宮玄冰大陣」，潛回玄冰峪中，收拾應用之物，並留言稟師。然後連夜撲奔南疆西崑崙星宿海，黑白雙魔所居的修羅絕域而去。

魏無雙在「九宮玄冰大陣」之中，勸不動玄衣龍女柏青青以後，一面踅回玄冰峪，一面籌思，但始終想不出什麼面面俱到的十全之策，回到七指神姥所居洞內，又與小摩勒杜人龍詳商好久，然未得善法，忽見一隻通靈雪狒，自後洞把那冉冰玉留給七指神姥的鄔蒙留書送來。

七指神姥愛徒如女，看完書信以後，面容倏冷，眉梢微微一剔，目射神光說道：「此事不論曲在何方，及將來如何了斷，葛龍驤不應在我的玄冰峪範圍之內被人擄走。

西崑崙黑白雙魔如此狂妄，倒真要逼得我不顧昔日誓言，再出江湖，與他們周旋一、二了。」

魏無雙自從初見七指神姥，就見她相貌好熟，如今聽她也因昔日有誓不出江湖，忍不住地問道：「老前輩為何立誓不出江湖，能否為魏無雙一道？」

七指神姥嘆道：「我有一胞妹，昔年身受群敵追逼，飛函求救，我因事延誤，一步去遲，人已不知生死。尋訪近二十年均無下落，因此捫心自責，立誓從此不出江湖。」

魏無雙聞言心頭一動，再對七指神姥身披的銀白長袍略一注目，越發驚然頓悟，出口叫道：「老前輩請恕魏無雙冒昧，妳可是四十年前，威滿江湖的雪衣神婆崔逸？」

七指神姥聞言頗似大出意外，詫聲問道：「此名我自己都淡忘已久，江湖之內更絕少人知，妳從何處聽得？」

魏無雙微微含笑，不答再問：「老前輩尋訪二十年不見的同胞妹，可是那位人稱勾魂玉女綠鬢仙人崔妙……」

七指神姥不等魏無雙說完，自座上一躍而起，急急問道：「正是崔妙妙，妳在何時、何處見過此人？」

魏無雙遂把小相嶺幽谷的一段奇逢，及自己參透玉簪仙子禪機等情，向七指神姥細說一遍。

七指神姥聽完嘆道：「玉簪仙子是我生平摯友，當年出事之前，她特意把我支往遼東，原來欲以一片苦心度化我那不成材的妹子。四十年幽谷潛修，對靈性修為必有大益，再能因妳臨別留言，消除仇心嗔念，自行參透那泰山之石、東海之水禪機，或可從此修成正果。

「蒙妳相告我妹子下落，昔日誓言自然對我再無約束，但目前尚不能與黑白雙魔過早動手，因為葛龍驤體內所蘊的『子午寒潮』寒毒，確實如鄔蒙之言，非用星宿海特產的『靈石溫乳』，及黑白雙魔所練『一陽丹』療治不可！若在葛龍驤未經鄔蒙治癒之前，正式成敵，豈非為鄔蒙增加困難？間接也對葛龍驤不利。所以我需立即起身，追上柏青青、冉冰玉二女，不令她們輕舉妄動。」

說到此處，目注杜人龍笑道：「黑白雙魔武功絕世，崔逸自思，能敵其一，難當其二，杜小俠可隨同行，魏姑娘卻想煩妳盡快趕回冷雲谷，把諸、葛雙奇隨便請來一位，才可穩操勝算。」

魏無雙知道七指神姥此言不虛，以黑白雙魔威名，又在他們佔有地利的西崑崙星宿海巢穴之內，委實非有絕世高人助陣，己方實力才不致太單薄。遂起立躬身答道：「廬山冷雲谷離此非邇，魏無雙敬如老前輩之命，即刻啓程。」

又轉面向小摩勒杜人龍笑道：「五師弟好好聽從崔老前輩差遣，不可任性胡鬧。我要展盡腳程，奔向盧山冷雲谷，求請諸、葛二老到西崑崙星宿海助陣。」

小摩勒杜人龍知道求援之事急如星火，自己腳程比魏姐姐相差甚遠，若與同行，反添累贅。方一點頭領命，魏無雙已向七指神姥躬身一拜，宛如飛燕穿簾一般，縱出洞外。

當年滇池泛舟，這位前風流教主魏無雙與葛龍驤一夕偎肌，纏綿極致。儘管貞關不破，盡得風流，但那不過是彼此靈性絕高，強以禮義之防壓制住了人生大慾而已。要說是真個雙方毫無綺念，實是欺人之談。所以魏無雙對她這個龍弟弟特別關垂，葛龍驤也對他這位魏姐姐特別聽話。

龍弟弟身蘊寒毒，人陷魔巢。這位魏姐姐表面上雖對七指神姥笑語從容，實際上早已芳心欲碎，柔腸寸斷。一出七指神姥所居洞口，那強自克制、蘊積已久的兩線珍珠，便自大眼眶中流得胸前盡濕。

好個魏無雙，分得清利害緩急，絲毫未因情懷激盪有所遷延，只是忘饑忘渴，星夜飛馳，把滿懷相思關切，完全交代在一身輕功和兩隻纖足之下。好不容易望見盧山冷雲谷巍然插雲的雙劍高峰，魏無雙業已心力交瘁，勉強走到谷邊，覺得足軟神疲，非好好休息一番，否則無法下這有幾層雲帶封鎖、深逾百丈的冷雲谷。

魏無雙擇了一塊大石盤膝坐好，方待垂簾調息，運用真氣流轉四肢百穴，略為驅散

這連日忘命飛趕的疲勞之際，冷雲谷中倏地沖起一點銀星，冷雲仙子葛青霜豢養的那隻慧鳥靈禽——白鸚鵡雪玉飛來，不由心中一喜，還未開言，雪玉毫不稍頓的清圓語音，已先叫道：「魏姐姐！不老神仙的先天易數已算出妳來，特地命我傳言，冷雲谷從此關閉二十年，無論天大急事，均不許任何人下谷煩瀆。世俗恩仇，完全由你們相機自了。我和妳素所投緣，長別在即，還有什麼可以替妳效力的麼？」

白鸚鵡雪玉的這幾句傳言，簡直如晴天霹靂，震得魏無雙心神無主，雙睛茫然直視，難發一言。

雪玉在當空幾個盤旋，見魏無雙無言，遂叫了聲：「魏姐姐，二十年後再見！」雙翼微束，一點銀星便往雲蓊霧鬱的冷雲谷中飛般而入。

魏無雙一時急昏，被白鸚鵡這一聲「魏姐姐」又復叫醒，驀然記起一事，趕緊撿起一塊石子，閃電般地拋向谷中，並強提真氣傳聲叫道：「雪玉回來，我還有事托你！」

少頃以後，霧影之中又飛起一點銀星，白鸚鵡雪玉盤空一匝，落在魏無雙左肩。魏無雙輕輕撫摸那雪羽靈翎，含笑說道：「葛龍驤師弟，身陷西崑崙星宿海黑白雙魔手中，大雪山玄冰峪七指神姥師徒，與柏青青師妹、杜人龍師弟雖已往救，人手仍嫌太薄。幾位老人家既然閉關，則必須另外請一、兩位能幫黑白雙魔的絕世高人才好。東海覺羅島，邴、衛兩位老前輩功力超凡，最為理想。但路途太遠，我縱然拚命奔波，也必

誤事、你是通靈神物，飛行絕快，若能代我去走一趟東海，我便先行趕到崑崙，請七指神姥等人寬心稍待。」

白鸚鵡雪玉偏著頭兒叫道：「不老神仙的先天易數真靈，他說我還有兩趟遠路要跑，另一趟我知道是後年中秋的黃山論劍，卻想不到居然還要跑趟東海。去一定去，但得先稟告主人葛仙子，西崑崙路遠，魏姐姐先走吧！」

魏無雙實在心懸葛龍驤安危，聽白鸚鵡雪玉已允去請邴浩、衛天衢二人，也顧不得自己長途勞頓，立即再踏萬里征途，奔向西南疆西崑崙星宿海而去。

星宿海有二，一在青海省境，泉水百泓，沮洳散渙，履高下瞰，燦若列星，故又有「星宿海」之名，俗稱「黃河之源」。另一處則在新疆南境喀喇崑崙山之西，冰峰百丈，絕壑千重，無數怪石列於瀰漫雲霧之內，宛如繁星列宿。常人足跡固難到此，即身懷極好武功，偶一失足，照樣有死無生，故而又號「修羅絕域」。修羅二聖黑白雙魔所居，乃是後者。

麻面鬼王呼延赤、活屍鄔蒙二人，因倚仗身有禦寒靈藥，並爲掩蔽行跡，甘受「子午寒潮」凍體之苦，遠從百里以外，就自那幽深冰谷之中，潛進七指神姥「九宮玄冰大陣」的「死門」之內。巧遇葛龍驤不識生剋厲害，妄用本身純陽真火硬抗「子午寒

潮」，以有限純陽敵無窮無盡的萬載玄陰，自然越來越覺陰盛陽衰，奇寒難耐，終於除了用「乾清罡氣」護住心頭一點微溫之外，人已幾乎等於凍死。

活屍鄔蒙相貌雖惡，心地頗好。想起當初遠下中原，若非葛龍驤、柏青青等人相助，自己早在蟠塚山黃嶺頭，喪生於青衣怪叟鄺華峰掌下，所以發現被「子午寒潮」凍僵之人，竟是舊識葛龍驤，立以師門禦寒靈藥「溫元護心丹」，餵他服下，並與師兄麻面鬼王力爭，插劍留書，將葛龍驤帶回西崑崙星宿海。

黑白雙魔，一名黑修羅公孫丑，一名白修羅宮玉。因四十多年以前，遭遇一次挫折，從此埋首窮邊，苦心精研絕技，並教導自己弟子麻面鬼王呼延赤、活屍鄔蒙、雪衣無常段子超等修羅三鬼，如今自覺勢力養成，所練修羅絕學成就極高，足與中原各派一爭長短，並洗雪昔年挫折之恥，遂派遣三代弟子多人，分赴中原，探測各派動靜。

獲得歸報武林十三奇多半歸隱，公孫丑及宮玉已覺掃興，再加上龍門山幽谷，三名三代弟子死在七指神姥門下及天心谷主人玄衣龍女柏青青手中，黑白雙魔哪得不怒氣沖天?立派麻面鬼王呼延赤、活屍鄔蒙往大雪山玄冰峪，邀約七指神姥至星宿海一會，先奪「西疆霸主」之號，然後親率二、三代弟子創教中原，使修羅武學，光揚天下。

呼延赤、鄔蒙把葛龍驤帶回西崑崙星宿海之際，黑修羅公孫丑、白修羅宮玉兩個老魔，正在「修羅寶殿」之內盤膝靜坐。麻面鬼王呼延赤躬身祟告，業已留書邀約七指神姥三月之內來此一會，並湊巧發現洛陽龍門天心谷主葛龍驤，在七指神姥的「九宮玄冰大陣」之中，被「子午寒潮」凍僵。因其妻玄衣龍女柏青青，曾殺本門三代弟子一人，故一併帶回，請師尊發落。

活屍鄔蒙身為次徒，自然要由大師兄稟報師尊。但聽麻面鬼王呼延赤這樣說法，知道不妙。還未來得及開口，右座的白修羅宮玉已把兩條雪白龍眉，微微一揚，冷聲說道：「殺人償命，欠債還錢！他妻既傷我門下弟子，可自靈石洞口捽入星宿海內就是。」

鄔蒙知道星宿海怪石森列，靈石洞口與之相去又達百丈有餘。別說葛龍驤全身凍僵，知覺未復，就是他神智清醒之時，也必粉身碎骨，無法逃生。而且師尊話一出口，從無更改，葛龍驤似已名註枉死簿中。但自己要把葛龍驤帶來之意，目的本在利用此地特有的「靈石溫乳」，及師尊的「一陽丹」，為他療治寒毒報恩，如此一來，豈非大悖初衷，恩將仇報？

萬般無奈，鄔蒙只得硬著頭皮，躬身說道：「啓稟師尊，這葛龍驤當年在蟠塚山黃石嶺，曾自青衣怪叟鄺華峰手下救過弟子……」

白修羅宮玉不等鄔蒙話完，便自冷冷問道：「你莫非想替他求情？難道修羅門下弟子，能夠白死不成？」

鄔蒙見事已至此，索性朗聲答道：「弟子哪敢為對方求情？不過一來，這葛龍驤昔日對弟子有恩；二來，他是被『子午寒潮』凍僵，不是弟子與師兄之力擒來。乘人之危殺之，似乎不足為武！」

白修羅宮玉「哼」了一聲尚未發話，那坐在左首聽了半天未出一言的黑修羅公孫丑，卻微翻眼皮說道：「鄔蒙說的第一點不成理由，第二點卻頗有理由！依你之見，應該把這葛龍驤怎樣處置？」

活屍鄔蒙臉上一片湛然神光說道：「請師尊恩賜一粒『一陽丹』，弟子替他治好身中寒毒，略以報恩，等他武功復原以後，就在這修羅寶殿之前，仗師門傳授再擒此人，交由恩師處置。」

黑修羅公孫丑一陣朗聲大笑，震得殿宇搖晃，笑畢說道：「你是修羅門下，應知我所立規戒，任何想得『一陽丹』之人，必須要能逃出老夫一掌！」

鄔蒙點頭答道：「恩師休看此人年輕，但已得不老神仙諸一涵真傳，或能逃得過恩師三掌以下。」

白修羅宮玉目射精光，看了鄔蒙一眼，說道：「他若能敵我弟兄任何一人三掌，你是否擒得住他？」

鄔蒙慨然答道：「弟子救葛龍驤，為的是報昔日之恩；擒葛龍驤，則為的是復今日

之仇！師門威望所關，必當竭盡所能，拚死爲戰！」

黑修羅公孫丑一陣點頭，大笑說道：「想不到修羅門下，居然出了一個你這樣恩怨分明之人，總算難得！這粒『一陽丹』，你且拿去，配以靈石溫乳，使他寒毒盡祛。功力全復以後，再帶到修羅殿前，吃我三掌！」

鄔蒙聽大師尊黑修羅公孫丑此語出口，知道葛龍驤性命已可暫時保全，遂接過那粒「一陽丹」，謝了師尊。抱起一息僅存，知覺盡失的天心谷主葛龍驤，回轉自己所居之處。

一到室內，趕緊命人準備一大盆冷水，將葛龍驤除了口鼻以外，全身浸在冷水之內。哪消片刻，水面立結微冰。鄔蒙破冰抱起葛龍驤，吩咐再換冷水。接連換了七盆冷水過後，第八盆上，把葛龍驤浸入水中，水雖仍然奇冷砭骨，但已不再結冰。鄔蒙遂抱起葛龍驤，趕往星宿海之上的靈石洞內。

這靈石洞，在一座刺天峰的近峰頂處，峰下千尋絕壑，終年雲蓊霧鬱，而在雲濤霧海之中，又有不計其數、尖銳如刀的嵯峨怪石，隱現森列。自峰頂俯觀，絕似一壑白雲，無數列宿，「星宿海」之名也由此而得。

鄔蒙入洞以後，把葛龍驤放在一池色如黃晶、微溫而並不太熱的「靈石溫乳」之中，自己守候在旁，每隔一個時辰，開動調節機關，將「靈石溫乳」略爲增加熱度。七個時辰過去，「靈石溫乳」業已加熱到人手難入程度，滿室水汽蒸騰，葛龍驤口中方自發出呻吟之聲。

鄔蒙手法絕快，葛龍驤才一出聲，立刻將其提出「靈石溫乳」，把那一粒朱紅如火的「一陽丹」，替他塞入口中，和聲說道：「葛小俠，你被九宮玄冰大陣之中的『子午寒潮』凍僵，現始恢復知覺，但在體內寒毒尚未全數驅除淨盡以前，千萬撇除一切雜念，聽任所服靈藥，隨氣血自然流走全身，等到四肢百穴之間，突然感覺一陣奇熱如焚之際，立調本身『玄武煞氣』、『寒靈丹精』，使陰陽二氣歸一，走『九宮雷府』，度『十二重樓』。只要升至『玉枕』，衝破『生死玄關』，便還你安然自在與一身內家功力了。」

葛龍驤雖在極熱的「靈石溫乳」之中浸泡了那麼久，但身上覺得仍自骨髓以內往外直冒絲絲冷氣，寒顫不休。直等「一陽丹」下腹以後，丹田升起一股暖意，才覺得略爲舒適。他因不知身在何處，只聽鄔蒙口音似生似熟，慢慢張目一看，認出竟是昔年所交西崑崙門下活屍，不由神色一驚。但他深知利害，微微驚愕以後，立即重閉雙目，照鄔蒙所說，先求盡驅寒毒，其他均等自己功力完全恢復再問。

葛龍驤在靈石洞中，由活屍鄔蒙守護，慢慢驅除寒毒之事，暫且不提。那位柔腸寸斷的玄衣龍女柏青青，與一片純真的冉冰玉二人，此時業已趕到西崑崙左近。

卅七　天外來客

原來冉冰玉知道恩師七指神姥性情，極可能隨後追回自己。所以特別囑咐那隻通靈雪狒，等自己走後大半日光陰，再將那封鄔蒙書柬交出。表面上是請七指神姥往援，其實是想乘恩師未到以前，見識見識這兩個與恩師爭奪「西疆霸主」的黑白雙魔，到底有多麼厲害？

趕到西崑崙山下時，二女因對方兇名久著，也不敢小覷敵人。找了一幽秘之處，盡量歇息用功，等到長途飛趕的勞累完全消失以後，再施展輕功往峰上攀去。攀登不到半腰，突然有一片密林之中，傳出幾聲令人聽來毛骨悚然的淒厲鬼叫。

柏青青、冉冰玉二女，均知修羅門下鬼氣森森，所以聞聲止步。由玄衣龍女發話，向林內叫道：「林中朋友，何必裝神弄鬼？請出一會！」

林內又是一聲淒厲鬼哭，悠悠晃晃地走出一人，此人身材極高，約在七尺左右，骨瘦如柴。披著一件雪白長衫，襯著一張驢臉，越發顯得其黑如漆。眉毛極濃，雙睛深

陷，鷹鉤鼻，薄唇嘴，一望即知是個陰刁險惡之輩。右手握著一根丈來長、核桃粗細的鐵棒，目光又冷又毒地覷定二女，攔住去路，一聲不響。

柏青青認得他手中那根鐵棒，正與活屍鄔蒙所用的修羅棒完全一樣，知道棒中藏有劇毒銀絲，厲害無比！忙把自己得自八臂靈官童子雨的「磁鐵五行輪」暗中備好，左手攏住青霜劍柄，搶步當先，向攔路的白衣瘦長之人問道：「我認識你手中所用的修羅棒，你是修羅三鬼之中何人？」

白衣瘦長之人冷冷笑道：「雪衣無常段子超奉命巡山，這西崑崙五十丈以下，任人自在遊行，五十丈以上，卻不容妄越雷池一步！」

柏青青聽他叫做「雪衣無常」，覺得這個外號頗名副其實。因鄔蒙留書，是把葛龍驤帶來療治寒毒，用心不壞。所以對這擋住上峰去路的修羅第三鬼，戒意雖生，敵念未切，朱唇微啓，再度問道：「我們有位同伴，被修羅第二鬼活屍鄔蒙帶來……」

雪衣無常段子超不等柏青青話完，便自問道：「是不是不老神仙諸一涵的弟子，天心谷主葛龍驤？」

柏青青方一點頭，雪衣無常段子超冷電似的目光，又掃視二女全身上下一遍，語音更冷說道：「妳們大概一個是玄衣龍女柏青青，一個是七指神姥弟子，想要上峰做甚？」

柏青青揚聲答道：「要見公孫丑、宮玉兩位前輩！」

雪衣無常段子超突然發出一陣宛如梟鳴的長聲獰笑，震得遠峰近壑齊作回音，笑畢搖頭說道：「武林十三奇，只能在中原稱雄，七指神姥也只能在大雪山玄冰峪中自尊自大。到我西崑崙，卻容不得妳們任性張狂，修羅二聖不是這樣見法！」

冉冰玉聽這雪衣無常語氣之中，敵意頗深，不由發話問道：「兩個窮邊老怪，化外魔頭，也有這麼多張致！你且說說看應該怎樣見法？」

雪衣無常段子超又是一陣狂笑說道：「見法倒也不難，只要妳們先償還我們下三代弟子三條性命，化為厲鬼以後，本無常才以勾魂鐵令把妳們拘到修羅殿中，再去參拜修羅二聖！」

玄衣龍女柏青青應聲叱道：「段子超，你休要口角輕狂。我若非看在與你二師兄活屍鄔蒙昔日相識份上，便叫你這雪衣無常立化無常，永墜修羅地獄！」

雪衣無常段子超陰惻惻地嘴角一撇，右手微抬，修羅棒機簧輕響，內中所藏劇毒無比的「毒龍鬚」，已化作一大蓬銀絲，向柏青青、冉冰玉迎面飛射而至。

這近距離的驟然發難，本來極不易躲，但玄衣龍女柏青青，在一見雪衣無常段子超所用兵刃是修羅棒時，「磁鐵五行輪」早已打開袋子備用，所以在他嘴角一撇，目射兇光之際，左手便即緊握輪柄。「毒龍鬚」化成一大蓬細絲噴出時，冉冰玉趨避無從，正

有些惶急，玄衣龍女左手的磁鐵五行輪，迎空畫了一個圓圈，一陣叮叮微響，「毒龍鬚」便自全被吸去，五行輪隨手一甩，「玄鳥劃沙」，斜切雪衣無常段子超左胯。

段子超以爲自己出其不意，舉棒發難，二女無論有多高武功，也必難逃一死。哪知柏青青玉手輕揮，旋光電轉，一大蓬「毒龍鬚」便如泥牛投海般無影無蹤。他作夢也想不到有人會用磁鐵製輪，頗爲驚異柏青青這樣綺年玉貌，怎學會了傳勁吸物的「先天無極氣功」？驚容未了，五行輪的銳利齒輪已到腰下。

雪衣無常段子超的武功不弱，「孤雁橫飛」飄出丈二，但足尖點地即回，修羅棒霍然生嘯，照準玄衣龍女，攔頭猛掃，柏青青微微一哂，五行輪「春雲乍展」，往上便格，但雪衣無常段子超這一棒攔頭橫掃，來勢雖猛，卻是虛招，在棒、輪將接未接之時，突然沉腕頓肘，改以「毒龍尋穴」，飛點柏青青丹田要害！

玄衣龍女柏青青在黃山論劍之後，整整三年未出天心谷一步，日夜均與夫婿葛龍驤參研各種絕技，功力突飛猛進，大非昔比。此時即令掌中是劍，雪衣無常段子超的這種手法也無非班門弄斧，何況用的是一柄磁鐵五行輪，兵刃本身就有剋制作用，雪衣無常頓肘沉棒，玄衣龍女的五行輪照樣隨之下沉，磁鐵的先天吸力再一發揮，「噹」的微響，輪、棒便即黏吸一處。

當初大雪山中，柏青青自八臂靈官童子雨遺屍上，得到這柄磁鐵五行輪之時，龍門

醫隱就曾對她告誡，此輪雖能黏吸對方兵刃，但萬一對手功力過高，反易弄巧成拙，受制於人。柏青青此時毅然這般用法，一來自認功力精進，制得住這個黑白雙魔門下的雪衣無常；二來新近服了一顆冉冰玉所贈的朱紅雪蓮實，想要藉此試試真氣、內力方面受益多少？

雪衣無常段子超至此仍不知對方五行輪是磁鐵所製，以爲柏青青想把自己的修羅棒，也用「先天無極氣功」奪過手去。這樣想法，段子超反而高興，因爲修羅門下人人都練有一種「修羅氣勁」，隨本身武功深淺，強弱各異，高的足可拔山扛鼎，裂石開碑，低的也可增強戰鬥韌力，纏到對手的真力消耗以後，再行反攻制勝。

段子超身爲黑白雙魔的三名嫡傳弟子之一，把這「修羅氣勁」業已練到精妙地步，雙臂之力何止千斤？見修羅棒、五行輪互相黏吸以後，「嘿」的一聲功運右臂，居然被他往上挑起一寸！

柏青青玉面霜濃之中，含有一股冷然哂笑，修羅棒本來往上斜垂，雪衣無常二度施功，棒高三寸，業已快被他挑到平行之勢。

粗看形勢，似是雪衣無常段子超的內家真力強過玄衣龍女，但段子超自己心中在卜卜亂跳，知道不妙！因爲自己每次奮力一挑，照說對方一個女孩兒家早已震裂虎口，脫手振飛，但連挑三次，均僅挑起一寸，豈非對方操縱自如，能夠隨意控制？

段子超並未小覷柏、谷二女，但總以爲對方劍術掌法或較巧妙，這種天生就是男子擅長的真氣內功，絕不會強過自己！所以心中雖已警覺，仍不肯服。猛把所學「修羅氣功」全數發自單臂，瞠目一聲震天狂吼，盡力向上挑棒！

玄衣龍女柏青青依舊面色從容，單手持輪，容對方慢慢地挑起半寸左右。就這區區半寸距離，即行耗去雪衣無常段子超的大半真力，額上已涔涔冒汗。

柏青青估計對方已成強弩之末，口中突做龍吟，「少陽神功」力貫五行輪，往下一壓！

雪衣無常段子超一聲怪吼，右手鮮血迸流，人退七尺。那根獨門兵刃修羅棒，卻硬被柏青青震落塵埃，砸得山石射出一溜火星，噹噹連聲！

就在段子超驚惶無措之際，西崑崙絕峰峰頂，又如閃電般地撲下一條黑影，身形一現，是個大頭紅髮，濃圈密點，滿臉文章的矮身之人，因爲他把招牌掛在臉上，柏青青、冉冰玉均一望而知，這就是修羅三鬼之首，麻面鬼王呼延赤。呼延赤見來人是兩個妙齡美女，三師弟雪衣無常段子超卻連兵刃均已出手，虎口被人震裂，不由有點大惑不解。

柏青青乘呼延赤轉向段子超問話之際，向冉冰玉低低說道：「玉妹的一顆朱紅雪蓮實，爲我增加不少真力。妳且用磁鐵五行輪一旁掠陣，讓我借這兩個老怪孽徒，試試三

年以來刻苦參研的璇璣劍法！」

冉冰玉知道柏青青先是滿腹急怒醋火，真相大白以後，卻因爲葛龍驤被擄，而化作了思念情愁。最好是有個機會，讓她一瀉胸頭積忿。遂含笑點頭，接過那柄磁鐵五行輪，退後數步，凝神掠陣，防止麻面鬼王、雪衣無常師兄弟，再度倚仗修羅棒中「毒龍鬚」暗下毒手。

玄衣龍女交輪之後，一翻腕肩，抽出那柄精芒奪目、寒光砭人的青霜劍，彎下腰拾起地上的修羅棒，拋向雪衣無常段子超，口中微哂道：「這根哭喪棒兒還你，你們師兄弟儘管齊上，那位七指神姥的高足冉姑娘，只做旁觀。柏青青要以一對二，叫修羅門下開開眼界，瞻仰中原劍術奧秘。免得終日驕狂，不知天高地厚，夜郎自大！」

麻面鬼王呼延赤，聽三師弟段子超說柏青青善傳氣吸物的「先天無極氣功」，心頭不由一愣，知道對方只要身懷這種絕頂氣功，自己師兄弟修羅棒內的「毒龍鬚」便失去效用。但是柏青青叫自己兄弟聯手齊上，暗想師門修羅棒專習聯手禦敵，威力無邊！以二對一，難道還敵不過什麼玄衣龍女不成？偏頭向白衣無常叫道：「師弟動手，我們施展『和合修羅』擒住賤婢，交由恩師發落！」

雪衣無常段子超兇暴成性，雖然在柏青青「少陽神功」猛壓之下，震傷右手，但仍不自量力，心想：「修羅棒法是以一左一右相反招術不停變幻，使對方心神搖亂莫知

所措。自己右手既被震傷，遂用左手持棒。」與麻面鬼王互一點頭，以一式「浪捲流沙」，分成左、右雙方，向玄衣龍女下盤疾掃！

玄衣龍女轉向避棒，揮劍還攻。一招「逆水推舟」，青霜劍精芒騰彩，劍鋒橫砍麻面鬼王面門，劍柄也不空閒，隨手撞向身材頗高的雪衣無常右腰「天樞」重穴，修羅雙鬼分向左、右飄身，然後急攻搶進。因兩人一高一矮，矮的麻面鬼王呼延赤，右手修羅棒驟如風雨，全攻中下兩部，高的雪衣無常段子超，卻時以招術相反而真力極猛的一支左手修羅棒，向柏青青上部掃擊。

玄衣龍女則劍走輕靈，施展的是冷雲仙子威震群邪的「地璣劍」法，但見精芒閃閃，玄衣飄飄。她這三載天心谷刻苦精研，加上葛龍驤全心全力親自授招，果然把諸、葛雙奇的「璇璣劍」法練得神化已極。修羅雙鬼在當世武林之中，除去十三奇以外，算得上是一流高手。師兄弟雙戰柏青青不下，而且雪衣無常的修羅棒上，還被青霜劍削下三枚狼牙，哪得不暗暗心寒，又驚又佩。

手執磁鐵五行輪，一旁掠陣的冉冰玉，覺得這位玄衣龍女柏青青，在劍術造詣上，自己確所不及。內力掌法，則因未曾較量，無法判斷。不過心中已有個大概估量，認為諸、葛雙奇的絕世神功，不會低於恩師七指神姥。

她這裡思想未定，動手之人的勝負已分。原來玄衣龍女施展「地璣劍」法門過百回

合，只削下雪衣無常段子超修羅棒的三枚狼牙。自覺久戰不下，難以爲情。左手翻處，竟把葛龍驤的紫電劍也自掣出，右手「地璣」，左手「天璇」，右手「青霜」，左手「紫電」。這一來璇璣同運，紫青合璧，威力簡直罕世無倫。三招過後，玄衣龍女的身形已杳，只見場中一圈神妙莫測、不可方物的青、紫精虹，逼得修羅大、三兩鬼，手忙腳亂地團團直轉。

麻面鬼王呼延赤畢竟知機，揮動修羅棒，擋過紫電劍的一招「亂石崩雲」，便即大聲喝道：「來人既然有此功力，已合規定，呼延赤帶妳們去參謁修羅二聖。」

柏青青微笑收劍，冉冰玉縱身過來，交還磁鐵五行輪，並拉著玄衣龍女的玉手笑道：「姐姐的璇璣雙劍，冠冕武林，小妹嘆爲觀止，有機會教我幾手好麼？」

柏青青看著她那天真無邪的絕世容光笑道：「等妳葛大哥脫險以後，找他去學。他是不老神仙真傳，比我強得多呢！」

麻面鬼王呼延赤、雪衣無常段子超，見二女談笑自若，根本就未把自己看在眼內，心中不由恨極。但以二對一仍未佔得便宜，哪裡還敢逞兇，仗著地形熟悉，師兄弟二人肩頭一晃，拔空直上三丈來高，攀登絕峰，想在輕功上略爲找回顏面。

哪知玄衣龍女素以輕功見長，當年龍門山凌空三丈，飛渡十丈長河，就曾使葛龍驤爲之心折，冉冰玉則更是終年上下雪峰冰壁。西崑崙雖然山高萬仞，也有冰險阻途，卻

哪裡攔得住這兩位巾幗奇英，罕世俠女，她們二人，剛剛趕到中峰，修羅殿中業已好戰開鑼。

原來葛龍驤自服下「一陽丹」，驅散身上寒毒之後，雖然凍僵多日，但因他一來稟賦極佳，近年內外功行又復大進；二來岳父龍門醫隱所留的「太乙清寧丹」、「益元玉露」等，囊中又有的是，所以一、兩日之間，人便復原。鄔蒙倒真是恩怨分明，告知葛龍驤一切經過以後，便把他帶到修羅殿前，去見黑修羅公孫丑和白修羅宮玉。

白修羅宮玉見葛龍驤英姿煥發，卓立殿前，神情不卑不亢，看見鄔蒙所言不虛，此子果然已得不老神仙諸一涵真傳。但要說是能夠接得住自己三掌，因年齡火候關係，仍恐未必。

當下目注葛龍驤，發話問道：「你在大雪山玄冰峪被『子午寒潮』凍僵，鄔蒙因昔日蟠塚山黃石嶺頭曾受你救命之恩，特地把你帶回，用本山靈泉救治，並向我索取靈藥『一陽丹』，我這『一陽丹』煉製極難，曾立有規例，非禁得住老夫三掌之人絕不輕給。如今你寒毒已除，老夫半生憐才，若真挨得住我三掌，你妻傷我門下之事，從此不究也罷。」

葛龍驤昂然朗聲答道：「晚輩本來不敢放肆，但老前輩既然定有規例，只得螳臂擋車，勉接三掌。至於拙荊在洛陽龍門，誤傷老前輩門下之事，不論誰是誰非，葛龍驤先

自代爲謝罪。」

這一席話，說得極爲得體。白修羅宮玉眼皮微揚，看著葛龍驤說道：「你先接老夫三掌，其餘一切慢談！鄔蒙擊鐘爲號，金鐘每響三聲，老夫便發一掌。」

鄔蒙應聲領命，走往殿角，扯動絲繩。樑上一具金鐘，便即極其清脆地「噹」的一響！餘音方落，鄔蒙又扯絲繩，金鐘二響！

葛龍驤心中主意早已打定。因爲知道以白修羅宮玉這等身分，第一掌必然不會使出全力，以後則可能一掌比一掌更重。所以決定第一掌用師門絕學「彈指神通」，加上練到六成的「乾清罡氣」，硬搪一下；第二掌則倚仗昔日苗嶺陰魔邴浩所傳神妙無方的「維摩步」，予以閃避；第三掌定然威力極強，則用「維摩步」再加上東海神尼秘授的「散花手」，想來足能抵擋，第三掌過後，再看老怪如何動靜。

他主意打好，方把「乾清罡氣」及「彈指神通」的真氣，提到十二成之際，殿頂金鐘第二響的餘音已在若有若無之間。鄔蒙目光一瞬葛龍驤，見他嶽峙淵亭，知道業已準備，遂伸手扯動絲繩。

白修羅宮玉雖見葛龍驤氣定神閒，沉穩得異乎尋常，但自忖除了諸、葛雙奇、七指神姥及苗嶺陰魔等人以外，放眼當前武林老一輩人物之中，罕有人能敵自己。這葛龍驤年歲太輕，根骨再好，似也禁不住自己五成掌力。所以根本身不離座，聽得金鐘三響之

時，右掌微推，向葛龍驤發出六成真力。

黑白雙魔武功極高，絕非妄自尊大。故而所發雖只六成真力，亦如浪捲濤翻，威勢已非小可。

葛龍驤在白修羅宮玉右掌一揚之際，便即十指齊彈，逆擊對方所發掌力，並在十指彈出後，跟著雙掌齊推，加上了不老神仙的震世絕學「乾清罡氣」。

白修羅宮玉小視對方，只以六成真力發掌。葛龍驤則因對方威望過高，是以全神應付。所以雙方所發劈空勁氣一接之下，白修羅宮玉不但不曾擊動葛龍驤，自己反覺真氣微微一震。這一來不由驚詫得大出意外。

雙方對掌，金鐘未歇，刹那間又復三鳴。白修羅宮玉濃眉雙挑，移山倒海地劈空一掌，這次用足了八成真力。葛龍驤第一掌不曾吃虧，心中深知這是對方小視自己所致，毫未因而自滿，仍照預計，施展苗嶺陰魔邴浩所傳「維摩步」之中的「鹿女聽經」，欲前又卻、似拒還迎地青衣一飄，便自脫出了白修羅宮玉的掌風以外。

一來葛龍驤這三年內外功力大進，二來「維摩步」是苗嶺陰魔邴浩，數十年心血結晶的罕世武學。所以白修羅宮玉只見葛龍驤以一種極爲神妙的步法，閃過自己第二度所發掌力，僅僅青衫襟角爲掌風略爲拂動。

以西崑崙修羅二聖黑白雙魔的武林威望，出手對付一個年輕後輩，居然兩度無功，

別說白修羅宮玉過分驚奇，連那坐在左首，低眉合目不大講話的黑修羅公孫丑，也把雙眼一開，殿中頓時多了兩道冷電似的精光，向葛龍驤炯炯注視。

白修羅宮玉突然一陣縱聲長笑，笑聲足足延續有半盞熱茶的時光。笑完自右首的修羅寶座之上，緩緩起立。這時鄔蒙因雙方暫時停手，加上那種極其靜默的緊張氣氛，竟自出神注意殿中變化，忘擊金鐘。

白修羅宮玉見自己業已起身，那青衫一襲，英姿颯爽的葛龍驤，依舊岸然卓立，毫無怯色。濃眉不由再度微揚，回頭向鄔蒙問道：「老夫尚有一掌未發，金鐘何故停響？」鄔蒙聞言慌忙扯動絲繩，便即又是「噹」的一響。

白修羅宮玉緩緩往前，葛龍驤卻一步不退，殿面金鐘才敲一響，兩人之間距離業已縮至八尺。葛龍驤「泰山崩於前而神色不變」的這份沉穩，真使白修羅宮玉對這年輕俊品人物的膽識功力，心中暗讚。

宮玉此時目光本來注定葛龍驤雙足，防範他再用適才那種神奇步法，閃避自己雷霆萬鈞的最後一擊，但偶然一瞥之間，瞥見葛龍驤右手挽著「玄武真訣」，左手拇、中、無名三指，圈成鳳眼，食指、小指半屈半伸，形式似花非花，頗爲美妙，足下踏的卻是兩個陰陽卦象。

白修羅宮玉武學淵博，知道葛龍驤右手所挽「玄武真訣」，是準備施展他師門絕學

「乾清罡氣」與「彈指神通」，足下所踏卦象，可能就是適才所施展的神奇步法，但左手那種似花非花的姿勢，卻好似極熟極熟，偏偏一時竟又想它不起。

白修羅宮玉忽然瞥見葛龍驤衣襟被自己掌風拂動，未復原狀，襟旁露出一粒核桃大小，黑沉沉之物。頓時恍然大悟，葛龍驤左手奇形指法的來歷已自想出，面上突現一種奇異光輝。剛待吩咐鄔蒙停擊金鐘，殿頂「噹」的一聲，金鐘已做三響。

白修羅宮玉聽金鐘第三次一響，絲毫不用功力，雙掌一推，人便仍自縱回修羅寶座之上。

葛龍驤以為他這最後一掌，無疑石裂天開，猛裂無比，所以丹田提足「乾清罡氣」，右手「彈指神通」，左手「散花手」，足下暗踏「維摩步」。把自己所會的幾樁當世絕學，一齊準備妥當待敵，哪知白修羅宮玉居然虛應故事似的，雙掌空推，便即縱回，心頭也真弄得大惑不解。

白修羅宮玉回座以後，向黑修羅公孫丑說道：「大哥，想不到西崑崙之上，居然能夠再見到玉簪賊婢的沉香手串與她獨門的『散花手』法。」

說完，轉對葛龍驤面容一冷，突罩寒霜說道：「老夫兄弟言出不二，三掌既過，你妻傷我門下之事已不追究。但另有事比此重要百倍，望你據實直言，不可對老夫絲毫瞞哄。」

葛龍驤雖然一時迷茫，但他何等聰明，一聽白修羅宮玉向黑修羅公孫丑所說之言，立時知道教自己散花手法的東海神尼，前身即是玉簪仙子，定與黑白修羅雙魔結仇頗重。聽白修羅宮玉一問，葛龍驤昂然答道：「我葛龍驤雖然年輕學淺，但自重人格，從無虛言，老前輩問我莫疑，疑我莫問！」

白修羅宮玉點頭說道：「好一個『問你莫疑，疑你莫問』，少年風骨嶙峋，委實可愛！老夫想先借你襟旁之物一觀，那可是一十八粒沉香手串？」

葛龍驤解下沉香手串，上前遞與白修羅宮玉，說道：「老前輩所猜不差，這十八粒沉香手串及散花手法，均是東海覺羅島上的一位神尼，覺羅大師所傳所贈。」

白修羅宮玉接過沉香手串，細一審視，目光遙望遠天，似是遙想當年往事。片刻過後，突然目中神光一閃，把沉香手串交還葛龍驤，詫聲問道：「這分明是失蹤江湖很久的玉簪仙子之物，你怎說是東海覺羅島的什麼神尼的……」

葛龍驤收好沉香手串，不等白修羅宮玉話完，便即答道：「東海神尼覺羅大師，前身正是苗嶺陰魔邴浩老前輩的愛侶玉簪仙子。」

這回黑修羅公孫丑也自開口，幾乎是與白修羅宮玉同聲發問：「東海神尼覺羅位居何處？怎樣走法？」

葛龍驤合掌低眉，肅容笑道：「神尼與邴老前輩四十年深嫌化解以後，心願俱了，業已西歸極樂，老前輩何處可尋？」

黑白雙魔聞葛龍驤此語，同時各自驚得一怔，兩人臉上均現出一種大失所望之色。

就在此時，一名值殿侍者報道：「呼延赤、段子超引來玄衣龍女及七指神姥的弟子冉冰玉，在殿外求見。」

葛龍驤自天心谷情天生變以來，魂牽夢繞，無時不在想煞愛妻顏色。加上聞報是與冉冰玉同來，足見那一場百口難辯的風流罪過，可能業已不需自己大費唇舌解釋，自然益發喜形於色。

白修羅宮玉卻向侍立在旁的活屍鄔蒙說道：「呼延赤、段子超，不奉我修羅令符，擅自引外人妄登崑崙，應按門規懲戒。準備蛟筋神鞭，當殿各鞭四十！」

鄔蒙臉上神色一慘，但不敢多言，躬身領命。自殿後取來一具朱漆銅盤，盤中放著一根捲成一堆的紫色長鞭。

白修羅宮玉又對報信侍者說道：「玄衣龍女柏青青與本門仇怨已解，可以客禮相待，請放殿中落座。七指神姥之徒在龍門山殺我門下弟子兩名，居然也敢來西崑崙！可命呼延赤受刑以後，在殿前擒住此女。」侍者領命傳言。

剎那之間，帶來了面帶懍懼淒慘之色的麻面鬼王呼延赤、雪衣無常段子超，與柏青青、冉冰玉二位女俠。

外？連葛龍驤也自殿中一躍而出，與柏、冉二女並肩而立。

玄衣龍女柏青青見黑白雙魔如此分派，哪肯自己入殿落座，而把冉冰玉一人留在殿

葛龍驤見愛妻玉容清減，柏青青何嘗不覺葛郎憔悴？彼此交換無限深情，而帶有歉意的一瞥以後，礙著冉冰玉在旁，並無交言，只是互相不大好意思地把頭一低。柏青青玉手伸處，遞給葛龍驤紫電劍，準備夫妻二人以紫電、青霜劍合璧，會會這名震天下的修羅二聖黑白雙魔。

葛龍驤方自把劍接過，白修羅宮玉一陣冷笑說道：「小輩們不識抬舉，呼延赤、段子超之刑暫免，可與鄔蒙三人把殿前三個不知天高地厚的小輩替我擒住。」

活屍鄔蒙深知葛龍驤夫婦功力，麻面鬼王呼延赤、雪衣無常段子超則剛才在峰下，以兩根修羅棒尚鬥不過玄衣龍女柏青青一人，但師命難違，只得硬著頭皮，各抽出修羅棒，準備出戰。

就在三人略顯遲疑，尚未走下殿階之際。黑修羅公孫丑眼皮倏地一睜，喝道：「且慢！」向白修羅宮玉說道：「二弟，崔老婆子已來，我們還讓小一輩的胡鬧什麼？」

黑修羅公孫丑話聲方落，修羅殿頂有人朗聲長笑，宛如墜絮飄雲般地飄下一條白影，正是大雪山玄冰峪的七指神姥。她站在葛龍驤夫婦及冉冰玉身前，手指殿內，高聲叫道：「公孫丑老兒的耳力還不錯，比你那泥塑木雕似的二弟強多了。」

白修羅宮玉此刻臉上好不難堪。知道一來七指神姥功力過高，二來自己傳命呼延赤等出戰，發話分神，以致人到殿頂，均未發現。羞怒交集之下，一聲暴吼：「老太婆休要張狂，叫妳嘗嘗這泥塑木雕的宮玉厲害！」

左手長約四尺二寸，風磨銅所鑄的修羅寶杖往地上一點，「叮」的一聲，像隻巨鳥似地撲出殿外，右掌狂掄，打出一股勁疾無倫，重若泰山壓頂的劈空罡氣，直向七指神姥當頭擊到。

七指神姥面容驟冷，「哼」的一聲，兩隻銀色長衫大袖向上一翻，捲起一陣強烈寒飆，迎向宮玉。兩位絕代高人，便自硬對一掌。白修羅宮玉被七指神姥雙袖所捲寒風，震得在半空中倒退數尺。七指神姥也為對方掌力逼得足下往後連換兩步。葛龍驤等人，更是覺得罡風拂動，勁氣排空，幾乎站不穩腳。

這樣勢均力敵的一擊而分，七指神姥心頭微覺擔憂，黑白修羅兄弟二人的臉上卻略現喜色，因為七指神姥試出白修羅宮玉在內家真力方面，已與自己彷彿，尚有一個可能更高明的黑修羅公孫丑，絕非葛龍驤夫婦或冉冰玉所能應付。

此時黑修羅公孫丑也自修羅殿中，拄著那根修羅寶杖慢慢走下階前，與白修羅宮玉並立一處，向七指神姥說道：「武林十三奇竊名多年，我就不信他們那幾手功夫，就準能勝得過我們這幾個窮荒老怪。妳若肯與公孫丑兄弟合作，以三人之力創教中原，放眼

宇內，當無敵手！令徒傷我門下之事，自然也一筆勾銷……」

七指神姥不等黑修羅公孫丑話完，便即搖頭笑道：「別說我老婆子在冰天雪地之中一住四十多年，早已淡泊了爭名好勝之念。就是真仍存在當年火性，也總還有自知之名。諸一涵、葛青霜那一對神仙眷屬，窮探武術奧秘，成就確已超凡，你以為人家就勝不過你們這窮邊老怪？我料你們必然不服，冷雲谷又離此太遠。何況以徒弟比徒弟，你這三個孽徒合手齊上，據我看來也不是葛龍驤一個人的敵手。」

黑修羅公孫丑比白修羅宮玉心思稍細，見麻面鬼王呼延赤、雪衣無常段子超，入殿之時的神情，便知道他們在峰下吃過柏、冉二女苦頭。而葛龍驤既然身居天心谷主人，適才又能接閃白修羅宮玉威勢無倫的劈空掌力，確實足能以一對二。

心中一轉，回頭叫鄔蒙在殿上取來一根齊眉鐵棍，脫手擲向七指神姥，冷笑一聲道：「老婆子大概敬酒不吃，想吃罰酒！小一輩的那些不成熟的手法，我們哪裡看得入眼？來來來，公孫丑與妳較量一手，『借物傳力』，敗者聽從勝方指揮如何？」

七指神姥接棍在手，暗想自己這邊實力稍弱，魏無雙所請援兵尚未趕到。像這樣以真力較勝負，一陣賭輸贏之舉，倒確實對自己有利。不知公孫丑何以出此？難道他真個自信內家真力能強過自己不成？

黑修羅公孫丑見七指神姥未曾發話反對，遂微微一笑。左手拄著的修羅寶杖，改用

右手斜舉胸前。七指神姥怎肯示弱？也自單臂持棍，往黑修羅公孫丑的修羅寶杖之上一搭。兩人各自閉目凝神，提足丹田真氣，經由指臂傳向杖端，企圖能把對方兵刃壓到向下斜垂，便可算得勝。

這種比試方法，本來絕對公平，因爲七指神姥與黑修羅公孫丑，同樣都是數十年刻苦修爲，功力難分上下。故而修羅寶杖與齊眉鐵棍，始終向上交叉斜舉當空，縱然偶有起落，刹那之間必然又復持平，誰也無法把對方壓得低下一寸、半寸。但相持一久，七指神姥卻心頭暗叫不妙。想不到這個不大講話的黑修羅公孫丑，居然用心如此險惡，只怕自己一世英名，要斷送在這西崑崙絕峰的修羅殿外。

原來黑修羅公孫丑用來傳力的修羅寶杖，是風磨銅所鑄，連紫電、青霜這樣罕世寶刃均所難傷。而七指神姥手中的齊眉鐵棍，卻是普通鋼鐵。雙方均是當代武林之內數一數二的高人，互出全力以爭勝負之下，杖端所蓄的內家真力何止千斤？加上彼此功力均等，是所有重力必然全由兩根兵刃擔負，所以耗到一炷香之時，七指神姥雖然依舊神色自如，但手中那根齊眉鐵棍卻已漸漸有點彎曲。

一旁屏息靜觀的葛龍驤等人，何嘗沒有看出七指神姥所遇危機？唯江湖規戒之中，像這種雙方以真力硬拚，非等見出勝負——除非是輩分高出比賽雙方之人——照例不能中間插手。所以空自代七指神姥著急，卻無法相助。

尤其是冉冰玉見恩師上了公孫丑的惡當，形勢極端不利，急得連連問計柏青青，但玄衣龍女此時還不是與葛龍驤、冉冰玉一樣地束手無策？

黑修羅公孫丑見自己已佔優勢，微開雙目，向七指神姥說道：「老婆子數十年英名得來不易，毀於一旦，豈不可惜？如能聽從公孫丑之言，我們就此收手。」

七指神姥以一種凜然不可逼視的目光，看了公孫丑一眼，冷冷說道：「我老婆子就算落敗，也比你勝得光榮。你以爲你仗著風磨銅杖的這點便宜，就足以穩居勝面麼？」

說也奇怪，黑修羅公孫丑想是暗用機謀，內心有愧，偌大的人物被七指神姥這一眼看得心中一懾。七指神姥何等厲害，乘對方心中一懾，突然出聲一嘯，就用那根微顯彎曲的齊眉鐵棍，硬把黑修羅公孫丑的風磨銅鑄寶杖，壓得往下垂落二寸有餘。黑修羅公孫丑這一驚非同小可，忙自懾定凝神，把數十年生命交修的「修羅氣功」，一齊貫注右臂，才又慢慢爭回均勢。

這麼一起一落，杖頭真力更加。七指神姥本身功力雖不輸人，但那根齊眉鐵棍已難支持，明顯現出彎曲形狀。黑修羅公孫丑見狀，獰笑連連，不斷提聚真力，加注修羅杖頭。七指神姥的齊眉鐵棍，也自越來越見彎曲。就在眼看黑修羅公孫丑即將依照詭計奸謀，使七指神姥飲恨西崑崙絕峰，而七指神姥心中也已決定，等支持到手中鐵棍將折未折的刹那之間，便即跳下萬丈深壑，以全一世英名的危機一髮之間，突自遙空傳來二聲

嘹亮鶴鳴。

這聲鶴鳴，葛龍驤太已熟，聽出就是自己曾經幾度騎乘，東海神尼覺羅大師所養的那隻絕大靈鶴，不由得揚眉高聲叫道：「崔老前輩只要再能支持片刻……」

一言未了，靈鶴兩翼風雲，已到當頭，鶴背上一點灰影，自數十丈高處，宛如瀉電飛星，帶著一股不可抗拒的無形潛力，直向七指神姥、黑修羅公孫丑二人之間，凌空疾降。那兩根難分難解的修羅寶杖與齊眉鐵杖，居然竟被那股莫大無形潛力硬給分開。

來人身形一現，倒頗出葛龍驤意料之外，是個貌相清奇的灰衣老僧，但眉目之間，依稀可辨出，正是昔日傳授自己「維摩步」法，在武林十三奇中，與諸、葛齊名的苗嶺陰魔邴浩。

邴浩先離鶴背下撲，但鶴背之上居然還有一人，正是那位費盡心力、跋涉奔勞的魏無雙，在靈鶴離地尚有五、六丈之時，也自凌空而降，落在葛龍驤、柏青青等人身側。

邴浩、魏無雙一到，西崑崙峰下，宛如電疾風飄般地又搶上一人，正是天心七劍之中，排名第五的小摩勒杜人龍。這一來，群俠聲勢大增，黑白雙魔不由暗暗心驚。對方老老少少、明明暗暗，究竟來了多少人物？

邴浩解開七指神姥與黑修羅公孫丑互較內力的修羅棒及齊眉鐵杖後，向黑白雙魔合掌低眉說道：「貧僧慧空，也就是昔年的苗嶺陰魔邴浩，不知賢師兄、弟是否還認得我

這崑崙舊識麼？」

黑修羅公孫丑眼看即將倚仗修羅寶杖之力，使七指神姥飲恨西崑崙峰之際，卻被這位苗嶺陰魔邴浩化身的慧空大師突如其來，攪得功敗垂成，心頭哪得不憤恨之極。雖然明見對方自數十丈高處飄落當頭，武功已到入聖超凡地步，但自恃一身修羅絕學，依舊傲不爲禮，臉罩寒霜地冷冷說道：「你來得正好。公孫丑、宮玉二人，頗想會會那位四十年前曾對我師兄弟有一掌之惠的玉簪仙子。當年舊債未了，縱然參禪學佛，也不能使你夫婦真如了了，般若空空！目下是你代表玉簪動手，還是要我弟兄東海一行？」

慧空大師唸了一聲「阿彌陀佛」，說道：「昔年邴浩在俗之時，愚夫婦偶遊崑崙，邂逅賢師兄弟。因彼此均屬景慕已久的武林人物，遂拆掌過招，談談所學，互相印證，自然非勝即敗。想不到這一點如煙舊事，公孫兄始終還記在心頭。玉簪自四十年前，與邴浩誤會反目以後，即歸佛門。刻苦修爲之下，參悟人天，撒手塵寰，西歸極樂已有三載。

「俗語云『人死不記仇』！何況彼此不過是一點名氣之爭，根本就沒有什麼如山重恨，邴浩自東海削髮以來，名心盡了，嗔念齊消。無論昔日之事誰是誰非，敬向賢師兄弟當眾賠禮，願把一場殺劫化作祥和。公孫兄與宮兄且自受我一拜。」話完，果然向黑修羅公孫丑、白修羅宮玉，合掌躬身，深深一拜。

黑白雙魔同時飄身，避不受禮，黑修羅公孫丑高聲叫道：「崑崙山一掌沾衣，使我弟兄埋首星宿海四十年，羞見江湖同道。你以爲就憑幾句口舌之利，便可使公孫丑、宮玉甘心罷手？玉簪既死，難得你自行投到。不必再談什麼謙退仁義，快些現出你苗嶺陰魔驕狂自大的本來面目。無論徒手相搏，還是以兵刃過招，公孫丑鬥你一千回合！」

慧空大師見黑修羅公孫丑大聲叫囂，氣得鬚眉都在顫動，不由微嘆一聲。依舊是那副祥和神色，藹然笑道：「四十年靈山埋首，想不到賢兄這等功參造化之人，居然不曾勘透一個『嗔』。苗嶺陰魔之號，早在第一次黃山論劍以後化作灰煙，邴浩既已身歸佛門，甘入地獄，也要解卻這段嫌怨。我願以一掌還一掌！當年崑崙山一掌沾衣，今日西崑崙絕峰一掌償債。隨便賢兄弟何人出手，當胸重重打我一掌，總該消除了心中之恨了吧？」

白修羅宮玉認爲，這位昔日號稱普天之下最難纏難鬥的苗嶺陰魔，表面上雖然說得冠冕堂皇，但哪裡會白白挨自己師兄弟力能開碑裂石的當胸一掌？想把對方逼得當眾失言，遂緩緩舉步，走到慧空大師面前，冷冷說道：「宮玉委實不信苗嶺陰魔一入佛門，就會有如此的寬宏襟懷與菩薩心腸。你如真肯吃我一掌，不但盡釋舊恨新仇，宮玉並約束所有門人，不出西疆一步！」

慧空大師雙眼湛湛神光，一看宮玉笑道：「宮二兄的末後一語未免又落下乘。須知

此心如真，宇內無非樂土，此心不正，蒲團亦是刀山！分什麼出不出西疆？只在你是否能以『仁義』二字教導門下弟子。慧空遠自東海來此，禪課不可久荒，宮二兄請自發掌。」

白修羅宮玉仍然認為，慧空大師是想倚仗絕世內功硬抗自己一掌，不由暗把全身功力提到九成以上，照準低眉合目、垂首站在身前的慧空大師，呼地一掌當胸擊去。

黑修羅公孫丑與白修羅宮玉同是一樣的想法，但他從「苗嶺陰魔」四字的昔日威名，與適才鶴背飄身，宛如天仙下降的氣勢看來，心中覺得這慧空大師功力超凡，可能真挨得起師弟一掌。所以一面心中計算，這一掌打過之後，怎樣打個藉口食卻前言，一面卻在暗地注意，對方用的是何種防身功力，以備翻臉動手之時，克敵制勝。

但既未見慧空大師有任何提氣凝功現象，身子也只穿著一件薄薄的灰色僧袍，臉上神情則安穩和祥，真像一尊普渡世人的西天古佛。

就在黑修羅公孫丑尚未看出對方究竟意圖何在之際，白修羅宮玉業已發難，狂飆怒捲，威能摧嶽移山的當胸一掌，硬把一個慈眉善目的灰袍老僧，震得飛出丈許，口中狂噴鮮血，倒地不起。

七指神姥一見這種情形，趕緊縱身搶到慧空大師身畔，取出兩粒「朱紅雪蓮實」餵他服下，並回顧白修羅宮玉叱道：「普天下武林之中，也找不出像你這樣無恥之輩！崔

逸今天拚著骨化形消，也要把你這修羅絕域掃平不可！玉兒，準備妳的『冰魂神砂』，我破例准妳任性施爲，在這西崑崙絕峰之上，見人傷人，見物毀物！」

冉冰玉如言取出一把黃豆大小晶丸，握在掌中，葛龍驤、柏青青的紫電、青霜劍，與小摩勒杜人龍的天心劍，一齊霍然出鞘，魏無雙功行百穴，怒視黑白雙魔，連那一隻靈鶴，也在天空振翼長鳴，似有覷準白修羅宮玉下撲之勢。

黑白雙魔則真未想到慧空大師果然誠心化怨解仇，絲毫不曾施展功力防護，弄得呆在當場作聲不得。

慧空大師昔年慨傳葛龍驤「維摩步」法，並爲柏青青救治被黑天狐宇文屏所點的「天殘」重穴，所以眾人之中，以他夫妻與這位老前輩的感情最深。玄衣龍女首先發難，一招「柳拂旌旗」，青霜劍聚一片青芒，飛掃白修羅宮玉，葛龍驤配合愛妻行動，紫電劍精光騰處，一招「花迎劍珮」，也自幻起千百朵劍花，電閃刺出。

這兩招是璇璣雙劍之中的和合絕學，加上青霜劍青霜騰彩，紫電劍紫電飄空，強如白修羅宮玉，也看出劍是前古神劍，招是武學奇招，變幻莫測，威勢無比。不敢恃強冒失接招，肩頭微晃，退身已在兩丈之外。

葛龍驤、柏青青夫婦正待以紫青合璧，再運璇璣雙劍進擊，慧空大師服下「朱紅雪蓮實」後，神色已漸漸恢復，但氣力仍嫌極弱地叫道：「葛……葛老弟！賢夫婦不必動

手，這朱紅雪蓮實有起死回生之力，貧僧服下以後，已不礙事。」

葛龍驤、柏青青聞言住手，慧空大師深深略做呼吸，緩步走到黑白雙魔身前，依舊毫無敵意，一臉祥和微笑，藹然說道：「昔年玉簪仙子在崑崙因一掌沾衣，開罪賢師兄弟，適才貧僧已代償還，倘兩位嫌事隔久遠，一掌不夠，則貧僧願意再受一掌。」

黑白雙魔見這慧空大師，若非有朱紅雪蓮實這稀世靈藥救治，幾乎已被一掌震死，此時卻仍然這般大仁大義，不由感動得雙雙長嘆一聲。黑修羅公孫丑發話說道：「大師這般慈悲旨願，令公孫丑兄弟慚愧無地！新仇宿恨彼此一筆勾消，除卻萬分必要之時，我必然約束門下弟子少涉中原，免得彼此再生嫌隙。」

這回卻是葛龍驤夫妻同聲答道：「兩位老前輩請放寬心，武林萬派本是一家，善惡只在一心，門戶何分正邪？貴高足等，只要能以一身武學濟弱扶貧，普天之下，何處不是光揚西崑崙絕藝的大好所在？龍驤師兄弟等雖被江湖美稱正派，但行事倘稍違師門規戒，四海雖大，照樣無尺寸之土可以容身！彼此恩怨既清，不敢打擾老前輩清修，晚輩等就此告退。」

說完便與魏無雙、杜人龍等，向黑白雙魔恭恭敬敬地深施一禮，先退過一旁。

慧空大師及七指神姥師徒，也向黑修羅公孫丑、白修羅宮玉舉手為別。公孫丑、宮玉二人臉上，此時果然祥光一片，含笑親把諸人送到崑崙絕峰山腳。

卅八　魔劫千重

與黑白雙魔分別以後，七指神姥笑對慧空大師說：「朱紅雪蓮實雖然無傷不救，功能起死回生，但靈效卻似沒有這般快法。白修羅宮玉那一掌，是挾忿施為，打得極重，大師居然……」

慧空大師不等七指神姥話完，哈哈大笑說道：「黑白雙魔昔年雖然有惡跡，但卻能在星宿海一忍四十年，足見其人可度。貧僧才故意先以仁義動之，倘委實不能感化之時，彼此再動武力，哪知這場戲唱得不錯，他那一掌，早被我先天罡氣化於無形。不過隨裳騰身，並略為咬破舌尖，噴血騙他一下。誰料這種偽裝舉措居然收效，不但感化了兩個老魔，並且叨光了神姥兩顆稀世靈藥朱紅雪蓮實呢！」

眾人聽後，不由均覺啞然。七指神姥暗想，這位慧空大師如今已是佛門高僧，舉措之間，卻依然有他前身外號「苗嶺陰魔」的陰猾之處。但陰而不險，猾而不刁，用得恰到好處，出發點又是一片仁心，反而令人感覺這種手段用得極為善良可愛。

遂向慧空大師笑道：「崔逸得玄冰峪地勢之利，每隔二、三十年，總有幾株朱紅雪蓮實被我發現，所以並算不了什麼特殊稀罕之物，大師何足掛齒？這段恩怨既了，崔逸要去往西康小相嶺幽谷，看看我那苦命的妹子崔妙妙，我師徒就此告別。」

魏無雙含笑說道：「晚輩請冷雲仙子所豢靈禽白鸚鵡雪玉，遠去東海叩請慧空大師助拳，本身卻往西崑崙急趕。哪知甫過四川，慧空大師已然飛到。是大師發現晚輩，接引跨鶴同來，不然此時可能尚在西疆之外，小相嶺崔老前輩之處，晚輩曾有半年之內代其解誓之語，正好恭隨老前輩前往踐約。龍弟、青妹及杜師弟，是不是一同去呢？」

葛龍驤、柏青青對慧空大師看了一眼，慧空大師業已會心微笑說道：「我這半路出家之人，禪課不能久荒，必須立返東海。你們儘管走你們的，但我想約位小友，到覺羅島上作客半月，有人願意嘗嘗這長途御鶴，天風拂面的滋味麼？」

葛龍驤知道慧空大師此舉必有深意，方看了杜人龍一眼。杜人龍何等聰明，知道這「萬妙歸元降魔杖法」後十七招未練成以前，天心七劍之中得數自己功力最弱。東海覺羅島上，除了這位神功絕世的慧空大師以外，還有一位極喜提攜後輩的衛天衢衛老前輩，半月勾留，無疑獲益莫大。何況三師兄已在示意，遂趕緊含笑答道：「憑虛御風，原是神仙之樂。大師若不嫌杜人龍俗骨凡胎，小可願往東海，小隨二位老前輩，掃葉聽經，看爐守藥。」

慧空大師含笑點頭，向葛龍驤說道：「第一次黃山論劍以前，覺羅大師曾在東海對你預示禪機，十二因緣，無非人我，三千世界，俱是情天！『緣』之一字，不來無可求，來則無可拂。你是一個至情至性之人，平生重大風險業已多半度過，但第二次黃山論劍報卻父仇，便當勘透俗累，進參上乘功果。」

葛龍驤躬身受教，慧空大師又向七指神姥說道：「黑白雙魔兇鋒既殺，神姥威震西陲，中原又有這些善體天心的少年英傑。但等黃山會了，幾個窮兇極惡的老怪受誅，武林之中想可清平上個一、二十年。我們雪山、東海雖然相距甚遙，若有因緣，當再相見。」話完，手攜小摩勒杜人龍，未見任何動作，倏地平升六、七丈高，落向空中鶴背。

慢說葛龍驤等人，連七指神姥對這種不落絲毫跡象，帶人平步躡空的絕世神功，也不禁爲之失聲讚嘆。

慧空大師在鶴背之上，哈哈笑道：「臨走還要賣弄這種小小神通，連我自己都感覺到可笑至極。大概在能把苗嶺陰魔的習性消除淨罄之時，也就是慧空的功行圓滿之日。」說完與杜人龍向眾人把手一揮，靈鶴長唳中，雙翼輕撲，便向東南遙空，飄飄而逝。

七指神姥等人對空出神良久，便自趕往西康。但到了那條綠鬢仙人崔妙妙所居的小相嶺幽谷之內，只見山洞已被巨石封死。石上鐫字留書說道：「蒙一語，破迷關，泰嶽倒，東海乾。世間皆樂土，此地即靈山！魏小友等再來之時，請恕崔妙妙慢客。因為我在這小相嶺幽谷之中，虛度四十春秋，凋敝了朱顏綠鬢。如今既悟禪機，索性再閉關十年，靜參性命天人之道。便中如晤家姐崔逸，請代致候！」

魏無雙看完，輕輕拍手向七指神姥說道：「妙妙妙！綠鬢仙人老前輩，真不愧妙妙之名。雖然被嗔心仇障掩蔽靈明這久，但一旦了徹，卻又大異常人。我還以為崔老前輩參透泰山之石、東海之水的禪機以後，可能在我們未到之前便即脫身。如今細想，縱此處脫身，更置身何處？好不容易藉此機緣跳出紅塵，難道再去跳入紅塵以內？這種想法豈非大入魔道？好個『世間皆樂土，此地即靈山』！據我看來，連老前輩也不必與令妹相見，亂她禪心。好在十載光陰，彈指即過，彼此已別三十年，也不在乎再加這十年小別。」

七指神姥此時真感覺到魏無雙、葛龍驤、柏青青一班少年男女，個個如同威鳳祥麟，無論情性武功、見識手標，均是上上之選。

說也奇怪，玄衣龍女柏青青本來滿腹情仇，仗青霜劍闖大雪山，想要搏殺冉冰玉，但一旦誤會冰釋，柏、冉二女惺惺相惜，業已好得個蜜裡調油，一旦即將分袂，彼此均

依依不捨，黯然神傷。

葛龍驤看在眼中，愁眉盡解。魏無雙看在眼中，卻別有會心地發出一種神秘微笑。

柏青青挽著冉冰玉一雙素手，眼角微現淚光，向七指神姥說道：「柏青青一句肺腑直言，不知老前輩可會見怪？」

七指神姥微笑說道：「老婆子自認生平確實有些怪僻，但與你們相處這些日來，頗有點被少年人爽朗英風所化，有話儘管直說無妨。」

柏青青笑道：「晚輩看來，幽境靈山，學仙學佛，最少應該是中年以後之事。倘若年歲輕輕，就要一塵不染、五蘊皆空，究竟什麼所謂『上乘功果』，則世間一切邪惡魑魎，誰去誅除？孤苦善良，誰去濟助？所以柏青青認爲仗劍江湖的濟人義舉，才是真正的『上乘功果』，而爲求駐顏長壽的靈山潛修，卻不過是因爲自己未曾辜負一身所學，對人對世已盡心盡力，有了交代以後的自私打算而已。冉冰玉是一位身懷絕世武功的巾幗奇英，老前輩何以要令她久居冰天雪地之中……」

七指神姥不等柏青青話完，便即點頭笑道：「妳這種道理講得對極。我要帶冉冰玉回轉玄冰峪之故，是要盡半年光陰，把幾樁薄技傾囊相授，然後便命她隨同你們行道江湖。魏姑娘沉穩機智，女中英傑，我這劣徒再履中原之時，無論什麼事，均請妳代我做主便是了！」

魏無雙自七指神姥的語意及眼光之中，有所體會，彼此會心一笑。七指神姥便帶著與魏、葛、柏三人難捨難分、妙目含淚的冉冰玉，飄然而去。

且說谷飛英與荊芸在冷雲谷勾留的三數月中，不但冷雲仙子葛青霜、龍門醫隱柏長青，對自己兩位愛徒，擇奧心傳，循循善誘，連那俠丐奚沅，也在獨臂窮神柳悟非的嘻笑怒罵之下，得了不少益處。魏無雙自大雪山玄冰峪趕來求救之日，恰好不老神仙、冷雲仙子、龍門醫隱、獨臂窮神及天台醉客，決心把冷雲谷從此關閉，不問人間瑣事，在二十年內，連門下弟子均不准進謁煩瀆。所以冷雲仙子遣白鸚鵡雪玉代魏無雙東海求援以後，也命谷飛英、荊芸、奚沅三人，出山行道。

三人上得谷口，谷飛英終因對這片與自己極熟極熟的冷雲谷要違別多年，忍不住駐足回頭，又向谷中凝視，只見谷中白雲蒼鬱，朵朵上升，剎那之間，目光已不能透視盈丈之下。

谷飛英嘆了一口氣道：「爲什麼一參性命交關的天人大道，就會變得冷酷無情？別人不談，就是我們那位獨臂窮神柳師叔，平日何等激昂慷慨，豪氣干雲，如今也跟著我師父、師伯他們學得像個老和尚似的，鎮日低眉合目。倘若神仙全是這樣，就是學到神仙，又有什麼意思？」

荆芸聽谷飛英說得有趣，不由掩口一笑。

但身後的一株古松之上，突然響起一陣龍吟虎嘯般地縱聲狂笑，說道：「小娃兒們，居然敢在背後批評師長，膽子可真不小！」

三人一聽笑聲，便知正是適才還在靜室之中低眉合目的獨臂窮神柳師叔。但谷飛英深知自壑底下登谷口，除了攀援百丈絕壁，再走那條一線石樑之外，別無他途。獨臂窮神居然能夠在神不知鬼不覺之下，超前趕到，可見得武學一途委實無窮無盡，老一輩的絕技神功依舊無法企及。

回頭看時，坐在臨崖一株古松虯枝之上的，可不正是那位鶉衣百結的獨臂窮神？谷飛英在諸位長老之中最不怕他，含笑叫道：「我早知柳師叔用你『龍形八式』之中的『天龍無影』身法，趕過我們，藏身在此，所以才特地激你出來，師叔不在靜室之內參修無牽無掛的金丹大道，是不是有什麼任務要交派給我們呢？」

獨臂窮神柳悟非哈哈笑道：「妳倒可以算得上是靈心慧質，猜得一點不差。我趕來之意，確實是因為冷雲谷從此閉關，而老花子卻尚有一點心願未了。」

谷飛英偏頭一笑道：「英兒追隨柳師叔的時日不多，我只知道有事，卻猜不出是什麼事來，但無論何等重大任務，只要有所交派，便絕不會有負師叔厚望。」

獨臂窮神一面走向冷雲谷邊，一面怪笑道：「兩位小女娃兒，不要心裡笑我老花子

怪得出奇，老花子如今要規規矩矩地辦件正事。我那杜人龍小鬼，資質人品都還不錯，在老花子臨閉關前，想替他找個老婆，妳們哪一個願意嫁他？」

老花子這宛如橫空劈雷地突然一問，問得谷飛英、荊芸兩位巾幗奇英，紅霞滿面，雙雙低頭，不知怎地答話才好？

奚沅也窘得無法作聲，還是獨臂窮神手指荊芸，哈哈笑道：「谷飛英將來可能也要學師父一樣，潛心苦修，高蹈遠隱，老花子看中妳了！」說完也不等人答話，便又哈哈一笑，竟往百丈雲之中，飄然縱落。

谷飛英促狹非常，見獨臂窮神一走，居然向荊芸道起喜來。荊芸急不得、惱不出，越發窘得無地自容。還是奚沅解圍笑道：「柳老前輩詼諧玩世，荊七妹何必認真？倒是我們已離冷雲谷，卻往哪裡去好呢？」

荊芸藉機下台，轉過話頭笑道：「三師兄等人大雪山及西崑崙之事，不知是否了結？我們不如西北一遊，順路追上前去。」

谷飛英、奚沅一齊點頭贊同，三人遂往南疆西崑崙星宿海方向行去。

但才入四川境內不久，便已遇上奇事。當地有一座不知名大山的極深之處，重森密莽，形勢極為險惡。三人因貪看落日餘暉，才自不擇路途地越走越深，但個個是一身絕

藝神功，哪裡會把這種路徑崎嶇、山形險惡放在眼內？

荊芸正行走之際，突然聽得七、八尺以外的叢草之內，似有蛇蟲之類爬行，「颼」地一聲！眨眼看去，果然是條五彩斑斕山蛇，但彷佛雙頭歧生，行走極速，在草頭之上，搖動一絲波紋，轉瞬即逝。

奚沅打量目前地勢，除了陡立百尺的壁立懸崖，就是藤蔓滋生的野樹長草。自己一行三人，遇敵不怕，但在這種四面受敵，施展不開的地形之下，鬥蛇委實太難。遂略爲皺眉說道：「今夜雲厚星稀，乘著這雲隙內尚有月光之際，一面前行，一面注意有什麼地勢較佳容易防範之處……」

話猶未了，月光之下突有一條黑影一閃，竟自那百尺懸崖之上，凌空飛落五、六條，似鞭非鞭、似繩非繩之物。荊芸清叱一聲，天心劍霍然出鞘，精芒生輝，一招「天羅網雀」，化成一片劍幕旋向當頭。那五、六條黑影齊被劍光斬斷，原來全是活蛇。有兩條卻下半身墜入草中，上半身居然仍被逃走。

這一來三人全自身懷戒意，凝望崖頂，但崖頂卻不現人，只發出鐵線黃衫端木烈那陰惻惻、冷冰冰的語音說道：「萬蛇噬骨，不過三更！」簡簡單單的八字過後，便自寂然，再無任何聲息。

奚沅、谷飛英、荊芸三人等了片刻，不見動靜，荊芸恨恨說道：「此人不敢出面明

鬥，卻仗那些毒蛇暗中搗鬼，實在可恨之極。我們還是照奚大哥所說，一面前行，一面察看有利地勢。我負責右方，奚大哥則注意迎面當頭，這樣走法，縱然來上七、八十條毒蛇，也不致於措手不及。」

奚沅、谷飛英遂依荊芸所說，各自凝神防護，緩緩前行。此時那本已不太明澈的月光，多半全被雲遮，叢樹亂草之間一片黑暗。而暗影之中，發現前後竟有數以百計的炯炯蛇目，在草間樹上閃爍若星。但怪的是絕無一條對三人加以襲擊。

奚沅知道這些蛇群，都是經過端木烈加以訓練，不到三更，決不發難。但一到三更，定即一擁齊上，越往前走，彷彿蛇群越多。而且長林間雜草一望無際，另一邊則始終是斷壁懸崖。這樣走法，走到何時是了？

天上雲層厚密，無月無星，根本無法看出時刻，奚沅不由深爲擔心，向谷飛英、荊芸說道：「倘若這些蛇群，從四面八方同時來襲，太已難防。只要一條上身，雖然七妹囊中有藥可治，也極惹厭。不如擇一高樹，專心只防下方。能夠度過黑夜，熬到天明，便好得多了。」

此時茂草之中的蛇目，已自閃爍得無法數清，腥惡之氣更是令人欲嘔！谷飛英自黯淡微光之下，打量附近幾株樹上，均有蛇目發亮，只有距離三丈以外的一株無葉枯樹，不但頗爲高大，並經仔細注目，尤甚異狀。遂向奚沅笑道：「奚大哥說得對，我們就到那株枯樹上棲身好麼？」

奚沅也看中這株枯樹，把頭略點。谷飛英天心劍往前一穿，青光騰處，人隨劍起，便自往那樹上飛去。他們不動，群蛇只在四處緩緩隨行，但谷飛英這一飛身，竟有十幾條蛇影躥起當空，好似意在阻她上樹。

谷飛英哪裡會把這十幾條毒蛇放在心上，一招地璣絕學「橫掃乾坤」，青芒電掣，腥血橫飛！慘啼怪聲中，十來條毒蛇便已變成數十段黑影，紛紛墜落！一面斬蛇，一面猛提「乾清罡氣」，半空中平步躡虛，飄上枯樹。果見樹上乾乾淨淨，喜得叫道：「奚大哥與七妹快來，我們就在這樹上坐到天明，再把端木烈所養毒蛇搜殺個痛快！」

語音方落，遠遠突然響起一種吹竹異聲，叢草之間的千百蛇目，居然一齊無光，並且窸窸窣窣的，似乎齊往四外移動退去。

奚沅、荊芸不管對方是何用意，雙雙騰身縱上枯樹，與谷飛英分向三面望去，注意四外。奚沅比較細心，恐怕這株樹上也有蛇藏身。但上樹之後，見樹上光禿禿的一葉全無，心中遂放，默計時刻，此時當在二鼓初過，三更未到。

遠遠那棵樹上的那種吹竹聲，隱約宛轉，並且時時移宮換羽，奏出一種奇異的曲調。草中則群蛇盡退，一片寂然。只有獵獵山風，吹得空中浮雲若馳，使那星光忽明忽暗，爲這絕嶺深山增加了幾分險惡神秘之色。

有專長，但蛇數太多之時，卻不及谷、荊二女的「天心劍」來得鋒利趁手。何況三人之中，功力也是自己最弱，所以心頭深自戒懼緊張，把一囊月牙飛刀準備停當，向谷飛英、荊芸說道：「據我估計，此時天色當已將近三更，大概遠遠那種如泣如訴的樂音一停，群蛇便將來犯……」

話猶未了，遠方裂帛似的豁然一聲，樂音已自停奏。片刻極靜的死寂過去，正對奚沅的前方，現出兩盞綠燈，自草間樹頂凌空冉冉而來，更有一種萬蠶食葉的沙沙之聲隨之俱響。奚沅入耳便知，正是無數群蛇在叢草之內蜿蜒遊走。

兩盞綠燈進得十丈左右，便可辨出綠燈之後，似有一個黃衣人虛空趺坐，隨著綠燈冉冉前飛。三人方才詫異，彼此距離業已更近。原來見的兩盞綠燈，只是一條頭如水缸的極大巨蟒雙目，而蛇魔君鐵線黃衫端木烈，卻依舊一身黃色長衫，面容冷得像個凍死人般的，穩穩坐在蟒頭之上。

端木烈手中持著一根似簫非簫的西域豎笛，在進到離三人寄身枯樹約莫兩丈之時，手中豎笛輕輕一點蟒頭，巨蟒立時停遊，不再前進。四外亂草之內的沙沙爬行之聲，也自同時並寂。但聽「唰」的一聲，無數光華閃處，自草中昂起千百個蛇頭，兇睛炯炯，宛若寒星，整個佈成了一個極大圓環，把三人寄身枯樹圍在其內。

端木烈冷冷看了樹上靜如山嶽、絲毫不作驚容的三人一眼，舉起手中豎笛湊在唇邊，吹了一聲頗爲柔和的單音，群蛇頓時萬目齊閉，慢慢依舊把頭垂入草中，恢復了一片死寂氣氛。

奚沅見群蛇低頭斂跡以後，一面示意谷飛英、荊芸二女，緊防群蛇突然侵襲，一面向蛇魔君鐵線黃衫端木烈發話道：「端木魔君，你在華山下棋亭，曾暗用『獨目金蛇』害我奚沅，尚可說是誤會你結拜兄長賽方朔駱松年死在我手之故。但烏鞘嶺赤霞峰，分明已遇真正仇人黑天狐宇文屏，彼此已無嫌怨可言。今夜卻在這絕嶺荒山，又復倚仗群蛇逞兇作威作甚？」

蛇魔君鐵線黃衫端木烈伸手撫摸了一下座下蟒頭，冷冷說道：「朋友死了，極其容易再交，我所豢養靈蛇倘若傷損一條，卻無殊白費端木烈多年心血。宇文屏殺死了我拜兄駱松年，卻做了我的義姐。一個小偷大哥，換了一個名列武林十三奇的大姐，端木烈只佔便宜，絕未吃虧。所以這一段恩仇，早已成過眼雲煙，不必談了。」

說到此處，目中突現兇光，一注荊芸。荊芸倏地一驚，暗想此人別未多時，怎地目光如電？武功似乎高了不少，莫非黑天狐宇文屏把《紫清真訣》傳授給他不成？

端木烈略停又道：「荊家賤婢，冒充紅裳姹女桑虹，在烏鞘嶺赤霞峰頭，用百毒金芒連傷我『赤鱗雞冠蛇』、『七步青蛇』、『雙間錦帶』。此恨委實高比泰山，深逾東海！你與谷家賤婢，當日也是動手之人，如今已在端木烈的萬蛇圍困之內，絕無僥倖？我宇文大姐明天也來，但你們等不到天明，必已在萬蛇口中，被吞完血肉，變做三堆骷髏白骨了！」

奚沅、谷飛英、荊芸三人，聽見黑天狐宇文屏也在此處，卻比身被群蛇圍困更覺驚心。但也想不出及早脫身之法，只好暫蠲百慮，先自凝神，抱元守一，注意這位黃衫蛇魔怎樣發動群蛇攻勢，此時三人所坐，正好成一「品」字形，背背相依。奚沅面對端木烈，谷飛英、荊芸則各自注意當前動靜。

端木烈話完以後，緩緩舉起手中竪笛，吹了一個尖銳單音。「唰」地一聲，亂草叢中的千百蛇頭又復重行昂起，萬道兇芒，齊朝樹上三人炯炯注視。

他用做乘騎的青色巨蟒，紅信一伸，也似有所動作，端木烈輕拍蟒頭說道：「阿青乖點，殺他們用不著你！」回頭對身旁草中，「噓」了一聲說道：「阿紅先上，把那花子咬死！」

草叢之間，應聲升起一條一丈來長的紅影，宛如長虹電射，直向坐在枯樹之上的奚沅躥去！

奚沅到眼便自認出這是一條毒性頗烈的火赤練蛇，手中青竹杖攥住中央，用杖尾照準來蛇七寸疾點。火赤練蛇雖非罕見之物，但能長到這麼大，也有靈性。知道七寸要害不能受杖，空中蛇頭略偏，便已閃過，仍然照直躥到。

奚沉是丐幫長老，制蛇素具專長。何況冷雲谷這一勾留，得諸長老指點，武功又有大進。用青竹杖尾點蛇，本與武家過手一般，乃是虛招，見蛇頭閃過，執在青竹杖中央的右手小指一壓，拇指一頂，杖頭便自快如電光石火一般，正好敲中火赤練蛇的雙眼之間。那麼大一條青蛇應手立斃，墜落草間，一動不動。

端木烈知道谷、荆二女武功更強，不願群蛇多所死傷，才想先自奚沉這最弱一環之上動手。哪知竹杖一敲，毒蛇立斃。不由獰笑連聲，目中兇光怒射，和那支竪笛在口中低吹三聲，立有七、八條蛇影自草中凌空飛起，齊向奚沉躥去，奚沉知對方蛇數太多，加上蛇魔君鐵線黃衫端木烈與那條青色巨蟒，更有黑天狐宇文屏以爲後援，自己三人，今夜恐怕難逃大劫。但無可奈何之下，只有遵照不老神仙諸一涵臨行所云：「但順天心，莫問禍福！」能挨一刻，便挨一刻，能殺一蛇，便殺一蛇。而且三人都是一樣心思，所以雖處奇絕凶險的境地之中，依然沉穩已極，不露絲毫躁意。

第二次的七、八條蛇影，仍是齊向奚沉飛到。奚沉這回改握青竹杖尾，使出「萬妙歸元降魔杖」法一招絕學「萬蜂戲蕊」，內家真力貫注掌心，隨手旋起一片青光，光中幻起千百杖頭，分向飛躥而來的群蛇點去！這一招杖法絕學，不但立斃八蛇，連所點部位都與那條首先發難的火赤練蛇一般，是在兩眼之間中杖死去。

蛇魔君鐵線黃衫端木烈睹狀，不由心驚，暗忖：華山下棋亭及烏鞘嶺赤霞峰兩度交手以後，自己因相助黑天狐宇文屏練成不少「萬毒蛇漿」，蒙她結為義弟，並傳授《紫清真訣》，功力大進。這奚沅難道也有奇遇，不然武功怎會突然高到如此地步？

驚疑之下，覺得還是命令群蛇從四面齊上猛攻為好。真若不能奏效之時，再行發動自己那最為毒辣的事先佈置，任憑三人武功多高，也必絕難逃死。

主意打定，方把那支豎笛往唇邊一湊，準備傳音命令，突然眼前烏光一閃，飛來一段枯枝，正好打在豎笛中腰，豎笛立裂，自己所吹之音竟自變成一聲裂帛怪響。

原來谷飛英一面注視當前動靜，一面冷眼旁觀。看出蛇魔君鐵線黃衫端木烈號令群蛇，全是吹笛傳音，心想若把他這一支豎笛毀去，最低限度可以叫他多費不少心力，所以折了一段枯枝發出，事情也真是湊巧，端木烈正想號令群蛇進攻，折枝飛到，豎笛一裂，所吹竟成了一種裂帛之音，而這種裂帛之音，正是端木烈平昔命令群蛇退卻的信號。剎那之間，草叢之內所藏的萬蛇齊動，一陣窸窸窣窣的沙沙爬行之聲，竟自全部調頭往後退去。

端木烈氣得面色鐵青，揚手一掌拍在青蟒頭上，高聲叫道：「阿青，快叫牠們不准亂動！」

青蟒果真通靈，極為難聽地「呱呱」叫了兩聲，群蛇才又是一陣騷動，停止不退。

那端木烈狠狠地向樹上二女一男看了兩眼。荊芸恨他驕橫狠毒，也學谷飛英折枝代箭，但一手三支。上一支招呼了蛇魔君鐵線黃衫端木烈，下面兩支打他所坐巨蟒的炯炯雙目。

端木烈如今武功大非昔比，這回不比方才無備，見樹枝飛到，肩頭略晃便即避開。座下青蟒也是通靈之物，倚仗自己皮鱗特厚，刀劍難傷，只把眼睛一閉，想把飛來樹枝彈落。哪知荊芸心思極巧，早就看出這條青蟒太大，定極兇惡。所以打端木烈的只是一段枯枝，而打青蟒雙目的，卻在樹枝之中又夾了兩根細如銀絲，目力難辨的透骨神針，迸發而至！

內家神功講究的就是要練到「飛花碎石」、「噴水傷人」。所以光是兩段樹枝已經夠受，何況還加了兩枚透骨神針？青蟒雖然天賦異稟，雙眼一閉，全身刀劍難傷，但眼皮柔軟薄嫩，苦頭吃得不小。怒啼一聲，蛇身翻滾，竟把個端坐在蟒頭上的蛇魔君掀落叢草之內。

端木烈氣得全身亂抖，一面招呼青蟒退出丈許，避免谷飛英等人的暗器威脅，一面用右手食指屈指成環，放入口中，極其尖銳地連吹數響。立有三、四十條毒蛇自草間飛起，往樹上躥去。

這回是前後左右同時進攻，奚沅依舊是用那招「萬蜂戲蕊」，青竹杖幻起一片青

光，中裹千百杖頭，一下就把八、九條毒蛇點斃墜落。谷飛英、荊芸二女則更比奚沅爽快，天心劍精芒掣處，凌空一揮，便自飛落無數蛇屍，身首異處。

這樣殺了八次，樹下蛇屍業已堆起盈尺。谷飛英心想，若照這樣殺法，豈非不到天亮便可把蛇殺完？但四面看處，草叢之間的炯炯蛇目不僅未少，反而較前更多。才知道群蛇還有後援，源源不絕。

端木烈此時口中所吹尖音，也似乎不是單純音符，逐漸變得有點含著柔和樂律。奚沅等三人知道端木烈又要弄鬼，但猜不出鬼在何處？而草間群蛇仍是方法不變，悍不畏死地三、四十條一齊進攻，只得暫撇其他，先自注意防護。

就在兩圈耀眼精虹劍氣、一團精光杖影，電旋星飛，劈、點、打、剁之下，所坐枯樹之中的一根較高細枝，竟然自動慢慢折轉。

卅九　黃山決勝

樹枝哪裡會動？原來竟是一條顏色花紋與枯木完全一致的奇形怪蛇，一開始便隱藏在這枯樹之上。

這條酷似枯木的怪蛇，名叫「變色土龍」，色澤花紋能隨所處環境而變，並且奇毒無比，人被噬中，並不感覺如何痛苦，但至多頓飯光陰，四肢微麻，便即無藥可救。

荊芸上次用折枝代箭並暗藏透骨神針，使端木烈所坐那條碩大無朋的青蟒吃了苦頭，頗為得意。如今見端木烈眉梢微聚詫色，竟又催蟒近前，遂想照方抓藥再來一次，一面天心劍舞成一片精芒，擋住樹下群蛇進襲，一面卻用左手伸向背後，折取枯枝，無巧不巧，正好抓住那條「變色土龍」！任憑牠色澤如何酷似枯枝，但入手一握，自與木質有異。

荊芸固然一驚，「變色土龍」更自吃了一驚。荊芸驚的是樹上怎會有蛇？「變色土龍」則驚的是對方既已伸手來捉，不能再照原計劃緩緩擇肥而噬，必須立刻攻敵！

所以荊芸左手抓住蛇身，立凝內力往外一甩，只覺左臂以上微微一涼，眼前便飛起一條蛇影。蛇影凌空，哪肯輕饒？右手天心劍光芒突長，虹彩騰輝，一招「高祖斬蛇」，便把「變色土龍」砍成兩段。

荊芸知道左臂被咬，但因毫無疼痛之感，也未看清所殺是條奇形異種毒蛇，雖然伸手入囊，掏取解毒靈藥，卻不在意，口中並自笑道：「奚大哥和六姐小心！這樹上怎會有蛇？我已被牠咬了一口，不過不麻不痛像似無毒。」

三人相背而坐，奚沅、谷飛英雖然聽得身後「唰」地一聲異響，但尚未知何故，忽聽荊芸說是樹上有蛇，她又被蛇咬了一口，不由大吃一驚，還未來得及詢問詳情，奚沅便先急急叫道：「七妹切莫大意，端木烈既在樹上藏蛇，絕對不會無毒，趕緊服下一粒解毒靈丹為要。」

忽聽蛇魔君鐵線黃衫端木烈咬牙恨聲說道：「賊叫花居然有點見識。荊芸賤婢，妳又殺了我一條罕世奇蛇，但所得代價是天心第七劍名登鬼錄。再好的解毒靈丹，也解不了這條『變色土龍』臨死噬人的劇烈丹毒。但等四肢一麻，便即魂歸地府。妳如今那隻左手不大自在了吧？」

荊芸此時業已摸出了一粒龍門醫隱用千歲鶴涎及朱藤仙果合煉的解毒靈丹，塞進口內，以為此丹連黑天狐宇文屏的「萬毒蛇漿」均可解救，區區蛇咬又待何妨？哪知聽完

端木烈所云，左手果然微覺麻木，而且一麻便即不能轉動。因為那條「變色土龍」咬中荊芸之時，天心劍的精光寒芒業已臨身。那蛇也通靈，知道難逃一死，遂將積蓄百年以上的所煉丹元劇毒，全部注入荊芸體內。

這樣一來，毒力太強，靈丹失效。荊芸左手才麻，端木烈吹哨連聲，群蛇又復電射而至，荊芸右手一掄，揮劍斬蛇，但更不對。右手一樣發麻，一柄天心劍居然無法把握，竟與十七、八段蛇屍一同墜落樹下。

就在這艱危已極的情況下，欲曙未曙的夜空之中，遠遠又飄來幾聲陰森冷笑，比端木烈的陰森冷笑還要冷上百倍，冷得勝過寒冰地獄之中飆出來的一陣陰風。

谷飛英入耳驚魂，知道這正是當今天下第一兇人黑天狐宇文屏的活招牌，群蛇難敵之際，又來絕世兇邪，簡直連半絲生望都將斷絕。

黑天狐宇文屏的那聲陰森冷笑傳來，鐵線黃衫端木烈的兇焰益張。因聽出笑聲來處尚在數里之外，自己親率千蛇一夜環攻，若仍需黑天狐趕來才能全勝，未免太已難堪。故想搶在黑天狐未到之前先下殺手，所以一聲極尖極長的厲嘯起處，叢草之間的所有群蛇，立時宛如萬道蛇虹，在微微曙色之中，齊向樹上的奚沅、谷飛英二人如飛箭射去。

谷飛英自群蛇一起，便知無幸。不願意身受萬蛇噬骨之慘，正想以天心劍回手自刎，但就在這千鈞一髮之間，遙空一聲嘹亮鶴鳴，灰羽翩翩地自東方飛來一隻絕大灰

鶴。

物性相剋，煞是奇觀，端木烈剛才那一聲尖嘯，能驅使群蛇飛躥進攻，但這一聲嘹亮鶴鳴，卻又嚇得所有群蛇，自半空又復墜入草中，瑟瑟亂抖，兇威盡殺。不但群蛇喪膽，連端木烈座下那條碩大無比的青蟒，也驚得向後倒退數尺。

端木烈見一隻灰鶴竟能懾伏群蛇，不聽自己號令，不由憤怒已極。正在催動青蟒，要想親自下手殺鶴之際，哪知鶴背上居然還騎有一人。一道梭形金光，已自空中帶著隱隱風雷，飛射而下。

蛇魔君鐵線黃衫端木烈，自幫助黑天狐宇文屏練好「萬毒蛇漿」，得她傳授《紫清真訣》以來，武功大進。先前始終不曾親自出手，實因懼怯谷飛英、荊芸手中天心劍，無堅不摧的莫大威力。如今對這區區一道梭形金光，卻未放在心上。掌一翻，發出一股紫清罡氣，要想把那道梭形金光凌空震落。

端木烈掌力才發，二十來丈以外，傳來黑天狐宇文屏的惶急聲音叫道：「端木賢弟趕快退後，這是衛天衢老鬼的霹靂金梭，千萬碰它不得！」

話音入耳，收手已遲。端木烈的紫清罡氣與那道梭形金光才一接觸，頓時響起一聲晴空霹靂！萬點碎金，漫空飛舞。端木烈與那條青蟒被炸得腹開腦裂，血飛屍橫。千百蛇群也紛往四外驚竄逃逸。

端木烈才死，半空飄墜一縷黑煙，正是那位腰纏碧綠長蛇、手執蛤蟆鐵杖的天下第一兇人，黑天狐宇文屏。

黑天狐宇文屏生性孤獨，好不容易結交了這麼一位心如蛇蠍、性似豺狼、氣味相投的義弟，蛇魔君鐵線黃衫端木烈，卻又在霹靂金梭之下，身遭慘死。所以宇文屏縱然心如鐵石，也不由得眼眶微濕，鋼牙一錯。先不理奚沅、谷飛英，卻仰望那隻迴翔空中的絕大灰鶴，凝氣傳音問道：「鶴上何人？下來一會！」

黑天狐語畢，鶴背果然騰起一條人影，輕輕落在奚沅、谷飛英等人所寄身的枯樹之上，原來竟是那位隨苗嶺陰魔邴浩往東海覺羅島作客的小摩勒杜人龍。

宇文屏見是杜人龍，不禁眉間微皺，詫聲問道：「你這娃兒……」

一語未畢，那隻絕大灰鶴倏地斜斜飛落，鶴背上又有人聲，發話說道：「東海絕島，我曾忍受妳一十九年酷刑煎熬，今日前仇不計，只讓妳與這幾位後進小友暫息干戈，留待黃山二次論劍之時，彼此一併結算如何？」

這種口音，宇文屏入耳心驚。抬頭看去，只見鶴背上果然還有一人，正是自己昔日情郎、今朝大敵的風流美劍客衛天衢，但如今裝束早改，成了一位羽衣星冠、飄然出塵、仙風道骨的青袍羽士。

衛天衢直等灰鶴落地，才翩然下騎，向宇文屏稽首說道：「宇文舊友，往事如露如

電，如泡如幻，是恩是怨，不必再提。如能依貧道剛才所說，便請別去如何？」

黑天狐宇文屏雙睛盯住衛天衢，前情電映心頭，也說不出來是一種什麼滋味。左手幾度攥住腰間所貯「萬毒蛇漿」的綠色蛇尾，但見衛天衢毫不爲動，不禁恨聲說道：「宇文屏綠鬢紅顏，到如今落得這等鳩形鵠面，我爲的是誰？這一干小鬼可暫饒，卻饒不過你！」

衛天衢微微一笑說道：「妳不要以爲學會那幾手殘缺不全的《紫清真訣》神功，就能傲視天下。目下正好以我二十年來東海所得，對妳做一教訓，此處滿地蛇屍，腥臭難當。我們前行三里，印證印證！」

黑天狐宇文屏自鼻內「嗤」地一聲，冷冷說道：「你哪裡是討厭什麼蛇屍惡臭？分明是怕我對這幾個小鬼有所傷害。好在得你一塊肉，勝殺十萬人！宇文屏依你就是，你我並步前行。」

衛天衢知道宇文屏畏懼自己的霹靂金梭威力，怕遭暗算，不敢前行。遂微微一笑，二人並肩舉步，往前走去。

樹上的谷飛英，早就趁鶴鳴長空、群蛇懾伏的刹那之間，自荆芸身邊藥囊之內，找出一粒半紅半白的解毒靈丹，塞向荆芸口內，並替她解開所閉血脈，但她依舊昏迷不醒。

谷飛英也不顧與杜人龍寒暄，急得向奚沅叫道：「奚大哥！柏師叔所煉這種解毒靈丹，平日萬試萬靈，今日怎地失效？」

奚沅皺眉說道：「普通毒蛇齧人，均不過把毒囊之中所貯毒液注入人體少許。這條色如枯木的罕見怪蛇，咬中七妹以後，即被天心劍一揮兩段，必然自知難活，致把所有毒液盡量注入傷口，以致中毒過深！靈丹既已失效，衛老前輩又被黑天狐纏住，無法求教，確實難以區處。」

谷飛英、杜人龍一聽，均自深鎖雙眉。但谷飛英一眼瞥見那隻絕大灰鶴，忽地眉兒一揚說道：「這隻大鶴只叫了一聲，便把群蛇嚇成那般樣兒，或許也能剋制蛇毒。五師兄也熟悉，何不商量……」

言猶未了，灰鶴果然通靈，自竟微一振羽飛上枯樹，就谷飛英懷中，對荊芸左臂蛇咬傷口略加注視，便又飛往樹下，在那成堆蛇屍之中，爪喙齊施，亂翻亂找。奚沅等人猜不出灰鶴要找什麼，但知仙禽通靈，必與荊芸有關，遂一齊凝神注視。

灰鶴翻了半天，長頸伸處，叼住一物，回頭甩起一縷青光。杜人龍接在手中，原來就是荊芸剛才所失的天心寶劍，眾人只顧設法救人，卻忘了尋劍。青光入手，灰鶴也自飛回，口中叼著半段蛇屍，正是那條裝做枯枝，咬傷荊芸的「變色土龍」前半截屍體。

谷飛英見靈鶴叼回這半截蛇屍，仍自莫名其妙，奚沅因未見過這種「變色土龍」，猜不出究竟。但見靈鶴用長喙一劃，剖開蛇腹，叼出一顆碧綠蛇膽，心頭方自恍然。奚沅忙將蛇膽接過，由谷飛英用益元玉露度入荆芸口中嚥下。

杜人龍笑道：「這顆蛇膽大概能解蛇毒，不然靈鶴也不會費了那麼大事尋來。再加上柏師叔的解毒靈丹，七妹當可無礙。六妹在此守護，我與奚大哥去看看衛老前輩與那兇毒絕倫的黑天狐宇文屏交手情形如何？也許可以助上一臂之力。」

谷飛英想起臨出冷雲谷時，獨臂窮神柳悟非所說，要使荆芸與杜人龍成爲一雙兩好之語，遂想促令他們親近，含笑說道：「宇文屏五毒邪功兇惡絕倫，《紫清真訣》罕有其敵，我以『維摩步』、『無相神功』、『乾清罡氣』及『地璣劍法』配合施爲，或者可以戰她個三、五十回合。五師兄在此守護七妹，我與奚大哥前去相助衛老前輩。」

杜人龍知道六妹谷飛英的功力，確實高過自己不少，但自忖又比奚沅高明許多，何以谷飛英不留奚沅，偏要自己守護七妹？他還未識得其中玄妙之際，谷飛英已向奚沅一使眼色，縱身下樹，趕往黑天狐宇文屏所行方向。奚沅也自猜透機密，手持青竹杖，含笑飄身，隨後前往。

蛇膽、靈丹並服之下，荆芸已自悠悠恢復知覺。迷惘之中，還以爲谷飛英在她身旁，柔聲叫道：「六姐，我心頭好不難過，妳在『七坎穴』上，替我稍用真力按摩一下。」

杜人龍知道蛇毒過分厲害，荊芸已然服下兩粒解毒靈丹，一顆蛇膽，知覺雖復，苦痛猶存。平日師兄妹情分又好，遂不避嫌疑，凝注本身內家真氣，替她在胸前輕輕撫摸。

良久以後，荊芸得杜人龍純陽真氣之助，藥力行開，盡散蛇毒。微啓星眸一看，替自己溫柔按摩的，哪是六師姐谷飛英？卻是一別已久的五師兄小摩勒杜人龍！他們師兄妹，本來情感極好，並不避世俗嫌疑，但冷雲谷經過獨臂窮神柳悟非那麼明張旗鼓地一來，荊芸不由「呀」地一聲，滿面緋紅，嬌羞欲絕！

杜人龍見荊芸突然害羞，臉上也自然而然地一直熱到耳根。忙把靈鶴叼回的那柄荊芸的天心劍遞過，搭訕說道：「我與衛老前輩，自東海覺羅島跨鶴飛來，巧遇師妹及奚大哥等被群蛇所困。如今蛇魔君鐵線黃衫端木烈伏誅，群蛇已退，衛老前輩與黑天狐宇文屏妖婦，正在三里以外相拚，奚大哥和六師妹均往助陣，七妹如已無事，我們也去看看好麼？」

荊芸正羞窘得無法下台，知道自己蛇毒一消，人已復原。遂接過天心劍，似嗔似喜地看了杜人龍一眼，便自飄身下樹。

杜人龍自荊芸的這一眼之中，領略了不少神秘情意，心頭不由喜得一陣騰騰亂跳，急忙同荊芸往前去。那隻絕大灰鶴，也在低飛相隨。果然行約三里，便看見衛天衢端坐

一大石之上，調息運氣，黑天狐宇文屏人已不見。奚沅、谷飛英則肅立衛天衢兩側，似在戒備。

杜、荊二人一到，衛天衢雙目也睜，長長地吁了一口氣笑道：「宇文屏自得《紫清真訣》，果然功力倍增。我用五行真氣與她硬拚一掌，雙方各自受傷不輕。荊賢侄女無事了麼？」

荊芸含笑謝過援助之德，衛天衢又道：「西崑崙星宿海之事，早經邴浩道友調解息爭。你們不必再找葛龍驤夫婦，可回到天心谷中潛心練劍。二次黃山大會為期不遠，等到把嶗山雙惡、蟠塚一兇，及黑天狐等幾個老怪除去，你們這天心正派，便可永為江湖扶持正義了。」

谷飛英幾度艱辛，深知黑天狐宇文屏厲害，因冷雲谷諸老閉關，不許自己等人煩瀆，遂向衛天衢請教黃山之會機宜。

衛天衢笑道：「你們莫把自己看輕，尹一清、薛琪夫婦萬事不問，衡山涵青閣苦練神功，成就已非小可。葛龍驤夫婦以紫電青霜、璇璣雙劍，加上散花手，青衣怪叟、冷面天王，逍遙羽士等人，均已不足為慮。何況還有妳的無相神功、杜人龍的萬妙降魔杖法、荊芸的透骨神針，我即再去冷雲谷參謁不老神仙，替你們略做對付黑天狐的安排，到時天心七劍合璧騰輝，為武林永靖妖氛，必無疑問！總之，上順天心，艱危自解，你

們好自為之。我要到冷雲谷闖關，求見不老神仙去了。」

話完道袍大袖一拂，人自石上平升丈許，灰鶴也太通靈，恰好飛到胯下。衛天衢向眾人含笑揮手，便輕拍鶴項，灰羽翩翩地往廬山方面飛去。

衛天衢一走，谷飛英便把獨臂窮神柳悟非囑自己轉交的《擒龍手法》真訣遞與杜人龍，並傳冷雲仙子法諭，准他提前練習所賜的《萬妙歸元降魔杖法後十七招圖解》，杜人龍不禁大喜過望，自己這趟東海之行，已得了邴浩、衛天衢不少指教，知道如再把這兩椿絕技加功習成，便不會在天心七劍之中顯得太弱。

眾人既然得知西崑崙星宿海的一段糾紛已了，一致同意遵照衛天衢所命，齊回天心谷中，各就最近所得加功苦練。

但眾人到天心谷時，才知道葛龍驤夫婦及魏無雙也是一樣心思，先回谷已有十日。葛龍驤夫婦及魏無雙談起在途中巧遇鐵指怪仙翁伍天弘，但見他只剩下一條右臂，驚問所以，伍天弘卻一點不為自己肢體殘缺傷心，含笑說當初第一次黃山會後，武林十三奇中正派諸長老邀他在冷雲谷歸隱，自己因感平生功德不多，無顏追隨，這幾年以來，專走窮荒絕塞，修積功德。

最近在甘肅境內，巧遇逍遙羽士左沖，帶著百腳道人南方赤、祁連怪叟閔連坤。伍

天弘認出這幾個是絕代兇人，能除掉一個，勝做善事千百。遂在對方完全意外之下，驀然出手，並且擒賊擒王，一上來使用自己看家絕學，「大力金剛一指禪」，點中逍遙羽士肋下死穴。但因過於冒險，也被逍遙羽士左沖盡命一掌，生生砍斷左臂，伍天弘強忍重傷，又以鐵指神功擊斃南方赤、閔連坤，自己也暈死血泊之內。

後來經一當地武林中人救醒，伍天弘業已心安理得。正要去往廬山，與自己同病相憐的獨臂窮神柳悟非，結成生死之交，在冷雲谷中參求性命交修的武林上道，不再出世。

葛龍驤夫婦及魏無雙，恭送鐵指怪仙翁伍天弘走後，暗喜嶗山四惡之中，逍遙羽士左沖又已伏誅，只剩下冷面天王班獨一惡，黃山論劍可望功成。遂由魏無雙建議，暫時莫在江湖閒逛，且回天心谷中，好好再精練葛龍驤、柏青青的天璇地璣合運劍法，免得到時爲山九仞，功虧一簣。

玄衣龍女柏青青自經過前次磨難以後，驕縱性情大有改進，更對這位屢費苦心相救的魏姐姐言聽計從，遂一同回轉天心谷。並在背著葛龍驤之時，向魏姐姐開誠佈公，說明自己心願，要求魏姐姐與那位大雪山的冉妹妹，將來同嫁葛龍驤，成爲天心谷中的「一床四好」。

魏無雙每逢柏青青提到此事，總是笑而不答。如今奚沅、杜人龍、谷飛英、荊芸等

人亦回，遂把全副精神，用到習練劍術內功之上。由魏無雙擔任總指揮，督課極嚴，不許任何人有半點偷閒。

尤其是杜人龍，因獨臂窮神柳悟非命他要代天蒙三僧報仇，獨對冷面天王，更自刻苦憤發，研參「萬妙歸元降魔杖法後十七招」之精微，師父「擒龍手」法微妙，及當日黃山鐵指怪仙翁伍天弘所賜的「大力金剛一指禪」練法。

果然天下無難事，只怕有心人！杜人龍這一刻苦修爲，不但內外功行一日千里，連荊芸亦覺得這位五師兄氣質默移，由浮滑變爲沉穩，無形中彼此感情也就增進不少。

時光飛逝，已是第一次黃山論劍以後的第五個七月將盡，再有半月便到第二次論劍會期。但天心七劍之中的一、二兩劍，衡山涵青閣尹一清、薛琪夫婦，卻始終未到天心谷中集合。魏無雙細一研究，認爲尹一清、薛琪定到時直接前往始信峰頭，不必分人遠去衡山相約。

直到八月初五，眾人方自天心谷出發，首途黃山，並在中秋凌晨，趕到始信峰頭，但見曙色熹微之中，峰頭已自瀰漫了一片森森劍氣。

原來動手的正是尹一清、薛琪夫婦，與青衣怪叟鄺華峰、冷面天王班獨四人。那位眾矢之的的天下第一兇人黑天狐宇文屏，卻仍蹤跡杳杳，不知何時才到。

眾人趕到峰頭，只見別來已久的大師兄尹一清、二師姐薛琪所用璇璣劍法，除了火候極爲老到外，並未達到理想中的神妙之境。薛琪戰的是青衣怪叟鄺華峰，尹一清戰的則是冷面天王班獨，杜人龍心記師訓，一到便叫道：「大師兄！恩師命我代秦嶺天蒙寺悟靜、悟元、悟通三位大師，向這班獨老賊索還血債，請先讓小弟一陣如何？」

尹一清聞聲，天心劍突旋光芒，一招「天羅萬象」，幻起無數劍花，逼開冷面天王班獨，長笑收劍，退出圈外。這邊停手，青衣怪叟也止住薛琪，先看班獨與杜人龍怎樣了斷秦嶺天蒙寺的這段血債。

眾人見過師兄、師姐，小摩勒杜人龍便指向嶗山四惡中僅存的冷面天王班獨說道：「班獨老賊，你爲了恃強，搶奪悟元大師以性命換來的一隻碧玉靈蜍，便血染禪林，一併害死悟靜、悟通大師，使清靜佛門，變做修羅地獄！恢恢天網，作惡難逃。今日我杜人龍奉命在這始信峰頭，叫你清還舊債！」

冷面天王班獨一陣震天狂笑，滿臉不屑之色說道：「黃口孺子，乳臭未乾！也敢在老夫面前妄逞口舌？班獨生平殺人流血成河，順我者生，逆我者死！慢說是你們這些小輩，就是柳悟非等老賊在此，還不是一樣任我逍遙？莽莽江湖間事，根本就沒有是非可言。什麼叫血海深仇？什麼叫當年舊債？說穿來不過是一例的八字結語：『真在假亡，強存弱死』！」

小摩勒杜人龍任憑冷面天王班獨傲慢張狂，只把一雙冷電似的目光觀定對方，靜靜等他說完，冷冷問道：「你發狂賣老完了沒有？就照你所說的八字結語，彼此試試誰弱誰強，誰真誰假！」

冷面天王雖然有點驚異杜人龍的沉穩異常，但仍然滿臉狂傲之色，並用話相激道：「小鬼既不識地厚天高，趕緊找兩人一齊上手。不然徒負一個黃山論劍之名，老夫鐵掌一揮，便化無常，豈不掃興？」

杜人龍哂然一笑說道：「班獨老賊，休要心慌。我這些比我高明百倍的師兄弟姐妹們，只作旁觀，決不助陣。僅由杜人龍以一柄天心劍，替天行道！你且想想，八臂靈官童子雨在我葛龍驤師兄劍下飛魂，追魂燕繆香紅被我青青師姐白刃剖腹，逍遙羽士左沖又死在鐵指怪仙翁伍老前輩手下。爲什麼嶗山四惡之中，偏留下你這老賊活到現在？無常已到！你以爲你能逃得出杜人龍天心劍的百回合以外麼？」話到尾聲，「嗆啷啷」一陣龍吟，天心劍出鞘生輝，手橫一泓秋水。

冷面天王班獨聽杜人龍把嶗山四惡的丟人現眼之事，一一當眾抖露，早已眉梢聚煞，怒滿心頭！暗想今日敵眾我寡，對方天心七劍，加上奚沅、魏無雙，共有九個。己方連鄺華峰僅剩兩人。雖然黑天狐宇文屏尚未現身，但這妖婦同樣與自己也是對頭，所以在這種生死相拚的局面之下，大可不必再顧忌什麼身分名頭，能把敵人收拾一個便是

一個！毒念既定，遂乘杜人龍橫劍當胸，尚未開招立式之際，右掌倏然猛推，五毒陰手的腥毒狂飆，便即如浪捲濤翻，呼然出手。

以冷面天王班獨的武林聲望，誰也料不到他會偷偷發掌。但杜人龍冷笑一聲，施展一種奇異步法，身形微飄，便即輕輕避出了班獨的掌風之外。

葛龍驤輕輕對身旁的愛妻玄衣龍女柏青青及六師妹谷飛英點頭笑道：「杜師弟不虛此行，他也學會了『維摩步』法。」

杜人龍避過掌風，手中天心劍起了一式「五嶽朝宗」。左手揑訣，一指班獨說道：「杜人龍雖然奉命行誅，但因你一來年長，二來終是武林十三奇人物，所以仍然稍示禮敬。如今第一招已然讓過，你且嘗嘗我的師門絕學，『萬妙歸元降魔杖法』的威力如何！」蜂腰一挫，猿臂輕伸，用的是「八母魚龍」槍法中的絕招「萬蜂戲蕊」。一柄天心劍飛起無數劍花，每一團劍花之中，均裹著一點鋒利劍尖，向冷面天王迎胸灑至。

原來杜人龍把冷雲仙子所賜，極精微奧妙而具有無上威力的「萬妙歸元降魔杖法後十七招」練熟以後，暗想那一根自烏蒙山歸雲堡中得來的毒龍軟杖，已落入黑天狐宇文屏手中，若以尋常竹杖代用，一來定然減少這套精絕杖法威力，二來也恐怕對付不了冷面天王班獨這等成名老怪，所以籌思之下，決定利用天心劍罕世神兵，施展這套杖法之中的降魔絕學，並先以別派招術試探。

冷面天王班獨見對方劍招詭異，似自槍法蛻化而來，看出內寓無數變化玄機，也不敢再復恃技輕敵，縮步轉身，閃過那朵朵劍花，森森劍氣。

杜人龍跟手推劍，化成崑崙刀法，順勢斜削班獨右胯。但劍發一半，倏又變招。劍柄一沉，劍尖一起，改點中盤，用的是「魁星點元」判官筆法。

一柄天心劍，忽刀、忽槍、忽筆，間或又藏有杖棒招術，加上劍是天下第一鑄劍名手衛天衢，在九華山用金精鋼母所鑄，吹毛折鐵，穿石洞金。弄得冷面天王班獨對這柄寶劍的顧忌，幾乎比對杜人龍那精絕劍招的顧忌還大。

老怪功力超凡，一時雖不至落在下風，但幾度蹈暇乘隙，進擊對方，總被杜人龍施展一種極其奇異神妙步法，輕輕避過，並還就勢還招，幾乎吃了暗虧，所以心頭已自深深警惕，懷疑這些小鬼短短期間，武功怎會增長這快，兆頭似乎大大不妙。

青衣怪叟酈華峰則因一來對方人數眾多，若一對一，自忖必勝，但打起群架之時，卻難免雙拳不敵四手；二來雖見杜人龍劍利招精，但怎樣也看不出班獨會有絲毫敗意。所以心中只在盤算黑天狐宇文屏來時，不知這難惹難纏的妖婦，是先與天心七劍等人為敵，還是先向自己與班獨尋仇。到時應該怎樣應付，才算妥當？

他心中暗自盤算之間，小摩勒杜人龍與冷面天王班獨已鬥到四十來招。要知這套「萬妙歸元降魔杖」法，乃獨臂窮神柳悟非師兄雁蕩神乞所創，共是九九八十一招。雁

盪神乞昔日與不老神仙冷雲仙子夫婦，三度聯手掃蕩群魔，把多少成名老怪，都毀在了這套杖法匯精集粹的後十七招之下。

但雁盪神乞臨終之前，以箸代杖，傳授師弟獨臂窮神柳悟非這套杖法，卻只傳到第五十六招，便即委化。柳悟非自出心裁，加了八招，變九九爲八八，傳了杜人龍六十四手，直到冷雲谷護法之時，冷雲仙子才就當年與雁盪神乞聯手蕩魔的記憶所及，把後十七招繪成圖解相贈。所以杜人龍施展到將近五十招上，便已知道自己能否不辱師命誅此元兇，就看那後十七招的威力究竟怎樣？遂故意右手持劍，左手再加上新近練成的「擒龍手」法。

冷面天王班獨見杜人龍右劍、左掌，雙手齊攻，以爲對方技已將盡。自己則雖感壓力增重，但對左手的擒龍手法，卻掌掌硬拚。

畢竟雙方功力參差，杜人龍每與老怪硬對一掌，均被震得心神微悸，但因前大半套劍法已近尾聲，後十七招的殺手即發，遂索性裝做心怯對方，左手停止進襲。

冷面天王班獨哈哈一笑，兇威突發，一招「推嶽移山」，宛如海嘯山崩的勁氣狂飆，照準杜人龍當胸猛壓。

杜人龍施展維摩步法中的「慈航渡厄」，身形一飄八尺，閃過掌風，也正好施展自己師門失傳絕學的後十七招，一聲「報應臨頭，老怪納命！」天心劍精光暴漲，突然化

成一座劍山似的，根本令人看不清招術手法及所攻部位，便自照準冷面天王電旋而至。

班獨見杜人龍這一變招，威力之大，簡直生平罕見，不由大驚。方待先避來勢，再圖破解。杜人龍劍發如風，迴環進手，已自把這嶗山四惡之中僅存的一惡，圈入了如山劍影之內。

旁觀的青衣怪叟酈華峰，見狀也自愁皺雙眉。他倒不是繫念班獨安危，因爲看出這天心七劍之中竟無一人好對付，己方僅有兩人，班獨再如傷在杜人龍劍下，自己豈非孤掌難鳴，更處危境？

在利害相權之下，青衣怪叟酈華峰竟不顧數十年威名盛望，長嘯一聲，欲待加以援手，就在他身形將起未起間，空中「嘶嘶」兩響，烏光電閃已自左斜上方疾射而下。

異聲入耳，青衣怪叟便知不是尋常暗器，一提內家真氣，雙掌微翻，震落兩段黑乎乎之物，但一眼瞥見是兩條鐵鑄蜈蚣，不由大吃一驚，顧不得援助班獨，雙掌交護當胸，抬頭向蜈蚣來路看去。

果見左斜上方七、八尺高的一塊崖石之上，那位天下第一兇人，性情莫測的黑天狐宇文屏，正在手拄蛤蟆鐵杖，腰纏碧綠長蛇，臉帶冷漠不屑之色傲然卓立。

在她左肩之上，還飛起一隻大如蒼鷹的純白鸚鵡，以極其清圓的人言叫道：「姑姑要想害人，我不跟妳了！」

黑天狐宇文屏目注鸚鵡，似有惋惜不捨之色，但瞬即低頭，手指青衣怪叟鄺華峰叱道：「鄺華峰，你枉有武林十三奇之名，怎地這不要臉？班獨老賊與年輕後輩交手，居然還想助陣！別人能容，宇文屏先就不容。你還是老實點好，不然我如今萬毒蛇漿所存甚多，就讓你嚐嚐滋味！」發話之時，手握綠色蛇尾。

鄺華峰真被她這兇威懾住，只好眼看著冷面天王班獨，在小摩勒杜人龍劍光如海之中，招架為難，危機益迫。

天心七劍及魏無雙、奚沅等人，均認識自黑天狐宇文屏肩頭上飛起，那隻會說人言的純白鸚鵡，正是冷雲仙子所豢養的靈禽雪玉，不知雪玉怎會與黑天狐一同來此。哪知白鸚鵡雪玉就在黑天狐肩頭停留片刻，業已建立了一件奇功，為江湖留下了莫大功德。

原來黑天狐宇文屏自與衛天衢一鬥，互相受傷以後，因她如今功力極高，略為運氣自療，將息數日，也就痊癒。昔日情人變成死敵，心中不由越想越恨，真恨不能把天下所有武林中人，不論正邪各派一齊殺得乾乾淨淨！

因二次黃山論劍大會就在眼前，暗忖自己如今武功，不論是鬥天心七劍或是鄺華峰、左沖、班獨等人，若一對一，穩操必勝之劵，一對兩個，也可略佔上風。但人數再若稍多，卻未免有點捉襟見肘。而且這一戰如不能將天心七劍悉數殲滅，則必然會把那業已歸隱的諸葛雙奇及醫、丐、酒等人引出，以致遺患無窮。

所以黑天狐宇文屏深謀遠慮，特地提前十日便到黃山，除了把端木烈代她煉聚的「萬毒蛇漿」及「守宮斷魂砂」等五毒邪兵，準備充足以外，並帶來不少地雷炸藥。

宇文屏相度始信峰頭論劍之處形勢，在周圍高樹崖壁以上，設置了不少此次特攜來的強力噴筒，筒內所藏，不是尋常鏢箭，卻是她五毒邪兵之中沾身即死的「守宮斷魂砂」。筒口自四面八方對準場中，然後設一總弦於極隱蔽之處。只要萬一見事不佳，揚手劈空一掌，砍斷總弦，頓時場內立被「守宮斷魂砂」的瀰天毒霧籠罩，任何一人均自難逃活命。

這樣惡毒的佈置，宇文屏猶嫌不足，又把帶來的地雷火藥，埋在論劍場地四周，上覆亂石，以備萬一對方或有蓋世奇人助陣，自己武功不敵，高空所埋伏的「守宮斷魂砂」再若無效，山窮水盡之下，便可用來使敵我雙方在轟然一響之間，粉身碎骨，同歸於盡！

那地雷引信，就設在她如今面對青衣怪叟鄺華峰所立崖壁半腰的一塊突出巨石以後，離地不過四丈來高，縱身一躍，點火即燃，剎那之間便可天崩地裂。

整整費了八日光陰，才把這些埋伏佈置完竣。宇文屏默計後日便是論劍之期，覺得自己在上空伏有「守宮斷魂砂」，地下埋藏地雷火藥，腰中纏著那條碧綠長蛇，腹內的

「萬毒蛇漿」也已灌足，再加上得自《紫清真訣》的一身絕世神功，委實面面俱到，大可高枕無憂地等到中秋正日，盡殲異己，唯我獨尊，永霸天下！

得意之餘，連日辛苦佈置，也略感神疲，遂就在絕壁腰間尋一隱蔽所在，靜坐運功，寧神去累。真氣流轉十二周天，百骸皆舒，適意已極，突然耳內聞得有一清圓語音，在空中叫道：「這座山真高呀！」

出語似在身後空中，但尾音落處，業已飛越一條絕壑。黑天狐宇文屏不由大吃一驚，暗想黃山論劍期近，這是何人？而且輕功能練到如此地步，不啻已是傳說中的劍仙一流。默數天下奇人，似乎連不老神仙、冷雲仙子那諸、葛雙奇，也未必能有如此功力。心中巨震之下，悄悄微露雙睛，往對崖適才語音落處，偷眼一看。

這一看不但看得黑天狐宇文屏心頭一塊巨石落地，並啞然失笑，又奇又愛。原來對崖一株矮松之上，落著一隻大如蒼鷹，全身雪羽霜毛，金瞳朱喙的純白鸚鵡，口中還在「這山高呀！這山高呀！」地叫個不停。

黑天狐宇文屏昔年雖與冷雲仙子葛青霜是姑嫂至親，但白鸚鵡雪玉卻是冷雲仙子歸隱廬山之後所收，所以饒她奸刁如狐，也怎會知道這一隻人見人愛的慧鳥靈禽，會啣有重大使命，正是自己的要命閻王，勾魂使者。

四十　天心七劍

黑天狐宇文屏心想，始信峰高聳入雲，尋常飛鳥絕跡難到。這隻鸚鵡長得又大又美，並會人言，不知何人所養，逃來此地。自己自害死親夫葛琅以後，二十年始終孤獨，好不容易結交了一個性情相投的義弟蛇魔君鐵線黃衫端木烈，偏又死在衛天衢的霹靂金梭之下。此次黃山論劍，縱如自己心願，盡殲天心七劍與酈、班諸人，但黑天狐兇名必然更盛，無人敢沾。若能收服這隻通靈慧鳥，相伴終身，豈不可以略慰心靈岑寂？

她這裡存心想鳥，哪知鳥更存心耍她。黑天狐身形一現，白鸚鵡便即裝做似為所驚，振羽欲起，黑天狐宇文屏也是運數將到，活該倒楣，竟以生平未有的柔和語音，向鸚鵡叫道：「鳥兒不怕，我不害你！」

白鸚鵡略一遲疑，振翼飛起，在黑天狐宇文屏頭上盤旋一匝。黑天狐真想運用內功吸力擒鳥，但又深知對付此類靈禽，最好不必用強，使其心服，才會永世不叛。所以任牠在頭上盤旋，連手都不抬，只是含笑相看。

白鸚鵡盤旋注視以後，飛到一株極高樹上，偏頭向下叫道：「姑姑身上有蛇，我害怕！」

黑天狐宇文屏見鸚鵡那種神態，不由心愛已極，仰頭含笑說道：「蛇是假的，不會咬你。你只要跟我走，天天餵你好東西吃。」說完取出幾粒益元靈丹，托在手內。

白鸚鵡一對金瞳不停打量黑天狐身上那條碧綠長蛇，逡巡幾次，終於一掠飛過，就宇文屏手內噙去一粒靈丹，並用翅尖微搧綠蛇，似試探蛇是真是假。見蛇果然不動，這才二度落在黑天狐手腕之上，半空中便以清圓語音連聲叫道：「這種東西真好，姑姑全給我吃！」就落在黑天狐手腕之上，把她掌內靈丹吃得一乾二淨。

黑天狐越看越愛，輕輕伸手撫弄牠那白得隱泛銀光的雪羽霜毛。白鸚鵡由她略爲撫弄，飛上黑天狐左肩，狠狠地啄了那條綠蛇幾口，欣然叫道：「姑姑沒有騙我，是條假蛇！」

黑天狐宇文屏因自己這條用來噴射「萬毒蛇漿」的綠蛇，雖然是假蛇，卻是以真正異種毒蛇的皮鱗所製，慢說鳥啄不傷，尋常刀劍亦所難傷，故而任憑鳥啄並未阻止。但她哪裡知道，白鸚鵡雪玉係奉廬山冷雲谷諸老之命，特來這始信峰頭，使黑天狐宇文屏自食其果，上了大當。

那條內盛普天下武林中人忌憚的「萬毒蛇漿」綠色假蛇，皮鱗雖然堅厚，但白鸚鵡雪玉嘴中事先早已藏好半根龍門醫隱柏長青所煉，無堅不摧的「透骨神針」，極其自然地輕輕幾啄，在黑天狐根本未發現絲毫異狀之下，綠蛇身上卻已添了好幾個牛毛小孔。「萬毒蛇漿」是盛放在綠蛇下半截軀體以內，隨黑天狐心意所動，一拉蛇尾便自蛇口噴射而出。如今添了幾個小孔，又在近蛇頭處，平時自然不會有蛇漿滲出，有所發現，不過黑天狐只要一掣蛇尾，蛇口之中固然仍自噴漿，但小孔既闢蹊徑，蛇漿也會向橫裡噴射。屆時黑天狐面頰上首當其衝，必然同樣嘗嘗這種厲害無比的「萬毒蛇漿」滋味。

一人一鳥，就在這始信峰頭相處一日。白鸚鵡雪玉是極其通靈的慧鳥，一張巧嘴，簡直比第一次黃山論劍，使黑天狐宇文屏上過大當的風流教主魏無雙，還要更會順意捧拍。尤其是藉著不信蛇假，一開始啄了那條綠蛇幾口，完成使命以後，再未對這黑天狐宇文屏視如性命之物碰過一下，所以任憑黑天狐何等兇狡，竟絲毫未起疑竇，反把這隻要命閻王愛如性命一般。

中秋正日凌晨，最早到的便是天心七劍中的頭兩位——尹一清、薛琪夫婦，跟著蟠塚殘餘一兇、青衣怪叟鄺華峰、及嶗山殘餘一惡冷面天王班獨也自來到。

白鸚鵡雪玉靈警無比，生怕尹一清、薛琪不知道黑天狐宇文屏在暗中隱伏，遂在不著痕跡之下，略現身形。一隻鳥兒，鄺華峰、班獨哪裡會在意？但薛琪自幼與白鸚鵡相

依，自然到眼認出，因而也瞥見大石之後的半截蛤蟆鐵杖，知道黑天狐宇文屏已然先到，藏在該處。

尹一清、薛琪不問外事，一意潛修，此時功力已與冷雲谷中諸老略可彷彿。因黃山論劍此會，首重殲滅這位號稱天下第一兇人的黑天狐宇文屏，生怕萬一妖婦看出自己夫婦功力過高，再加上葛龍驤師弟等人，也均是個個好手，如隱身一逃，豈非又要海角天涯，苦事搜索？所以尹、薛夫婦，在與鄺華峰、班獨兩個老怪動手之時，隱匿了三成以上功力，始終難佔上風。使得不但在暗處偷窺的黑天狐宇文屏竊竊冷笑，天心七劍中的第一、二兩劍不過如此，連鄺、班兩老賊也自耀武揚威，不知危機頃刻即到。

直到葛龍驤等人一到，小摩勒杜人龍以天心劍施展「萬妙歸元降魔杖」法，圈住冷面天王，黑天狐才稍稍驚異，這杜人龍的劍法怎會高於尹一清、薛琪不少？但轉念一想，自己空中埋伏的「守宮斷魂砂」、身上的「萬毒蛇漿」，以及一身絕技，處理這八、九名小輩，頗有餘裕，何不假手他們除去鄺、班兩位老賊，同時也消耗天心劍的不少精力，然後再行以逸待勞，借虎吞狼，豈不對自己更爲有利？所以在青衣怪叟鄺華峰正待出手援助冷面天王班獨之時，用兩條飛天鐵蜈現身阻止。

鄺華峰爲黑天狐兇威所懾，止步不前，小摩勒杜人龍亦因宇文屏一到，生怕冷面天王班獨覓機逃走，使出了「萬妙歸元降魔杖」法後十七招中，威力極強的一招「天崩地

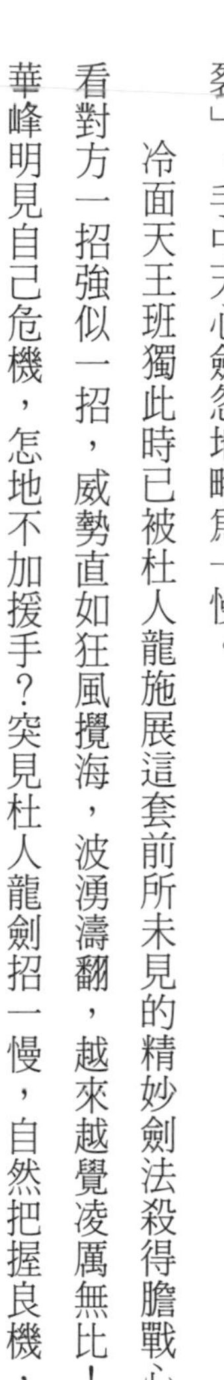

裂」，手中天心劍忽地略為一慢。

冷面天王班獨此時已被杜人龍施展這套前所未見的精妙劍法殺得膽戰心驚，而且眼看對方一招強似一招，威勢直如狂風攪海，波湧濤翻，越來越覺凌厲無比！正在暗怪酈華峰明見自己危機，怎地不加援手？突見杜人龍劍招一慢，自然把握良機，獨臂一伸，一招「金龍探爪」，運足真力，疾襲杜人龍左乳下的「期門」重穴。

杜人龍倏地提聚十成真力，自舌尖爆發春雷，直如晴空霹靂，震得遠峰近壑一片嗡嗡作響！身形卻全未閃避，直等對方右掌將到胸前，才突然以左手中指一豎，點在班獨的脈門之上，用的竟是鐵指怪仙翁伍天弘所傳的「大力金剛一指禪」。

杜人龍的那聲暴吼，因事出突然，已驚得冷面天王班獨微微一怔，這「大力金剛一指禪」，更是意料不到，班獨突地覺得右腕如受千鈞重擊，麻木難抬。

杜人龍天心劍的耀目青虹，業已疾如電閃地倒捲而出，口中並喊了聲：「天蒙寺三位大師在天有靈，杜人龍奉命代誅老賊，替大師們報仇雪恨！」劍虹掠處，冷面天王班獨的斗大頭顱飛起半空，杜人龍當胸給他加上一腳，殘屍帶著一溜血雨，飛墜幽谷，所留下的只是天心六劍等人一片讚揚，青衣怪叟酈華峰一聲嘆息，黑天狐宇文屏一陣懾人心魄的桀桀獰笑。

在這種情況下，最感覺為難的還是青衣怪叟酈華峰。萬想不到一個天心第五劍小摩

勒杜人龍，便能以一套似杖、似鞭、似斧、似筆的神奇莫測劍法，手刃冷面天王班獨。他們師兄弟姐妹共有六人，再加上魏無雙、奚沅在旁掠陣，自己則只剩下孑然一人，斜上方的黑天狐宇文屏又在虎視眈眈。戰既無法討好，逃更無此厚顏。進退兩難，真有些後悔自己與班獨二人，不該恃技逞強，以爲這些後生小輩不堪一擊，毫未邀約幫手便上黃山，以致弄得如此奇窘。

黑天狐宇文屏見狀，又是一陣桀桀獰笑，向青衣怪叟叫道：「鄺華峰，班獨與你結爲死黨，一路同來，如今業已斷魂百丈危崖之下。常言說得好：『兔死狐悲，物傷其類！』如今你不但點淚全無，戰既不敢，逃又無顏。這副狼狽之狀，武林十三奇的名頭全部都被你喪盡！」

青衣怪叟鄺華峰縱是泥人，也被黑天狐宇文屏的這幾句話，氣得無名心火高騰三丈，狂吼一聲，欲待拚命與黑天狐一博。

那邊葛龍驤卻因見青衣怪叟這副進退爲難的窘狀，想起人家也是一代宗師，有點於心不忍，再默計蟠塚雙兇、嶗山四惡之中，也數此人惡跡稍輕，遂向大師兄尹一清低聲說道：「大師兄，我們既然開創天心正派，凡事總該盡量上體天心，小弟欲放這鄺華峰一條生路，他年若由此人身上生出是非，無論天大艱鉅，均由小弟獨力承擔如何？」

尹一清目注葛龍驤，點頭稱道：「無怪恩師、師母特別看重師弟，不談武功藝業，

光憑這仁慈惻隱的心術胸襟，已足以領袖群倫，表率天下。本來『得放手時且放手，能饒人處便饒人！』天下許多成大功立大業的豪傑英雄，何嘗不有一部份本是極惡之人，猛一回頭便得真覺。師弟寬仁厚德，於人於己獲福無量，你便宜行事便了。」

葛龍驤得了師兄允許，正值青衣怪叟鄺老峰被黑天狐宇文屏刺激得怒發如狂，遂躬身深施一禮，含笑說道：「鄺老前輩請息盛怒，且聽晚輩一言。」

青衣怪叟鄺華峰此時主意早已打定，認爲與其死在天心七劍這等後生下輩手中，不如捨死與黑天狐宇文屏一拚。至少也能耗去這惡毒妖婦一半真力，使她同樣難逃黃山此劫，也可算是自己間接替江湖上略盡心力，除去一個大害。

所以把向來不輕用的得意兵刃「龍虎雙扣」握在手中，正待飛撲黑天狐，突聽天心七劍之中有人發話，回頭見是葛龍驤，而且禮節周到，神態謙和，稱呼也極爲客氣。遂一壓「龍虎雙扣」，答道：「葛小俠有話請講，鄺華峰與你素無淵源，不必如此謙抑。」

葛龍驤又是一揖到地，躬身說道：「武林之中，講究的就是『禮義』二字，老前輩與家師齊名，葛龍驤末學後生，怎敢無禮？」

站在高處的黑天狐宇文屏，因自己在這始信峰頭上下，均已設了極厲害的埋伏，穩操一網打盡必勝之券，所以縱容調侃叫道：「諸一涵門下，怎地全學會了這套假仁假義？你叫他老前輩，可知道應該叫我什麼？」

葛龍驤根本置若罔聞，毫不理睬妖婦，依舊向青衣怪叟酈華峰含笑說道：「黃山論劍，無非是彼此切磋武學。但像我杜人龍師弟，奉命代報秦嶺天蒙寺三位大師之仇，及葛龍驤與宇文屏妖婦有不共戴天之仇，自然又當別論。如今晚輩向老前輩情商，可否把彼此過手之舉略爲延擱，等我們天心七劍與宇文屏妖婦了斷以後，再奉陪老前輩討教幾手絕藝神功如何？」

青衣怪叟酈華峰何等江湖經驗，聞言便自葛龍驤委婉措詞之中，深深領會出對方的寬仁厚德，及對自己的成全之意。霎時心頭宛如五味瓶翻，又慚又羞又感又愧，想起生平行事善少惡多，如今已到暮年，卻在這黃山始信峰頭，逼得要以武林十三奇中人物身分，來接受年輕後輩恩惠。

不由長嘆一聲，雙手潛運真力猛然一合，噹啷啷的一陣震天巨響起處，硬把兩支「龍虎雙扣」擊成無數碎金，向葛龍驤點頭笑道：「葛小俠一片仁心，酈華峰感激不盡，但我溯想生平，惡孽太深，回頭恨晚……」

葛龍驤見他自毀兵刃及如此說法，知道已有厭世之意，方答了聲：「世人難得是回頭，但肯回頭，決不算晚……」

青衣怪叟酈華峰業已縱聲仰天長笑，突施絕世輕功，青衫大袖一抖，橫躍五尺，投

入無底絕壑。

黑天狐宇文屏，依舊一陣嘿嘿陰笑，天心七劍與魏無雙、奚沅等人卻同時失聲惋惜。就在這惋惜與陰笑聲中，突自壑下傳來一聲極爲宏亮的「阿彌陀佛」之聲，跟著佛號，飛起一隻絕大灰鶴，鶴背上端坐的正是那位由苗嶺陰魔邴浩化身的東海神僧，一手攬著適才自懺前惡，躍下危崖的青衣怪叟鄺華峰，另一手向天心七劍及魏無雙、奚沅等略做招呼，便自冉冉而上，飛入雲中不見。

黑天狐宇文屏見這絕壑之中，居然伏有灰鶴、神僧，心頭不由一震。瞇著一雙兇睛，四處細一打量，只見除了眾人立身的這始信峰頭，及遠遠巍然峭立、挺入雲霄的天都峰、蓮花峰、光明頂等處以外，整個黃山宛如沉入一片千里平鋪、深不可測的雲海之下。而這幾處高峰，也就好像大海中的三、五小島一般，風流雲動，一派清幽，看不出再有絲毫人跡。

葛龍驤因班獨已誅，鄺華峰已度，敵方只剩下這窮兇極惡的黑天狐宇文屏一人。默計自己師兄弟姐妹及魏無雙、奚沅，恰好九人。妖婦「萬毒蛇漿」過分歹毒，方擬請各人分站九宮方位之時，那位天心第一劍尹一清卻擺手笑說無須，仰頭對黑天狐叫道：「宇文屏！妳喪心殺夫，與我葛師弟有殺父深仇。今日天道好還，我們師兄弟姐妹，以天心七劍代掌天刑，難道妳還不好好伏誅？師弟師妹們，一齊亮劍！」

剎那之間，始信峰頭響起龍吟，天心七劍個個手橫一泓秋水，其中尤以葛龍驤與玄衣龍女柏青青掌內紫電、青霜雙劍交映的青紫奇輝，最爲奪目。

黑天狐宇文屏本來恃技驕狂，並在事先早有佈置，真未把這群年輕敵人看在眼內。但如今居高臨下，默察尹一清等人，個個宛如精金美玉、斂銳藏鋒，那股穩如山嶽的氣派，居然極大，心頭也不禁微生戒意。

妖婦向來下手極黑，毒念一動，辣手先施！卓立石上，發出一陣比梟鳴還要難聽百倍的森森陰笑。陰笑聲中，倏地飛身下撲，並在人未及地之前，半空中將蛤蟆鐵杖一揮。登登登地連聲機簧響處，竟把鐵杖以內所藏毒氣全數發出，化成一面天幕般的黃色毒煙，疾向諸人迎頭罩下！

葛龍驤與柏青青、谷飛英，均嘗過這種蛤蟆毒氣厲害，正驚告眾人屏息留神。薛琪目光一注，翠袖輕揚，「無相神功」化爲有相，一股柔和大力，驀地騰空，托住那片黃色毒煙，一逼而散。

但黃煙雖散，煙後勁風颯響，黑天狐宇文屏人到當頭，右手鐵杖狂掄，左掌神功遙發，妖婦果然狠辣，立意射人射馬，擒賊擒王！蛤蟆鐵杖打的是深仇葛龍驤，紫清罡氣卻破空銳嘯，襲向天心第一劍尹一清。

葛龍驤深知這二次黃山論劍，也正是自己不共戴天的父仇了斷之期，所以天心谷內

刻苦用功，身上幾樁武林絕學，越發突飛猛進。黑天狐鐵杖才掄，他把紫電劍業已隱在肘後，施展神妙無倫的「維摩步」，足下微滑，便已過杖風。突以東海神尼秘授心傳的「散花手」中的一式「妙手拈花」，疾伸三指，宛如電光石火般地撮住黑天狐鐵杖杖身，紫電劍也隨勢突現精芒，橫杖而落。

那股紫清罡氣直襲向尹一清，尹一清哪裡還會再像先前對那鄺、班二人那樣的保留實力？一聲朗若龍吟的長笑起處，在衡山涵青閣晝夜苦修的「乾清罡氣」盡力施爲，竟把黑天狐所發的疾風勁氣硬截回頭，自己足下則不過微退兩步。

宇文屏飛身進襲，一掌一杖兩度無功，並在紫電劍下損失了一根蛤蟆鐵杖。她何曾受過這等挫折？頓時把那本來已經令人一看，便肌膚起慄的陰冷面龐之上，再加上了一層煞氣兇威，右手腰間一探，抽出了她那條滿佈墨綠倒鬚鉤刺的蠍尾神鞭，左手卻提著一條四、五尺長，鱗甲如生，頭上並有兩支小小短角的軟軟金龍，並以龍尾就口一吹，金龍立時堅挺。

黑天狐把這一龍一鞭半拖在地，身軀微微前傾，兇睛炯炯，電掃諸人。小摩勒杜人龍見黑天狐左手的那條金龍，便即高聲叫道：「各位師兄師姐，這就是我的毒龍軟杖。左邊龍角含有劇毒，千萬不可令其沾身！」

黑天狐聽他說完，一聲冷笑道：「既是你的，我就還你如何？」左手金龍倏地一抖，接連踏進兩步，似要襲向杜人龍，但第三步才出，身形忽地向後騰起，右手反掄，那條長過八、九尺的蠍尾神鞭，竟往崖壁上的一株古松掃去。

原來她在四處高空埋伏的「守宮斷魂砂」，總弦就設在這株古松之上，筒口密對場中，自己驀出不意地騰身回鞭一掃，沾身即死的大批毒砂，立可自四面八方漫空噴射而下。除非場中諸人練有金剛不壞之身，就是換了比天心七劍高上一輩的龍門醫隱、獨臂窮神、天台醉客或者諸葛雙奇，一樣難逃這種飛來橫禍。

果然蠍尾神鞭「唰」地一聲掃中古松，立時四外繃簧齊響，腥霧瀰空，無數「守宮斷魂砂」紛自高空往下噴射。

天心七劍也想不到黑天狐宇文屏事先會有這樣惡毒佈置。尹一清、薛琪夫婦首先凝運「紫清罡氣」及「無相神功」，盡量護住場中，並高聲叫道：「眾位師弟、師妹，趕緊各運神功防身，這種『守宮斷魂砂』千萬沾它不得！」

高空伏砂，雖出天心七劍意外，但更有出於黑天狐宇文屏意料之外的奇事發生。

諸小俠倉促應變，照理毒砂怒噴、漫空飛灑之下，無論如何也要蒙受極重傷害。誰知毒霧散後，諸人除略覺腥惡難耐，各服靈丹解毒以外，竟自一個無損。原來四周高樹崖壁之間的所伏噴筒，竟有人替黑天狐轉了方向，並無一枚筒口對準場內。所以空自毒砂怒射，腥霧瀰空，眾人立足之處，卻依然乾乾淨淨。

黑天狐宇文屏這一驚實在不小，因為自己提前十日來到黃山，而這十日之間根本不曾遠離這始信峰頭，縱然有事走開，也是片刻即回，所伏毒砂噴筒怎會被人做了手腳？照這情形看來，地雷火藥恐怕一樣也靠不住。想到此處，眼角微瞟引信所藏的崖壁半腰，只見大石巍然，毫無異狀，心中不由略為寬展。

黑天狐宇文屏經驗豐富，也無比兇狡。如今幾番試手，業已看出天心七劍之中，大部均已得了自己大對頭諸、葛雙奇真傳，極不好鬥。而且看情形，哪裡是什麼第二次「黃山論劍」？根本就專門志在自己，要替葛龍驤報殺父之仇。

情勢既然不利，妖婦黑天狐毒念又生，一面百慮齊蠲，提聚內己紫清神功的真氣內力，準備做這即將開始的一場艱苦戰鬥，一面眼內兇光微掃葛龍驤，暗想自己縱然命絕始信峰頭，也定要毀去此子，使死鬼葛琅嗣息無存，香煙斷絕。

她毒念既定，紫清神功也已功行百穴，氣聚丹田。雙手分握毒龍軟杖及蠍尾神鞭，閃睛覷定天心七劍之首溫潤郎君尹一清，冷冷問道：「你們今日慢說只有天心七劍，縱然連明帶暗來上千人，宇文屏亦復何懼……」

說至此處，語音突轉，目光一瞬葛龍驤，嘴角微撇，故意現出一種哂然不屑的神色說道：「葛龍驤，你既要報當年殺父之仇，敢不敢不要局外人幫助，獨自與我動手？」

葛龍驤劍眉軒舉，俊目閃光，方待點頭，尹一清識透黑天狐陰謀，搶先答道：「尹

一清早先說過，我們天心七劍，代掌天刑，要把妳這萬兇妖婦七劍分屍，爲世除……」

尹一清話猶未了，葛龍驤向大師兄躬身深施一禮，慨然道：「除害不妨合力，但報殺父之仇，卻只宜由爲人子者獨任其難。敬請師兄成全小弟刻骨縈心的二十年心願！」

尹一清因葛龍驤理由極足，無法相攔，但讓他獨對黑天狐如此兇人，卻又實在放心不下。正左右爲難之際，忽然想起自己與薛琪衡山涵青閣合籍雙修，功力迥異昔時。葛師弟與青青師妹一雙兩好，情深愛重，在天心谷內定有同樣進境。何況天心七劍之中的兩柄主劍紫電、青霜，也正好爲他們夫婦所有，遂以目光微向玄衣龍女示意一瞥。

柏青青何等冰雪聰明，自己與夫婿葛龍驤近數月在天心谷潛修，頗把璇璣合運劍法體會出許多精微奧妙之處。如今正好協助夫婿，合手齊攻，讓這兇狂妖婦嘗嘗紫青雙劍的合璧威力。

遂向尹一清微一頷首，笑向葛龍驤說道：「你不要外人相助，卻不能攔我。夫妻乃是一體，爲人子者，既應爲父報仇，爲人媳者，難道就不應該爲翁盡孝？我們且以紫青雙劍合運璇璣，對這妖婦一鬥。也請師兄、師妹們，看看天心谷內的三載韶光，葛龍驤與柏青青可曾偷閒輕度？」

葛龍驤辯倒了大師兄，卻辯不過這位自己惹不起、拗不得的玄衣龍女，遂只得點頭，說了一聲：「妖婦不比俗寇，尤其是萬毒蛇漿兇毒無比，青妹必須特別小心！」

柏青青微笑點頭，手橫青霜劍，丰神絕代地與葛龍驤並肩而立。其餘天心五劍及魏無雙、奚沅等人，分往四外一圈，但手中依舊緊握兵刃，準備隨時接應葛龍驤夫婦，並防範兇狡妖婦突然不戰而遁。

黑天狐宇文屏再一打量面前這手橫前古異寶紫電、青霜雙劍的葛龍驤夫婦，男的丰神秀拔，儼如玉樹臨風，女的冷豔高華，絕似凌波仙子。尤其是面臨自己號稱當世第一兇人的如此大敵，絲毫不見怯色，只在葛龍驤的炯炯雙目之中，噴射出一股復仇怒火。

妖婦本身武學既已登峰造極，神力當然識人，知道對方不是不知道自己厲害，既敢以兩人之力出鬥，必有所恃。千萬不可傲慢輕視，先發制人，才是上策，兇睛一注葛龍驤，嘴角浮起半絲陰笑問道：「你們夫婦既要逞能報仇，怎地還不進招？」

玄衣龍女柏青青柳眉一挑，傲然答道：「以二對一，我們讓妳先行出手！」

黑天狐宇文屏「哼」地一聲冷笑說道：「秋螢爝火，也敢妄逞光輝？我倒看你們把這著先機如何平反？」

「反」字甫出，左手毒龍軟杖，雙角直點葛龍驤前胸，右手那根滿佈倒鬚鉤刺的蠍尾神鞭，卻自身後畫了一個圓弧，「唰」地一聲，向玄衣龍女柏青青連肩帶背抽到。

但招到中途，黑天狐忽然連身一轉，毒龍軟杖改點為纏，蠍尾神鞭同時轉向，撇開柏青青專對葛龍驤一人攻到！她雖然心狠手毒，動作也快捷無倫，但葛龍驤父仇耿耿，

深知若不能藉第二次黃山論劍之名除卻妖婦，則她見群邪伏殲，天心正派的聲勢大盛，必然遠匿窮邊，可能會令自己終身抱恨。所以與愛妻玄衣龍女在天心谷內，鉤玄抉隱，晝夜精研，不但內外功行突飛猛進，更幾乎練到夫婦二人兩心合一地步！

黑天狐宇文屏中途換式，以虛為實，攻敵攻堅地空自用了好多心機，葛龍驤、柏青青卻理都未理，直等毒龍軟杖橫捲，蠍尾神鞭斜劈，一齊襲到葛龍驤身前之時，兩人才同時發動，神凝氣穩地相顧微微一笑，立時騰起一片青紫交輝的森森劍氣。

黑天狐宇文屏想不到對手居然穩到如此程度，蛤蟆鐵杖已毀在紫電劍下，蠍尾神鞭自然不敢再攖神劍鋒芒。妖婦內功已到爐火純青地步，收發由心，來得雖快，去得也速，盤空疾落，鞭影一收，人已退出七尺以外。

尹一清行家眼內，就這一招便已看出端倪，回頭向薛琪笑道：「三師弟夫婦的根骨悟性真強，這一手璇璣合運『天地交泰』的防身劍網，運用之妙與功力之深，竟然不在你我三年苦練之下呢！」

薛琪微笑點頭，場中橫劍傲立的玄衣龍女柏青青，卻向黑天狐宇文屏叫道：「宇文屏妖婦，妳方才不是要看我們怎樣平反這一著先機？如今我卻要問妳，妳的先機何在？」

柏青青玄衣玉面，映著青霜劍上精芒，姿態美如絕世飛仙。譏嘲黑天狐以後，笑向葛龍驤說道：「龍哥，先翁二十年茹恨，如今天道好還，我們給妖婦來兩招天崩地裂的『天傾西北』、『地陷東南』，讓她嘗嘗威能旋乾轉坤、蓋世無儔的璇璣雙劍！」

黑天狐咬牙怒目，面上一片獰容，但「璇璣雙劍」四字才入耳中，面前已自瀰漫一片青紫劍氣，紫電劍凌空倒瀉，星雨隕空，青霜劍貼地如流，狂濤怒捲！連葛龍驤、柏青青的身形、人影，全爲那片耀眼難睜的青紫奇輝所掩。

黑天狐宇文屏雖知諸、葛雙奇的璇璣劍法冠絕環宇，但想不到在葛龍驤、柏青青這等後輩手中施展，威力也大到如此不可抗拒地步。若換了青衣怪叟等人，真連這一劍之厄亦自難逃，但黑天狐畢竟在《紫清真訣》上所獲頗多。神功倏運，提氣飛身，硬從上下交輝、光密如幕的千萬劍影之中，凌空拔起五丈左右。

她此時才知「天心七劍」個個均有奇能，就這葛、柏兩個生死對頭，自己若不用「萬毒蛇漿」，便難憑手內的一杖一鞭，取勝他們的璇璣雙劍。即或微有勝機，人家只要七劍聯攻，則任憑自己天大武功，亦無倖理。

黑天狐宇文屏能夠在天下人畏如蛇蠍，皆欲得而甘心的孤立無援情況之下猖獗至今，便因爲她能對「利」、「害」二字，認得極清。事有可爲，則辣手頻施，斬盡殺絕；事不可爲，則立時知難而退，遠走高飛！如今就從這葛龍驤、柏青青聯劍還攻，天崩地裂的一招之上，看出事不可爲，趁著身在空中，竟欲發動最後奸謀，把始信峰頭男

男女女眾俠，一網打盡。

但見她一杖一鞭並交左手，晃著事先準備好的火摺，在空中一陣獰笑道：「你們這群不知死活的小輩，倚仗人多，目無尊長。逼得宇文屏把菩薩意願，化成了羅刹心腸！這片峰頭四周已被我埋藏了地雷火藥，頃刻之間，便叫你們粉身碎骨，化作……」

一面發話，一面左手長鞭猛揮，借勢斜升，但話猶未了，人也尚未飛到那塊埋藏地雷火藥引信的大石之時，石後突然有一個頗為生疏的脆朗口音說道：「慢說諸位英俠上順天心，不會被妳傷得一人，就是始信峰的自然靈景，也不容妳這毒辣妖婦肆意殘毀！地雷引信在此，宇文屏，妳還認得我這南荒舊友麼？」

石後人聲一發，黑天狐宇文屏萬念俱灰，因人在空中太易受敵，趕緊扔去手內火摺，毒龍軟杖與蠍尾神鞭疾舞，護在周身，落在始信峰頭靠近千尋絕壑之處。只見石後現身之人是個一目已眇的中年美貌女尼，手內果然握著一把業已割斷的地雷引信。

黑天狐一時間不曾認出此人，葛龍驤卻肅然拱手問道：「大師可是昔日仙霞嶺天魔洞的『摩伽仙子』？」

眇目女尼合十答道：「葛小俠眼力真好，貧尼昔號『摩伽』，今名『百悔』。黑天狐宇文屏居心險惡，高空暗伏毒砂，地下埋藏火藥。如今兩般均被貧尼在事先略效微勞破去，諸位除此神奸巨惡，不必再存仁心……」

話猶未了，目前烏光一閃，銳嘯生風，三、四條飛天鐵蜈破空打到。

原來黑天狐宇文屏自地雷火藥又告無功，便在暗暗計畫怎樣施爲，才能全身退下這始信峰頭，想來想去，身後千丈絕壑，無路可退，唯有利用「萬毒蛇漿」，衝過天心七劍重圍。只要一過那株橫臥始信峰南北兩峰之間的古松，便等於逃得性命，她兩般埋伏均壞在這摩伽仙子化身的眇目神尼之手，宇文屏如何不恨？探手摸出七、八條飛天鐵蜈，半數飛打第一次黃山論劍，壞了自己大事的風流教主魏無雙，半數飛打第二次黃山論劍，壞了自己大事的摩伽仙子。飛天鐵蜈出手，人也貫注十成真力，把毒龍軟杖及蠍尾神鞭，舞成金黑兩團護體旋光，硬往前衝。

眇目神尼僧袍微揮，魏無雙翠袖輕揚，七、八條飛天鐵蜈齊被內力罡氣震飛，落入千尋幽谷。

天心七劍則在尹一清一聲號令之下，七劍同揮，始信峰頭頓時瀰漫電旋寒芒，千重劍影。黑天狐宇文屏不但難越雷池一步，並幾蹈危機，好不容易脫出天心七劍的威力圈外，手中一條蠍尾神鞭只剩下小半截在手。

黑天狐知道再不用拿手絕學，此命難保，忽地一聲極淒極厲的悲號起處，左手緊握毒龍軟杖，右手攥住腰間內盛「萬毒蛇漿」的綠色蛇尾，向環列當前的天心七劍，一步一步地慢慢走近。

「萬毒蛇漿」委實太過厲害，霸道無倫。黑天狐這樣手握綠色蛇尾，一步一步地慢慢向前，天心七劍因匆促間想不出有效對策，竟被逼得步步後退。

尹一清、薛琪夫婦見事不妙，正在暗聚「乾清罡氣」、「無相神功」準備攔截之時，葛龍驤及玄衣龍女柏青青，生怕不共戴天仇人又在為山九仞、功虧一簣的情況之下逸去，竟不顧「萬毒蛇漿」兇威，青霜耀彩，紫電騰輝，夫婦雙雙橫劍並立，擋住黑天狐去路。

黑天狐宇文屏業已感覺這始信峰頭殺機四伏，一意只在逃生，哪裡會避忌什麼前古神兵紫電、青霜雙劍？面含陰笑，目射兇光，微掣綠色蛇尾，搭在左肩的蛇頭立時虎虎若生，昂然抬起。

葛龍驤二十年茹恨，仇火燃胸，柏青青則與夫婿同心，二人均把這普天下武林中聞名膽落的極兇之物「萬毒蛇漿」，視如無睹。

柏青青首先道：「宇文屏！妳生平惡跡幾遍江湖，我們師兄弟姐妹，今日以天心七劍代掌天刑，怎地妳還想走？」隨著話音，玉手一揚，透骨神針化作一蓬閃閃銀光，電疾般地照準黑天狐飛到！

宇文屏身上穿有冷雲仙子的「天孫錦」護身，不必防禦，張口一吹，打向她面目五官的透骨神針，便即紛紛四散墜落。

妖婦兇毒無比，雖然志在逃生，仍然想把葛龍驤、柏青青夫婦毀在「萬毒蛇漿」之下。因彼此距離稍遠，對方身子又極高明，所以暫不發難，又往前走了三步。眼看葛龍驤夫婦已將紫青合璧，再運那舉世無雙的璇璣雙劍，襲向自己之時，才猛然桀桀震天獰笑，用力一掣蛇尾，「萬毒蛇漿」立自蛇口以內，化成漫空奇腥雨絲怒噴而出。

葛龍驤夫婦紫青雙劍倏地騰光，化成一片劍氣擋向身前。劍氣之中，又加上柏青青的家傳「少陽神功」，與葛龍驤的師門絕藝「乾清罡氣」。

尹一清、薛琪凝聚已久的「乾清罡氣」、「無相神功」也自施爲。他們是擋向紫電、青霜所化的護身劍氣以外，這一來屏障三重，任憑「萬毒蛇漿」再狠，亦自無功。忽聽得黑天狐宇文屏口裡發出一聲淒厲不堪的悲號鬼叫。

原來她那條綠色假蛇的蛇頸以上，前被白鸚鵡雪玉暗用半根透骨神針刺穿了幾個小孔。如今猛力一掣蛇尾，大量「萬毒蛇漿」固然自蛇口噴出，但蛇頸小孔照樣也往橫裡射漿。黑天狐左臉首當其衝，腥雨一飛，左頰立時一片糜爛，並被她自己害人無數的「萬毒蛇漿」，弄瞎了一隻左眼。她自己固然詫不可解，天心七劍也同樣莫名其妙。

但空中銀羽翩翩，又響起白鸚鵡雪玉的清圓語音叫道：「天心七劍還不趕快下手除兇？黑天狐的那條綠蛇，已經被我用透骨神針刺了無數小孔，不能再用了！」

葛龍驤夫婦聽白鸚鵡雪玉如此叫法，精神陡長。葛龍驤一聲龍吟長嘯，左手先彈出幾縷「彈指神通」破空遙襲，右手紫電劍也幻起一片精光，正等進一步殲仇，那旁觀的魏無雙心思極細，看出黑天狐雖然自食惡果，但「萬毒蛇漿」依舊可以噴出。尤其在她受傷以後，難免不顧一切，拚命出手。所以趕緊叫道：「龍弟弟不可獨進，最好七劍同攻，並應先防自己！」

這幾句話提醒了尹一清，靈機動處，把所練「乾清罡氣」聚成威力絕倫的一點勁氣，貫注左掌，口中發令叫道：「師弟妹們，七劍同揮，給妖婦來招璇璣劍法絕學『旋乾轉坤，天河倒瀉』。你們一心攻敵，她那『萬毒蛇漿』由我剋制！」

天心七劍同聲清叱，一齊躍起五丈來高。團團精芒彩虹，裹著一片青紫奇輝，融匯成漫天劍網，真如天河倒瀉，向黑天狐宇文屏迎頭灑落。

黑天狐宇文屏見「萬毒蛇漿」失效，左眼又盲，知道生機已如一絲半縷。獨目閃處，見對方武林絕學會合七柄神物仙兵聯手齊攻，威力之強，宛如倒海崩山，不可抗拒。遂想反正難逃一死，不如索性與對方拚個同歸於盡。兇謀既定，假意似用鐵板橋「金鯉穿波」，塌身臥地，倒縱圖逃。但等滿天劍影即將罩落當頭之際，不但未退，反而挺身起立。一陣震天獰笑，全力扯動綠色蛇尾，不顧自己再受重傷，也要教這天心七劍，全數嘗嘗「萬毒蛇漿」滋味！

這種心機果然太已毒辣難防。但天道好還，福善禍淫，歷歷不爽！尹一清發令之初，靈機早動，雖隨師弟妹等揮劍同攻，其實整副精神，專注意在這條綠蛇尾部。見黑天狐一扯蛇尾，急忙左掌遙推，那凝集一點，威力加強十倍的「乾清罡氣」，便自化成無形罡氣，疾往綠蛇口封去。

「萬毒蛇漿」初離蛇口，噴力尚未發揮，「乾清罡氣」的無形勁氣便到。未出蛇口的蛇漿硬被「乾清罡氣」壓回蛇腹，已出蛇口的奇腥毒雨卻四散紛飛，黑天狐宇文屏又沾了一臉一身，再度自食惡果。

葛龍驤這時一劍當先，紫巍巍的精虹疾落，劈斷黑天狐宇文屏右手手臂，帶著那根毒龍軟杖，一齊落地。

黑天狐宇文屏既練五毒邪功，自有抗毒之力。若換旁人，就挨這兩次「萬毒蛇漿」，也便早死多時。如今雖然遍體鱗傷，一臂又斷，但人越到這種死在臨頭，越是求生心切。強忍無邊痛苦，左掌狂揮，硬用殘餘的紫清罡氣，把荊芸、杜人龍二人凌空震退數尺，自己卻從這空隙之中，閃電般竄出，也無暇再擇路徑，只好與命運相搏，縱下千尋絕壑。

天心七劍見七劍圍攻之下，居然仍被妖婦遁去，不禁一齊跌足浩嘆。因為雖知黑天狐宇文屏身負重傷，躍下千尋絕壑，必然萬死一生！但一來葛龍驤未曾親見深仇授首，

心中終覺不愜；二來黑天狐身上還有師門至寶「天孫錦」，及那隻爲武林中人豔羨、引起無數浩劫奇災的「碧玉靈蜍」，難道就隨這萬惡妖婦永葬絕壑？

眾人正在相顧無言之際，小摩勒杜人龍低頭拾起那條毒龍軟杖，突然叫道：「各位師兄、師姐妹們，請聽這是什麼聲音？」

天心七劍一齊凝神側耳，只聽得那千尋絕壑之中，突然起了一種「嗡嗡」怪響！

這時那位摩伽仙子化身的眇目神尼，早已飄然隱去。眾人走到崖邊探身下望，原來離崖口約莫二十丈的絕壁之間，生有一株極大古松，松上有一蜂巢。黑天狐宇文屏正好墜身這蜂巢上，滿身都被那些數以百計、拳大色黑的異種毒蜂，密集攢刺。

黑天狐重傷劇震之下，自然禁不住群蜂攢刺，片刻之間便告氣絕身亡，但因她身上遍是「萬毒蛇漿」，那群毒蜂刺人以後，便一隻一隻中了蛇漿之毒，僵直死去。

天心七劍在崖頂目睹這一場黑天狐慘死活劇，個個不由深信天網恢恢、疏而不漏。善惡之報，如影隨形。

葛龍驤感嘆之餘，估量這二十來丈絕壁，以自己功力，尚能上下。遂一躍凌空，施展壁虎功遊龍術，雙掌拊壁，緩緩降落。落到古松之上，黑天狐業已全身糜爛，氣絕多時，尚有二、三蠕蠕微動毒蜂，葛龍驤神劍微揮，也便全數了賬！

大仇既報，葛龍鑲天性仁善，不願再用挖心斷目等世俗手段殘毀黑天狐宇文屏屍

體，就跪在黑天狐屍旁，向父親葛琅的在天之靈，默默祈祝。

少時祈畢，葛龍驤動手自黑天狐身上剝下那副「天孫錦」，但因心願皆了，偶一疏神之間，那枚萬眾覬覦的武林至寶「碧玉靈蜍」，卻從稀鬆枝葉隙中，帶著一縷碧光，直墜千尋絕壑。

葛龍驤方自失聲惋惜，尹一清卻在崖口笑道：「師弟上來，世間事哪得盡如人意？我們這一趟始信峰頭，總算是不辱師命？兇邪盡滅，吾道永昌？莽莽江湖，從此最少也要清平個一、二十年光景。」

此後，因小摩勒杜人龍與荊芸互相愛慕，又有獨臂窮神柳悟非的冷雲谷口一語，自然永訂鴛盟。葛龍驤、柏青青則更在天心谷洞天福地之中同馭天心劍氣，神仙不羨！

但大雪山玄冰峪中還有一位俠女冉冰玉，及曾與葛龍驤貼胸交股、一夜風流未下流的魏無雙未曾交代，好在玄衣龍女與魏姐姐、冉妹妹等情投意合，妒火毫無，問題只在這位天心谷主是否願享齊人之福？作者墨乾筆禿，暫且偷閒。有情諸者無妨代做冰人，使東海神尼昔日預言完全實現，天心谷內兒女英雄，聯一床四好！

全書完

國家圖書館出版品預行編目資料

紫電青霜／諸葛青雲作. --初版. -- 臺北市：
風雲時代, 2013.01
冊； 公分. -- （諸葛青雲精品集；01-03）
ISBN: 978-986-146-957-7（上冊：平裝）
ISBN: 978-986-146-958-4（中冊：平裝）
ISBN: 978-986-146-959-1（下冊：平裝）

857.9 101025818

諸葛青雲精品集 03

書名 **紫電青霜（下）**

作者 諸葛青雲
封面原圖 明人入蹕圖（原圖爲國立故宮博物館典藏）

發行人 陳曉林
出版所 風雲時代出版股份有限公司
地址 105 台北市民生東路五段 178 號 7 樓之 3
風雲書網 http://www.eastbooks.com.tw
官方部落格 http://eastbooks.pixnet.net/blog
Facebook http://www.facebook.com/h7560949
E-mail h7560949@ms15.hinet.net
服務專線 (02)27560949
傳真 (02)27653799
郵撥帳號 12043291

執行主編 劉宇青
封面設計 許惠芳

法律顧問 永然法律事務所 李永然律師
北辰著作權事務所 蕭雄淋律師

版權授權 張文慧

出版日期 2013年2月

訂價 240 元

總經銷 成信文化事業股份有限公司
地址 新北市新店區中正路四維巷二弄2號4樓
電話 (02)22192080

ISBN 978-986-146-959-1

行政院新聞局局版台業字第 3595 號
營利事業統一編號 22759935